ベリーズ文庫

次期国王は独占欲を我慢できない

雪夏ミエル

JN177973

STARTS
スターツ出版株式会社

目次

次期国王は独占欲を我慢できない

6

たんぽぽの綿毛

フォンタニエ男爵家で小さな命が生まれたのは、まさに奇跡と言えよう。

「さて、もう十年もしたら長男に爵位を譲り、田舎《いなか》でゆっくりしようか」

子供たちが巣立ち、気がつけばドミニク・フォンタニエ男爵は四十四歳、妻のロクサーヌは四十一歳になっていた。

貴族とはいえ決して裕福ではなかったが、既に自立していた四人の子供たちはいずれも優秀で、そのうえ元気な孫にも恵まれた。長男のアルマンも、貴族院で活躍する存在となっている。これで男爵家も安泰だ。ロクサーヌの妊娠がわかったのは、夫妻がそんなことを話していた矢先だった。

深い愛情で結ばれたフォンタニエ男爵夫妻とて、まさか五人目の命を授かるとは思っていなかった。出産するには高齢だったこともあり、家族会議がおこなわれた。

その結果、予定より早く長男のアルマンに爵位を譲り、夫妻は領地に引き上げることにした。とにかくロクサーヌと赤ん坊の無事が大切。それ以外のことは、それから考えればいい。そうしてこの世に生を受けたのが、アリス・フォンタニエだった。

アリスは自然豊かな田舎で、スクスクと元気に育った。大らかで温厚な父ドミニクと、優しくておっとりした母ロクサーヌは、アリスが可愛《かわい》くて仕方がない。

これまでは貴族としての仕事も責任もあり、子供のことは乳母や執事に任せきりだった。だが主は既にアルマンになっており、彼は領地の屋敷にはいない。

最低限の使用人と、昔なじみの領民。そして子育て初心者の自分たち。悪戦苦闘しながらも、毎日が刺激的で楽しいものだった。戸惑いも大きかったが、アリスの人懐っこい笑顔を見れば、皆笑顔になった。こうしてアリスは十五歳になった。

ロクサーヌとアリスの無事を最優先した結果、それが思ったより大きな問題として降りかかったのは、難しい顔をしたアルマンが領地にやってきたときだった。

「アリスも来年、社交界デビューの年齢になります」

「もうそんな年か」

「早いわね。あっという間だったわ」

夫妻は感慨深げにため息を漏らす。末の娘を大切に大切に、たくさんの可能性を考えてなるべく自由に、そして多くの人の力を借りて育ててきた。

お互いを見やると髪に白いものが、そして顔には皺《しわ》が増えている。それだけ年を重ねてきた。社交界から一線を退いた身としては寂しいが、アリスを送り出さねばならない。

「寂しいわ……」

「寂しいなあ」

アリスと共に暮らした日々を思い、ロクサーヌが目じりに浮かんだ涙を拭《ぬぐ》う。

「しんみりしているところ、申し訳ないのですが……。実はちょっとした問題がありまして……」

感傷に浸っていると、アルマンが言いづらそうに言葉を挟んだ。

「問題？　なにかしら」

「──アリスが生まれる前、男爵位はわたくしが継ぎました」

「ああ、そうだな。なにしろ貴族の仕事や責任よりも、まずロクサーヌの身体とアリスの無事が大事だったから、出産に専念させたかった」

「あなたったら、本当に優しいのね……」

十五年前の出産を思い出したのか、またもや感動の涙を流すロクサーヌに、ドミニクがハンカチを渡す。

「すっかり涙もろくなっちゃったわ」

「それは私もだよ」

慈愛に満ちた表情で互いを見やる両親を前にしても、アルマンは渋い顔をしていた。

「あの～、話を続けてよろしいですか」

「ん？　ああ。なんだったかな。最近どうも物忘れがひどくて」

笑い合う夫妻は、どこまでものんびりしている。アルマンは短く咳《せき》払いをして、やっとふたりの意識を自分に向けさせることに成功した。

「つまり、アリスは男爵令嬢ではないのです」

アルマンの言葉から一拍置いて、夫妻は「あ」と声をあげた。

爵位をいくつか持っている貴族もいるが、ドミニクは男爵位だけを持っていた。その爵位をアルマンに譲り、隠居生活に入っている。その間に生まれたアリスは〝元男爵〟の令嬢というわけだ。

「こ、こういう場合はどうなるんだ？」

「わかりません。一応調べたのですが、わが国では初めてのことだそうです」

「今は爵位を持っていないとしても、現にアリスは、フォンタニエ家の者ですよ？　れっきとした直系の令嬢です」

ロクサーヌにとっては、田舎の領地で育てたとはいえ、アルマンたちと同じ存在だ。

それを、アリスだけが違うと言われても納得できるはずがない。

「ええ。おっしゃりたいことはわかります。わかりますが、わたくしの言いたいこともわかりますよね？」

なにもアルマンだって、アリスを貴族の令嬢として扱いたくないわけではない。むしろ、誰よりも可愛いと思っている。とはいえアリスが生まれたのは、両親が爵位を手放した後だと気づいた。

もちろん必死に調べた。重鎮とされる御年八十の侯爵にも話を聞きに行った。

「おお。ランドン侯爵かね。彼がまだ貴族院にいたとは。で、彼はなんと？」

「それが、耳が遠いらしく、会話らしい会話ができませんでした」

「あらあら。会議に出るのも大変でしょうに」

再び脱線しそうになり、慌ててアルマンが話を戻す。

「侯爵の話はどうでもいいんです。つまり、アリスのような子は今までいなかったそうなのです。王立図書館の蔵書にも記載がありませんでした」

それは困った。まさか、後々になってこんなに大きな問題が出てくるとは思わなかった。日頃のんびりしている夫妻も、ようやく事の大きさがわかったようだ。

「さて、これは困ったな……」

「わたくし、オルガにいろいろ頼んであったのよ？　お茶会や夜会ではアリスをよろしくねって」

それはアルマンも知っている。大体、その話を妻であるオルガから聞いて、アリスが男爵令嬢の立場にないことに気づいたのだ。

アルマンとオルガの間には、ふたりの息子がいる。女の子が欲しかったオルガにとって、アリスは娘みたいな存在だ。アリスが社交界デビューしたら、持っている限りの人脈を駆使して、いい縁を見つけるのだと張り切っていた。その思いはアルマンも一緒だった。

いや、アルマンだけではない。他の兄弟も思いは同じ。しかしどう考えても、いくら調べても、代を譲った両親には肝心の爵位がないのだ。どうにもできない。

「今から、どうにかならないものなのかしら？　だって、れっきとした貴族の娘なのよ？」

「ええ、ええ。そうですね。わかります。前例がないだけで、かけ合うことはできると思いますが」

「そうか。ではかけ合ってみよう！」

「無理です。今期の議会は既に終了しています」

貴族院も議会が終了し、社交シーズンも終わっていた。それぞれが領地に戻ったり、旅に出たりと思い思いに過ごしている。かけ合う相手も話し合うべき場もない。

「そこでひねり出した案が、これです」

相変わらず難しい顔をしたアルマンが、一枚の紙を差し出す。そこには、こう書いてあった。

【王宮勤め　試験のご案内】

〝王宮勤め〟とはその言葉通り、王宮で仕事をすることだ。貴族の邸宅では平民も教育を受けさえすれば仕事ができるが、王宮では勤め人も貴族か、それに準ずる地位の者と決められていた。

「アリスはこの〝貴族に準ずる地位の者〟に当てはまります」

「なるほど……」

王宮勤めは貴族や騎士、豪商が子供たちにさせたい人気の仕事だ。なにしろ給与が安定しているうえに、雇い主が信頼できる。そして休日は、夜会や茶会、舞踏会などへの出席も認められている。良縁探しにも持ってこいの勤務先なのである。しかも結婚相手によっては、結婚後も王宮勤めを続けられる。

ただ、それだけ人気の職場なので試験が難しい。これだけの好待遇ともなると退職者も少ない。毎年、募集人数は異なるが、合格率が全体の約二割の狭き門だ。これには、さすがののんびり夫妻も頭を抱えた。

「どうしましょう……」

「ところで……肝心のアリスはどこです？」

「昨晩仔馬《こうま》が生まれてね。どうしても見守りたいと、昨日からずっと厩舎《きゅうしゃ》にいるよ」

王宮入りを目指すどころか、厩舎に寝泊まりとは。夫妻に続き、アルマンも頭を抱えた。

ダメで元々。万が一ということもある。三人は、アリスに試験を受けさせることにした。

試験までは二ヵ月ほどしかなく、勉強に力は入れたものの付け焼刃は否めなかった。

それが、なんの奇跡か、それとも運命の悪戯《いたずら》か。アリス・フォンタニエの元に届いたのは、合格通知だったのである。

綿毛はふわりと旅立つ

車輪の音が穏やかになり、王都に着いたことを知らせた。馬車の窓から外を見ると、華やかな飾りつけの商店がズラリと並び、たくさんの人々が行き交っている。その様子に見入っていると、馬車はどんどん速度を落とし始めた。

「着きましたよ」

長旅ですっかり打ち解けた、フォンタニエ男爵家の従者が笑顔で振り返る。

いよいよだ。アリスは馬車を降りると、両手でパンッと頬を打った。

大きな扉がゴゴゴ……と大地を震わせて開くのを、アリスは口をあんぐりと開けて見ていた。その扉はまるで、物語に出てくるような巨大な怪物が通るのかと思うほどの高さだった。

呆然《ぼうぜん》と立ちつくすアリスのそばをかすめるように、荷を積んだ馬車が通る。その荷馬車も立派なものだったが、門に吸い込まれる様はおもちゃのようだった。

ゴクリと喉を鳴らし、改めて大きな門を見上げる。てっぺんには陽光を浴びて輝く獅子《しし》がいた。その背には羽が生えていて、扉の上部を包むような曲線を描いている。

「とうとう来たわ……」

アリスはもう一度獅子を見上げると、「よしっ!」と気合を入れ、一歩踏み出した。

今日から、ここがアリスの仕事場であり住まいになる。アリス自身、一応は貴族の出であり、いずれは王宮を訪れる機会があるのだろうと思っていた。そのため王宮のことは、両親や兄弟から話を聞いて想像を膨らませていた。

今アリスの目の前に広がるのは、そんな想像をはるかにしのぐものだった。綺麗《きれい》に整えられた庭園の先に、四つの塔を持った荘厳な城がある。それを中心にたくさんの建物もあり、揃《そろ》いの服を着た人々が忙しそうに歩いている。

「これ、娘。証明書を出さんか」

催促するような声が聞こえ、アリスは慌てて荷物の中を探った。ようやく目当てのものを見つけ出すと、門番の男にそれを突き出す。それは王家の使者が運んできた合格通知だった。

【アリス・フォンタニエ嬢　貴殿の王宮勤めを許可する。ジョーヌの早月、一の日の朝九時に王宮に来られたし】

今も信じられないが、きっと家族の誰もがそうだろう。まさか領地の屋敷でのほほんと暮らしていた自分が選ばれるとは、思ってもみなかった。

なにかの間違いだったりして。そんな考えが頭をかすめたが、門番の男はアリスに合格通知を返すと、この先にある建物の門番にも通知を見せるように言った。

「はい！」

建物に向かうアリスは自然に速足になる。一歩ずつ王宮に近づくことで、王宮勤めが現実になる。ずっと一緒だった両親と離れることに寂しさはあったが、好奇心の方が大きい。

（やった！　間違いなんかじゃなかったわ！）

アリスの胸は喜びに溢《あふ》れた。

これからどんな出会いがあるだろう？　どんな仕事をするのだろう？　国王陛下や王妃様にお会いすることはある？　たくさんの楽しみに胸が弾む。

出入口の門番に満面の笑みで通知を渡した。ところが受け取った門番は、手にした紙と見比べて首をひねった。

「アリス・フォンタニエ……そんな名前はないがなあ」

呟《つぶや》きは小さかったが、アリスの耳には届いていた。その言葉に、膨らんでいた期待が急激にしぼんでいく。

「あ〜、待っていなさい」

別の門番が横から紙を覗《のぞ》き込むと、慌てて扉の中へと入っていく。すぐに年配の紳士を連れてきたが、その人もまた、アリスが持ってきた通知と門番の紙を見比べ、首を傾《かし》げた。

「アリス・フォンタニエ……はて？　これはどういうことか……」

「まさか、通知を偽造したのでは？」

「いや。この封筒、この刻印は間違いなく本物だ」

偽造だなどと物騒な言葉も飛び出し、アリスは青ざめた。ここまで来て間違いだなんて、そんなことがあっていいはずはない。領地からここまで実に七日かかった。ここで追い返されたりしたら、どうすればいいのだろう。

祈るような思いで、三人のやり取りを見ていた。

一番若い門番が「あ」と声をあげる。反射的に顔を向けたアリスと目が合うと、慌てて声を潜める。だが残念なことに、大自然で育ったアリスは耳に自信がある。密やかなやり取りもしっかりと聞こえていた。

「ええと……あの、ここによく似たお名前がございます」

若い門番の指差す先に視線が集まる。

「なになに、アリソン・フォンテーヌ……フォンテーヌ侯爵のご令嬢ではないか」

「しかし、彼女は既に来ておるぞ」

「はい。ですから……お名前が似ていることから、この方にも送られたのかと……」

その発言を打ち消すように、年配の紳士が首を横に振った。

「そんなはずはない。通知は十五通しか送っておらんのだ」

まるで自分に言い聞かせるような口ぶりに、申し訳なさそうな声がかぶる。

「……合格者は十四名ですが……」

「む?」

責任者らしき紳士が見事な髭《ひげ》をピクつかせ、門番が持つ紙を奪い取る。すると、喉の奥から「あー……」と絞り出すような声が漏れた。

「……十四名……ですよね」

「そうじゃった……かのう」

アリスを含めた四人の間に、しばしの沈黙が流れる。一番初めに口を開いたのは、年配の紳士だった。

「……あ~、これは、なんだ、その……君の父親の爵位はなにかね」

「元、男爵です」

「元」

アリスの返答に紳士が見せたのは、明らかな困惑だった。ただでさえ深い皺が刻まれた気難しい顔に、さらに皺を寄せた。

「はい。早くに私の兄に爵位を譲り、隠居しましたので……。このたびはその兄が身元保証人になってくれました」

「アルマン・フォンタニエ男爵か」

「はい」

そこでまた門番を加えたヒソヒソ話が始まる。

「元男爵って……それはさすがにないでしょう。今回は名門伯爵家のご令嬢なども落ちているんですよ？」

「そもそも、なぜ十五通送ったのです？」

門番としても、まさかこんなことになるとは思っていなかったのだろう。問いただすような強い口調に、紳士もうろたえる。

「合格者リストを作っていて……書き間違えたのは確かだ。それで書き直したのだが、その間違ったリストで通知を送ってしまったとしか考えられん」

「陛下には、どちらのリストを渡したのですか？」

焦《じ》れたような問いに、紳士はいよいよ困り果てた様子で力なく首を横に振った。

「は、はて……」

答えが出ない三人が黙り込んだそのとき、鐘の音が響いた。約束の時間になってしまった。焦ったアリスは思いきって頭を下げる。

「私、どんなお仕事でもします！　お願いします！」

今さら間違いだったと帰ることはできない。アリスの合格を両親は誰よりも喜んでくれた。誇りだとも言ってくれた。

アリスとて、新しい世界に飛び込めるのだと楽しみで仕方なかった。『間違いだったんですね～。そーですよね～』と、すぐに引き下がるわけにはいかない。

「……本当にどんな仕事でもするかね？　つらいかもしれないぞ」

「大丈夫です。私はずっと田舎で暮らしてきました。都会のご令嬢よりは、動ける自信があります！」

紳士は考え込むような素振りを見せたが、アリスが「お願いします！」ともう一度頭を下げると、諦めたように頷《うなず》いた。

「入りなさい。この責任は私が取ろう」

その言葉に、アリスの心は一気に晴れた。満面の笑みを浮かべ、飛び跳ねるようにお辞儀をする。

「ありがとうございます！」

嬉《うれ》しさを全身で表現するアリスの様子に、紳士も思わず苦笑する。

「私はヴァレール・ペリシエだ。使用人たちの担当部署を決める責任者をしている」

「アリス・フォンタニエです。よろしくお願いします。ヴァレールさん！」

こうして、アリスはようやく王宮の中に入れたのだった。


どんな仕事でもするとは言ったものの、果たしてどんな仕事が待っているのだろう。緊張の面持ちで、ヴァレールに案内された部屋に入る。

中には先ほどの門番の言葉通り、十人余りの男女がいた。皆、ヴァレールに連れられてきたアリスに一瞬興味を見せたが、すぐに視線を逸《そ》らす。離れた場所からは「なにあの子。田舎くさい」と、心ない声が聞こえてきた。

彼らは、まるでお茶会に招かれたかのような格好をしている。動きやすさは重視したものの、アリスだって王宮を訪れると決まってから、一からしつらえたワンピースを着ている。それでも野暮ったさは否めなかった。

コホン、とヴァレールの咳払いが響き、全員が彼に注目する。歓迎の挨拶をしたヴァレールは早速、全員の部署を振り分け始めた。歓喜の声に時折、落胆の声が交ざる。皆、それぞれ希望の部署があったようだ。

そしてアリスは最後に残された。それも仕方のないことだ。ヴァレールが読み上げているその紙には、彼女の名前はないのだから。アリスを除いた全員の部署が決まると、残された彼女に視線が集中する。

「ねえ、あの子、知っていて？」

「いいえ。初めてよ。どこの方かしら」

こういう空気は好きじゃない。アリスが居心地悪く思っていると、ヴァレールがアリスの名を呼んだ。

「あ〜、アリス・フォンタニエ」

「は、はい！」

「君は、騎士訓練所だ」

「はいっ！」

これまで読み上げられた中にはなかった部署だ。同期の中でアリスだけが配属されたらしい。安堵《あんど》したアリスは元気よく返事をした。しかし周りの反応は正反対だった。

「ええ〜。かわいそう……」

かわいそうと言いつつも、その声色には嘲笑が含まれている。

「僕たちじゃなくてよかったな」

「一年続くかな。あそこ大変なんだろ」

周りがざわつき始めたとき、再びヴァレールの咳払いが響いた。

「ここからはそれぞれの部署に分かれ、各々先輩から仕事を教えてもらうように。アリス・フォンタニエ。君は私についてきなさい」

「はい」

憐《あわ》れみの視線に見送られ、アリスはヴァレールに続いて部屋を出る。ヴァレールは部屋の外にいたメイドのひとりを呼び止めた。

「マリア、北棟三階の角部屋を整えてもらえるか」

「えっ？　北棟の三階って……あ、あそこをお使いになるのですか？」

マリアと呼ばれた少女が、驚いたように問い返す。

「ああ。そこしか空いておらんからな」

「ですがヴァレールさん、あそこは幽霊が……」

「しっ。大きな声を出すんじゃない。緊急事態だ。あの部屋しか空いていないのだよ」

今、幽霊と言っただろうか。もちろんアリスの耳にはしっかりと届いていた。

初日の予定が終わって部屋に行こうとしたアリスを、マリアが呼び止める。

「この部屋、実は出るって言われてるの。変な物音がするんですって。でも今はここしか空いてないの。他の部屋が空いたらすぐに替えてもらうといいわ」

「は、はい……」

そう言われて、身構えずにいられるだろうか。部屋の前に立ち、ドアに耳をつけて中の様子を窺《うかが》う。

なにも聞こえない。とりあえず入ってみるしかない。第一、アリスは元から霊感がなく、幽霊など見たこともない。感受性の豊かな一部の人が流した噂《うわさ》かもしれない。

そう自分に言い聞かせてドアを開けた。

「ほうら、誰もいな……」

誰もいないと言いかけた言葉はピタリと止まる。だって、いたのだから仕方がない。

全身黒ずくめの長身の男が、窓から身を乗り出していた。

幽霊とは透けていて浮遊するものではないのだろうか。もちろん壁などもすり抜ける透明感があるイメージだ。だが窓辺にいる存在は、それとは正反対。とりあえず幽霊ではないと判断した。

黒髪に黒いシャツ、長い筋肉質の足にピッタリとした黒いズボンとブーツというスタイルは、幽霊にしては存在感がありすぎた。袖から見える腕も逞《たくま》しく、長めの黒髪の下からこちらを見る瞳は、少しの月明かりでも煌《きら》めいて見える。こんな幽霊など、聞いたことがない。

相手が人間とわかり、アリスの中にも余裕ができた。

「だ、誰？」

充分な距離を保ち、相手を刺激しないように問いかけた。向こうもまたアリスの存在に気づき、動きを止めていた。

「お前こそ誰だ」

男はいかにも怪しい場面で、なぜか堂々とした佇《たたず》まいで問うてくる。普通ならばさっさと逃げそうなものなのに、不思議な男だ。

「今日からこの部屋の住人になった者です」

「この部屋に？　ここは長く空き部屋で便利だったのに……。なあ、もうこの部屋は使わないから、今だけ見逃してくれないか？」

「え？」

「ちょっと外に出たいんだ。頼むよ。迷惑はかけない」

そこでアリスは、この部屋の幽霊の正体がわかった。

この部屋は角部屋だ。今、青年が開けている窓は他の部屋から見えにくい。どうやらここを、宿舎からの脱出経路として使っていたようだ。時折聞こえる物音も、脱出時に出た音だろう。

同じ王宮勤め人だと知り、アリスはホッと胸を撫《な》で下ろすと、大きく頷いた。

「いいわ。黙ってる。この部屋を使うのは本当に今日で最後にしてね」

「わかった。約束する」

青年は窓枠に足をかけると、身体を反転させ、完全に外に出た。

「危ないわ。本当に下りられるの？」

「大丈夫。この脇にレンガが飛び出した場所があって……うわっ！」

青年の足が滑り、一瞬身体が落ちかけた。なんとか窓辺にしがみついたが、危ないところだった。

「横の蔦《つた》に掴《つか》まった方がいいわ」

「蔦？　ちぎれるだろ」

「蔦って結構、頑丈よ。見つかりそうなときは葉っぱが身を隠してくれるし。私はいつもそうしてたから保証する」

訝《いぶか》しげに蔦を掴んだ青年だったが、何度か引っ張ってもちぎれないことがわかると、レンガから足場を変えた。

「ありがとう。お前、面白いな。名前は？」

「アリスよ。あなたは？」

「アリスか。覚えておく」

青年は名前を告げることなく、暗闇に消えた。

無事に下りられたらいいけど……と外の様子を窺っていたが、なにかが落ちた音も声も聞こえない。きっと青年はもう行ってしまったのだろう。

「さてと……。今日は疲れたわ。どうなることかと思った。王宮で働けることになって、よかったわ」

夜着に着替え、小さな寝台に座ってホッと息をつくと、一気に眠気が襲ってきた。小さくあくびをすると、モゾモゾと布団に入り、横になる。

幽霊の件も解決し、睡眠を妨げる心配事はなくなった。心が一気に軽くなったアリスは、あっという間に深い眠りに落ちた。

廊下では、パタパタとせわしない足音に続き、数人の声がする。その声は、すっかり夢の住人になったアリスの耳に届くことはなかった。

「誰か、殿下を見なかったか？」

「また抜け出してしまわれたか……。いったいどこから……」

翌日、朝の慌ただしさの中、なんとなく視線を感じてアリスが振り返ると、そこにはチラチラと彼女を見る女性がいた。その顔には見覚えがある。昨日ヴァレールに部屋の用意を頼まれ、そして幽霊の話を教えてくれた人物だった。

「おはよう」

「おはようございます」

手には朝食が載ったトレーを持っている。この食堂では大人数が共に食事をするため、厨房《ちゅうぼう》のカウンターから自分で食事を受け取ることになっていた。アリスがどこに座ろうかと見回していたときに、女性の視線に気づいたのである。

ちらほらと空いている席は見られたが、こういうものは暗黙のルールがあるのかもしれない。躊躇《ちゅうちょ》していたところで話しかけられたので、アリスは内心ホッとした。

「こっちで一緒にどう？」

「あ、はい。ありがとうございます」

誘われるがまま席に着くと、女性は堰《せき》を切ったように話しだす。

「ねえ、昨日は大丈夫だった？　おかしなことはなかった？　ずいぶんすっきりした顔をしているわね。もしかして結構平気な人？」

「え……ええと、なにがですか？」

さすがに面食らって、のけ反ると、相手もそれに気づいたようで苦笑する。

「ごめんなさい。私、マリアよ。マリア・ボナール。貿易業をしているボナール社の娘。あなたは？」

「あ、アリス・フォンタニエです。父は元男爵で……爵位は今は兄が継承しています」

男爵家と聞き、マリアは目を輝かせて、また身を乗り出した。

「男爵家なの？　え～、そうなのね。騎士訓練所に貴族様が配属されるなんて、珍しいわ」

「そうなんですか？」

「私が知る限りでは、ね。まあここでは地位なんてあまり関係ないんだけど。それで、幽霊よ。なにもなかったの？」

先ほどから聞かれていたのは、幽霊が出るという部屋のことらしい。やっとそれに気づいて、アリスも笑みをこぼした。結局、物音がすると言っていたのは幽霊などではなく、宿舎からの脱走者だったのだが、それを話すのは気が引けた。

本来なら大声を出してでも、あの黒ずくめの男の脱走を止めるべきだった。ただ、彼の雰囲気が悪人とは思えなかったのと、脱走したい気持ちがわかったため、ついそのまま見逃してしまった。

アリスも実家にいるとき、厩舎の馬の様子が気になって、夜に自室を抜け出したことがある。蔦の存在が便利だと気づいたのは、その頃だ。なにしろ、梯子《はしご》が常にかけられているようなもので、こっそり部屋に戻ることも可能だった。

そんな過去を思い出し、思わず助言したアリスは共犯者である。

(さて、どう答えよう?)

しばし考えて口を開く。

「実は、追いはらったんです」

間違ってはいない。話し合いの結果、部屋から出ていってもらったのだ。ただ、相手は幽霊ではなくて人間だったのだが。

「なんですって!? アリス、あなたそんなことができるの?」

「話せばわかる相手で助かりました。もう来ないそうですよ」

「えええ! すごいわね。追い出しただけではなく、そんな説得までできたなんて!」

マリアはすっかりアリスの話を信じ、尊敬の眼差《まなざ》しを向けている。なおも話を聞きたそうにしていたが、食堂の鐘が鳴る。食事の時間は終わりだ。

皆、席から立ち上がり、トレーを片づけ始めた。アリスも空いた食器を重ね、トレーを持つ。

話をしていて充分に味わえなかったが、さすがは王宮の食事。温かいスープも柔らかなパンも、みずみずしいフルーツもとても美味《おい》しかった。これは昼ご飯も期待が持てそうだ。

「ねえ、アリス。あなたってとても面白いのね。また話をしましょう」

(黒ずくめの男性に続いて、また面白いって言われた)

そんなふうに言われるのは、王都に来てからだ。実家で、家族や使用人たちに可愛い可愛いと言われ続けたアリスは、小さな頃は自分が可愛いのだと思っていた。本当の美を具現化した存在と出会うまでは。

あのときの衝撃といったらなかった。それからは、自分の容姿を過信することはなくなった。

今思えば、どうしてあの頃、周りに言われるがままに自分を超絶美少女だと思っていたのか不思議だ。髪も瞳も平凡な濃い茶色。それでも、目も鼻も口もバランスのいい位置にあるとは思うし、口角が上がった唇はお気に入りだ。

ただ、残念ながら人の目を惹《ひ》くようなものではない。

自分の容姿の平凡さに気づいたのが幼少期でよかったと、今では心からそう思う。可愛いと言い続けた家族は、いわゆる身内びいきだろう。そんな環境で育ってきたこともあり、面白いという言葉がとても新鮮だった。

「ええ、ぜひ」

笑顔で答えると、マリアは「仕事に関してわからないことがあったら、なんでも聞いて」とまで言ってくれた。

配属を発表されたとき、周りの反応から不安に思っていたが、先輩の印象もとてもいい。アリスにとって幸先のいいスタートであった。

騎士訓練所での仕事は、主に洗濯や掃除。そして、たまに出る怪我人の介抱などであった。

「後は、訓練で破れたり切れたりした服を直す……そんなところかしら」

仕事は、年が近いマリアが教育係となった。彼女は三年前から王宮に勤めているが、ここ二年、騎士訓練所には新人が入ってこなかったらしい。

「まあ仕事がきついし、ここを嫌がる人もいるから仕方ないわね」

ため息交じりに言うのには理由がある。どうも配属には、いわゆる口ききが相当絡んでいるようで、有力者の子供たちは比較的楽な王宮内の部署に配属されるそうだ。

「もちろん、全員じゃないわよ。希望通りの部署に行けるなんて、本当に相当な大物の力が必要だと思うわ」

それでアリスの配属が発表されたとき、あんなに周りがざわついたのだろう。口ききをしてくれる有力者もいない娘が今年は入ってきたと、そんな印象を植えつけたわけだ。

マリアの説明を聞いている限り、騎士訓練所の仕事は大変とは思えなかった。そう言うと、マリアは「とんでもない！」と首を横に振った。

「洗濯ひとつ取っても他とは違うわ。汚れ方が半端じゃないし、室内にも土汚れを運んでくるから、掃除も大変なの。たまに大怪我をする人もいて、直視できず倒れる子もいるわ」

脅すように眉間に皺を寄せて、低い声で忠告するが、やはりアリスにはピンとこなかった。

「それって、出産のために部屋を清潔にしたり、藁《わら》で寝床を整えたり……それと、苦痛にバタつくのをなだめたり、出てきた子を引っ張って全身が汚れたりすることより、大変なのかしら」

「アリスって、助産婦の資格もあるの⁉」

「ううん。馬の話」

マリアにとって、アリスの話は驚きの連続だった。

「ビックリした……。それにしても、貴族の出なのにそういうこともしてきたのね。騎士訓練所には馬もいるのよ。扱いに慣れてるなら部署長も喜ぶわ」

「馬がいるの⁉」

アリスは嬉しさのあまり、大きな声をあげる。

実家を離れたとき、なによりも馬や領地の動物たちと別れることが悲しかった。人間同士なら言葉を交わし、再会を誓えるが、動物たちとではそうはいかない。毎日会って、そして触れることで信頼を得てきた。

突然離れてしまって、あの子たちは傷ついていないか。そう思うと心がちぎれそうだった。

「そういうものかしらねえ……。それならますますうちは合うと思うわ。騎士団には騎馬隊がいるから、馬もいるのよ。あまり好んで近づくメイドはいないけどね」

「え～、可愛いのに」

「女の子たちは、他に興味があるのよ」

「他？」

問い返すアリスに、マリアは意味ありげに微笑《ほほえ》む。

「そう。ラウル・アルドワン殿下よ」

「へえ……」

「なによ、あまり興味ない？　本当に面白い子ね」

どうやら馬の話をしていたときに比べて、表情が乏しかったようだ。マリアは楽しそうに笑い声をあげた。

ラウルのことならアリスも知っている。実物は知らないが、姿絵を見た印象だと、煌めく銀髪に輝く紫の瞳、冷たさを感じる表情は、まるでよくできた人形のようだと感じた。

王宮ということは、もちろんそのラウルも住んでいる。実際はどんなお方なのだろう。やはり姿絵の通り、冷たい高慢な人なのだろうか。世間に出回っている姿絵は、かなり美化して描かれたものかもしれない。そこは興味がある。

「本当に素敵な方よ。私たちにお言葉をかけることなど、滅多にないのだけれど」

「えっ。ここにおいでになることもあるんですか？」

「そうよ。殿下も剣術や馬術を訓練なさるから。毎日ではないわね。でも、ときどき

「いらっしゃるわ」

いずれ国王になる人物だ。彼を守るため、国を守るために騎士は存在するが、それでも万が一を考えると、自身も鍛えておかなければならないのだろう。

馬よりも、次期国王の美しいラウルにメイドは夢中だ。

(それは、私には当てはまらないけどな～)

アリスの心は、すっかり厩舎にある。領地にいたのは馬車を引いたり、農耕馬として働いたりする馬だった。馬車を引く馬も農耕場の馬も、それぞれ体格の大きさや筋肉のつき方が違う。騎馬隊の馬はどんな馬だろう。楽しみで仕方がなかった。

マリアの言う通り、掃除も洗濯も思った以上に時間がかかる。コツを掴むまでは疲れたが、二週間も経つとだいぶ慣れてきた。

朝起きて窓を全開にし、アリスは大きく伸びをした。これがここに来てからの毎朝の日課だ。

見慣れた田舎の風景ではなく、ここから見えるのはたくさんの建物、そして手入れされた庭。馬車が通る石畳は、朝露に濡《ぬ》れて光っている。

大きく息を吸い、手を組んで腕をグンと伸ばすと、ふうっと大きく息を吐いた。

メイド仲間には、ラウル以外に騎士団の中にお目当てがいる者もいて、怪我の治療や破れた服を繕うのは、彼女たちがやりたがる。自然にアリスは裏方に回るようになっていた。

そのためか、騎士団の人たちと顔を合わせることは滅多にない。噂のラウルも五度ほどやってきたようだが、チラリとも見ることはなかった。

「よしっ、今日も一日頑張らないと！」

頬をパンッと両手で打つと、アリスは元気よく部屋を飛び出した。

そんなふうに充実した日々を送っていたが、慣れない仕事の積み重ねで疲れが溜《た》まっていたのだろう。とある日の朝、いつもなら起きて準備をしている時間になっても、アリスは夢の中にいた。

——コツン。

なにかがぶつかる音に、眠っていたアリスの瞼《まぶた》がひくつく。コツン、と再び乾いた音が聞こえて、やっと意識が浮上した。うっすら開けた目に映ったのは、壁にかけたお仕着せだ。

（なんだっけ……あれ）

頭がうまく整理できず、ぼうっと見つめていると、三度目の音がコツンと鳴った。

「あ！　仕事！」

王宮の宿舎にいることをようやく思い出して、慌てて飛び起きて窓を見た。いつもよりも日の光が強い。部屋に差し込む光の具合から、寝坊したことに気づき、焦ってお仕着せを掴んだ。

五時に鳴らされる廊下の鐘に、今日は全然気がつかなかった。急いで着替えたアリスは、時間を確かめるべく窓辺に向かった。

結露で曇った窓には、いくつかの小さな傷がついている。なんだろうと思い、勢いよく窓を開け、時計台を見た。針はもうすぐ六時を指そうとしていた。それだけを確認し、急いで窓を閉める。

なんとか朝食には間に合いそうだ。寝癖で絡まった髪をブラシで梳《と》くと、後ろで簡単にまとめる。夜のうちに用意しておいたタライの水で顔を洗い、両手でパンと頬を打った。

「今日もお仕事頑張るぞ！」

アリスの部屋の下で、四個目の小石を手にした青年が窓を見上げていた。

朝日にきらきらと輝く銀髪に、眩《まぶ》しそうに細められた紫の瞳。ここにメイドがいたならば、うっとりと見とれるほどの美貌の持ち主だった。冷たささを感じるほど整った顔に、薄く笑みが浮かぶ。

「殿下、どうなさいました」

「いや。ちょっと恩を返しただけだよ」

「恩？　なんのことです？」

「なんでもない」

そう言いながらも、やはり唇は笑みを浮かべている。

（これはなんとも、お珍しい……）

側近の男は、主が石を投げた窓を見上げた。

「アネット、これ乾いたから、厩舎に持っていってもらえる？」

「あ、はい」

アリスの耳がピクリと反応する。アネットはマリアと親しいメイドで、アリスもよく話をするようになっていた。そのアネットが、なんとも気のない返事をしたのが気になった。

アリスは汚れた服が山盛りになったカゴを両手に持ち、洗濯室に持っていこうとしていたが、つい足を止めてそちらを見てしまった。

先ほど『はい』と答えて受け取ったにもかかわらず、アネットは渋い顔をしていた。

アリスの視線に気づき、彼女は小さくため息をつく。

「私、厩舎って苦手。あのにおいが髪に移りそうで」

「それに、今日は殿下が訓練にいらっしゃる日だものね」

「ちょっと、マリア！」

マリアが茶々を入れると、アネットは焦って否定するが、それでは図星だと言っているようなものだった。

「私、代わりましょうか？」

「え、本当？」

「はい。代わりにこれをお願いできれば」

代役を申し出たアリスに、アネットは顔をほころばせる。それもそうだろう。アリスが向かおうとしていた洗濯室は大きな窓がついており、日当たりは抜群。そして、その窓から訓練をしているところが見える。

「よかったわね、アネット。バルコニーが補修中で」

「もう、マリアったら。バルコニーがすぐ傷んじゃうんだもの。仕方ないじゃない」

洗濯室の横のドアを抜けると、外干し用の広いバルコニーがあるが、そこからは訓練がよく見えない。そのバルコニーは一日中洗濯物を干しているため、傷みやすく、現在も張り替え作業がおこなわれていた。

困ったように言い、アネットは笑顔でカゴを受け取ると洗濯室へ向かった。

「じゃあ、私も行ってきます」

仕事で外に出ると、つい視線が厩舎に向く。今日は乾いたシーツを運ぶため、堂々と厩舎に近づける。アリスは嬉しさで足取りが軽くなっていた。

王宮の厩舎はアリスの領地とは違い、人の住居だと言われても信じそうなほどに造りが立派だった。餌置き場や用具置き場、世話係の詰所も隣接し、設備が整っている。

（すごいなあ……）

何度か騎馬隊の訓練や、運動のため馬が外に出されているのを見たが、締まった筋肉を持ち、光沢のある滑らかな毛艶《けづや》の素晴らしい馬たちだった。

厩舎に近づくと、馬の独特なにおいがする。アネットをはじめ同僚の多くは、このにおいが苦手なようだが、アリスは嬉しさでニヤニヤしてしまった。

そこに別のにおいが鼻をついた。その青くささに懐かしさを感じて視線を巡らすと、厩舎の裏にある木が目に入った。

まだ青い実をいくつもぶら下げ、枝が重そうにしなっている。敷地内の植物はすべて綺麗に剪定《せんてい》されているのが、これだけはあるがままの状態で立っていた。

(柿だわ！　こんなにたくさん！)

アリスがいた領地にも柿の木はたくさんあった。かなり渋みのある品種で、食べられるように加工するのは実が赤くなってからだ。これはまだ加工するには早く、もう数週間は必要だろう。しかし若く青い実も、とても便利なものだ。

よく見てみようと近づきかけたところ、声をかけられる。

「運んでくれたのか」

「あ、はい」

話しかけてきたのは、顔なじみとなった馬の世話人・マルセルだった。柔らかそうなリネンのシャツに、大きめのズボンをサスペンダーで吊《つ》っている。着込んで色が抜けたベストは、あちこちに干し草がついていた。

こんな風貌でも騎馬隊の元隊長だそうで、位はかなり高い。本人は騎馬隊の引退後も、好んで世話人をやっているそうだ。

「すまんが今、干し草を扱っていてな、こんな状態だ。そのまま中に持ってきてくれ」

「はい！」

シーツを両手で抱えたまま厩舎の前を通ると、開いていた窓から馬が見えた。このシーツは毎日の訓練が終わり、馬の体を洗った後、拭《ふ》き上げるために使う。そのため、毎日かなりの量を洗濯することになる。

「馬が好きなのか？」

「はい！　領地にいたときは、よく世話をしていました。出産を手伝ったこともあります」

アリスの言葉に、マルセルは目を丸くすると豪快な笑い声をあげた。

「そりゃすごい。訓練所の女の子たちは、馬が怖いのかあまり寄りつかないんだ。騎馬隊に属している馬は気性が荒い子が多いから、世話は頼めんが、これから厩舎の用事はお前が来てくれるか」

願ってもない申し出だった。アリスはもちろん、ふたつ返事でそれを受けた。その様子にマルセルは「面白い子だな」と笑う。

また面白いって言われた……と、アリスははにかんだ。

「上の者にも言っておこう」

「ありがとうございます！」

アリスが胸を躍らせて戻ろうとしたとき、「そういえば」とマルセルが問いかける。

「さっき、なにを見に行こうとしていたんだ?」

「さっき……? あ、柿です! 見事な柿だなあと思って」

「そうだろう。本当は切る話もあったんだが、先代の妃殿下がとてもお好きだったのでそのままになっているんだ」

「美味しいですもんねえ」

その言葉に、マルセルはまた驚いたように目を丸くした。

「調理方法を知っているのか」

「知っている、というほどではありませんが……」

「当時の料理人もずいぶん前に辞めた。この柿はかなり渋みが強くて、どうにもできずにこのままだ」

なんともったいない。そう話すと、驚いたことにマルセルは好きなだけ採ってもいいと言いだした。

「い、いいんですか⁉」

「ああ。これも上に言っておこう。完熟して柔らかくなると、鳥に食われるか、そのまま落ちるか……それで終わりだ。活用してくれるなら柿も喜ぶだろう」

柿が喜ぶかどうかはわからないが、いいと言った彼の気が変わらないうちに、快く受けるべきだろう。もちろんアリスはブンブンと力強く頷いた。

「ありがとうございます、マルセルさん！」

「次の休日にでも来るといい。俺は大抵ここにいる。そのときは梯子や鋏《はさみ》も用意しておこう」

「はい！」

アリスは来たとき以上に足取り軽く、仕事に戻っていった。彼女の姿が建物の陰に入り、見えなくなってから、マルセルのそばに長い影が近づいた。

「盗み聞きはいけませんなあ、殿下」

「あなたのそんな楽しげな声が聞こえたら、気になるのは当たり前じゃないですか」

細長い影が、マルセルのガッシリした影の隣に並ぶ。ふたりはしばし並んで柿の木を見ていた。先に沈黙を破ったのは、マルセルだった。

「これがうまいんだと」

「おばあ様がお好きだったようですが、俺も味は知りません」

ふたりの視線は、まだ青い柿に向けられた。枝の先が実の重みで、たわんでいる。

マルセルが「楽しみだなあ」と顎を撫でるが、ラウルが呆《あき》れた声を出す。

「……楽しみって、あなた、作ったら持ってこいなんて言ってないでしょう」

「んあ⁉　俺、言ってなかったか⁉」

「言ってませんよ。好きなだけ採っていけ、としか言ってません」

その言葉に「しまったぁ～！」と、マルセルは両手で頭をわしゃわしゃと掻《か》いた。それも伝えたつもりでいた。先代の妃殿下の姿を思い出し、あの方が好んで食べていた味がどんなものか知りたかった。

「あ、待てよ。採りに来たときに言っても間に合うじゃないか。梯子と鋏を用意してやるから、と伝えてある。なら、来たときは俺に声をかけなきゃならんからな」

「落馬で骨折した足で、梯子とか……ご冗談でしょう？」

ラウルはチラリとマルセルの左足を見る。

マルセルが騎馬隊を引退したのは、落馬による骨折が原因だった。今は完治したが、治療には何年もかかった。注意して見なければわからないが、今も歩くときに少し引きずる癖がある。無意識に左足を庇《かば》っていた。

完治したとはいえ、昔と同じようには動かない。筋力も衰えたし、できないことも増えた。だから引退した。それでもマルセルは「んなもん、治ってる」と吐き捨てるように言った。

「今回は、俺に譲ってください」

「あ？」

「邪魔したら、馬に蹴られるって言うでしょう」

ラウルの言わんとすることがわかり、マルセルの顔がニヤリと歪む。

「騎馬隊の元隊長が、馬に蹴られるわけねーだろ」

「落馬はしましたけどね」

ああ言えばこう言う。マルセルはチッと小さく舌打ちをすると、踵《きびす》を返した。

「うるせえ。仕方ねえから今回は譲っておく。けど俺が食いたいって言ってたと、あの嬢ちゃんにちゃーんと伝えろよ？」

「はいはい。わかりましたよ」

硬くて丸い青い実が、どんなものに化けるのだろう？　彼女には見えているらしい景色が、ふたりにはまったく想像がつかない。だが、それにたまらなくワクワクさせられる。

「彼女、面白いでしょう？」

「ああ。面白いな。馬に蹴られてもいいかな、って思うくらいは」

「……邪魔しないでくださいね」

マルセルはなにも答えず、ただ肩をすくめ、厩舎に戻っていった。わずかに左足を引きずりながら。

ラウルはそれをじっと見ていた。その目はとても優しい。あんな口をきいたが、無理をしないかと心配しているのだ。もちろんマルセルにはそれもお見通しだろう。

マルセル・ブロンダン。騎馬隊の元隊長として、王宮に勤める誰もが知る人物である。実は本当の顔はそれだけではない。その昔、遠征中に現国王ローランの命を救い、窮地を脱しただけでなく、ひとりで戻って相手側を全滅させた鬼の騎馬隊長である。

帰国後、名誉騎士の称号を与えられたが、本人は堅苦しいことが嫌いでその事実を隠している。そんな人柄と、名誉や地位を重んじない考え方から、ローランは彼を兄と慕い、幼い頃から周りに甘やかされていたラウルを預けるほど信頼していた。

小汚い気楽な格好で、毎日馬の世話に勤しんでいるが、国王陛下とラウルが、彼の意見には耳を傾ける。ふたりが家族同然に思っている人物なのである。

ただ、それを知るのは、ごくわずかな人間のみであった。


その後のふたりのやり取りなどなにも知らないアリスは、上機嫌で仕事を終えた。

次の休みは三日後だが、そんなに早く行っていいものだろうか。青い実のうちに採れたら、別の使い方もできる。三日後を楽しみに、早い時間に眠りについた。

三日後、アリスは朝食の席で、慌ただしく入れ替わる面々を見ていた。中には夜通しの仕事を終えて疲れきった顔の者もいる。今から軽食をとり、眠りにつくのだろう。彼女たちが着るお仕着せは、王宮内で働く人たちのものだ。こうして見ていると、必ずしも王宮内の仕事がいいとは思えない。

騎士訓練所の仕事は、朝から夕方までと時間が決められている。訓練自体が日中おこなわれるから当然といえば当然だ。たまにおこなわれる夜間訓練も、その翌日は訓練所自体が休みになる。

だが王宮内の仕事はそうはいかない。王宮は眠りにつくことがない。

王宮内の仕事は、勤務時間が毎日変わる不規則な勤務体制だと聞くが、それでもそちらの仕事の方がいいのだろうか？　アリスにはわからなかった。

「そりゃあ、王族の方々とお近づきになれるからじゃない？」

同じように、疲れきった人たちの食事を眺めていたマリアが口を開いた。

「お近づきって……そうそうなれるものじゃないでしょう？」

「そうなんだけど、現に王宮内の仕事が一番人気なのよ。すれ違いざまに見初められるとか思ってるのかしらねー」

それは無理な話だ。王族の方々と遭遇したら、まず端に寄って腰を落とし、頭《こうべ》を垂れる。王族は勤め人たちの顔を見ることはないに等しい。

「それが免除される人たちもいるわけよ。王族に直接仕える人たちね。お世話が仕事だから顔も名前も覚えていただけるし、お言葉を交わすこともできるわ。まあ、この大人数でしょ？　そうなれるのは、ごくごく一部よ」

「へえー。大変そう」

「そうねえ、その人たちはお近づきになれる代わりに、呼び出しには常に応じなければならないの。自分の部屋も、王宮内の王族のそばの部屋を充てがわれるわ」

深夜、王族が目を覚ましてしまったときに冷たい水を運んだり、外遊先から帰ってくる予定が遅れに遅れて何時間も待ちぼうけを食ったりと、話に聞くだけでも大変そうだ。

「そんな中で大変なのが、やっぱりラウル殿下らしいわ」

「どうして？」

「ちょくちょくお姿を消されるのよ。慌てて探しても、もうどこにもいないの。勤め人の宿舎付近で目撃情報があったとかで、夜にここで騒ぎになったこともあるのよ」

大変と言うが、マリアの瞳は好奇心で輝いている。

「ええっ？　そうなの？　なぜかしら」

「さあ……女性と会っているのではないかって、そういう噂もあるわ。そりゃ捜す方も躍起になるわよね。あわよくばって考えてるご令嬢が仕えてるんだからさ。他に取られちゃたまったもんじゃないわよ」

なんと人騒がせな。姿絵を見た限りでは、清潔感が溢れる冷たい美貌の凛《りん》としたイメージだったが、それがガラガラと音をたてて崩れていく。

「あら、その通りのお方よ？　凛としていて近寄りがたい雰囲気。あの見事な銀髪と、見つめられると魔法にかけられたかのように時が止まる神秘的な紫の瞳。あまり感情を出す方ではないから、冷静で次期国王にふさわしいと、貴族院の重鎮も太鼓判を押してるって話」

それがなぜ、ちょくちょく姿を消して側近や侍女を困らせているのだろう。

マリアがニヤリと笑い、顔を近づけて囁《ささや》く。

「ほら、恋って人を変えるじゃない？」

……そんなものだろうかと、なんだかアリスは腑《ふ》に落ちない。いずれにしても、アリスの中でラウルの印象は変わってしまった。

「さてと、そろそろ行くわね。アリス、本当に一緒に行かないの？」

「うん。今日はマルセルさんのところに行くから」

王宮勤め人たちも地位の高い人たちばかりだ。ゆえに、社交界での夜会やお茶会の誘いもあり、休日を使って出席できる。

マリアは貴族ではないが、国内有数の貿易商の令嬢として、たびたび社交界に顔を出している。本人は面倒くさそうに言うが、それでも出席する理由は〝婚活〟だ。

確かに、今の職場は出会いがほとんどない。今日は伯爵家のお茶会に招待されているそうで、一緒にどうかとアリスを誘った。だが、既にマルセルに柿の実を取りに行くと話した後だったため、丁重に断った。

「あんた、本当に面白い子ねえ。伯爵家のお茶会を蹴って、木に登るなんて。落ちて怪我とかしないでよ？」

「はーい」

マリアはトレーを持つと、いそいそとカウンターに向かう。なんだかんだ言っても、お茶会が楽しみなのだろう。普段と違って思いきり着飾り、バッチリとメイクをして、お姫様のごとく振る舞う。日々の仕事が厳しいだけに、そこから解放されてお姫様になれるのは嬉しいはず。

（まあ、私はあまり興味がないけど）

頭を切り替えて、アリスも柿の実の収穫に向かうことにした。いつも着ているお仕着せよりも動きやすく、汚れても構わない格好で。

かなり不格好になったが、木に登るのに見てくれなど気にしていられない。見られるとしてもマルセルだけだ。アリスはうきうきと、訓練所で大きなカゴを借りてマルセルの元に向かった。

「来たか」

「……なんで、あなたがここにいるの？」

アリスを待ち構えていたのは、マルセルではなかった。目が隠れるほどの長い黒髪に、黒いシャツに黒いズボンとブーツ。ここに来た最初の日、宿舎からの脱走を図っていた青年だった。

「マルセルさんはぎっくり腰。代わりに俺が手伝う」

「ええっ。マルセルさん、大丈夫かしら？」

「安静第一だそうだ。さあ、始めるか」

見れば、梯子と鋏が既に用意されていた。

「ありがとう」

アリスが梯子に手を伸ばすと、青年はそれを遮《さえぎ》る。

「ダメだよ。上の方は俺が採る。アリスは下の方を採って」

「え？　手伝ってくれるの？」

「ああ。ひとりじゃ大変だろ？」

「ありがとう。あ、半分残しておいてね。色づいてからまた採りたいの」

青年は頷き、慣れた手つきで小さなカゴの金具に紐《ひも》を通すと、腰に巻きつけた。

「うまいんだって？」

「ええ、そうよ。実が色づいてからね」

色づいてから……。では、なぜまだ青い実を収穫するのだろうか。

青年がそう聞くと、アリスは「上手にできるかわからないから、まだ内緒」と答えた。彼女はなにをしようとしているのだろう。

「マルセルさんが、食ってみたいって」

「わかったわ。それも上手にできたら持ってくる」

「俺も食いたい」

「はいはい。今日のお礼に持ってくるわね」

最初から手伝うつもりだったようで、鋏もふたつ用意されていた。青年は身軽な動きであっという間に梯子を登り、太い枝にまたがる。

アリスは実がついて重くしなった枝に手を伸ばし、ひとつひとつ鋏を入れた。

作業をしてしばらく経つと、カゴは青い実でいっぱいになった。見上げると、木についた実は半分ほどになっている。そろそろいいだろう。

「カゴいっぱいに採れたわ。後は色づくのを待つことにする」

青年は器用に枝を伝って下りてくると、梯子に足をかけ、アリスを見下ろした。そのとき髪が風に揺れ、隠れていた目が見えた。

「お、たくさん採れたな」

「ええ。ねえ……あなた、すごく綺麗な紫の目をしているのね」

青年はすぐに手で前髪を下ろし、目を隠す。

「どうして隠すの？　もったいない」

「……別に意味はないよ」

そうは言うが、自嘲気味に表情を歪める青年の姿が気になった。

「ラウル殿下と同じ色だから？」

「いや、そういうわけでは……」

「でも、あなたは殿下とは印象が違うわよ？」

「え……。それは、どういう……」

戸惑う青年の様子に気づかず、アリスはカゴを見て「すごい！　たくさん！」とはしゃぐ。

青年は、大きなカゴを持とうとしてよろめいたアリスの手から、カゴを取り上げた。

「いいよ。俺が持っていく」

「え？　いいの？」

「ああ」

お言葉に甘えて大きなカゴを任せ、アリスは青年が腰につけていた小さなカゴを持った。これでもかなり重い。これを腰につけ、バランスの悪い木の上で作業をしていたことを考えると、青年は細く見えるが、かなり鍛えているようだ。

部屋の前まで運んでもらうと、改めて青年に礼を言う。

「ありがとう。今日は本当に助かったわ」

「いや、いい。次もまた手伝う」

立ち去ろうとしない青年を不思議に思い、見上げると、やっと青年が口を開く。

「さっきの……殿下とは違う印象だって、どういうことだ？」

「う～ん……。あなた、殿下とは近しい人？」

「い、いや。全然」

するとアリスは顔を近づけて声を潜めた。

「そう。あのね、ラウル殿下って、女性問題で周囲を困らせているんですって。ガッカリしたわ」

「……は？」

意外な答えに、間の抜けた声しか出ない。

「あなたはそうは見えないから。殿下と同じ瞳の色でも気にしない方がいいわ」

「え、あ……ありがとう……」

「じゃあ私、これに取りかかりたいから失礼するわね」

目の前で閉められたドアを、青年は呆然と見つめる。

「女性問題って、なんだ……？」

もちろんその呟きは、せっせと柿の実を運ぶアリスの耳には届かなかった。

王宮勤め人とはいえ、上流階級の子息ばかりのため、宿舎の設備もなかなか整っている。部屋はふた間続きで、ベッドなど必要最低限の家具がついた部屋と、洗い物や湯浴みのできるタイル張りの小部屋がある。アリスは何往復かして、すべてをそのタイル張りの部屋に運び込んだ。

小さなナイフを取り出し、柿の実を細かく、さいの目に切る。それをガーゼに包んで木の棒でドン、ドンと叩きだした。

叩き続けていると徐々に感触が変わり、グシャ、グシャと水っぽい音になる。満遍なく実を潰すと、それを傍らに置いたバケツの上で力いっぱい絞った。グググッと最後まで絞り、バケツに溜まった液体を見て、アリスはにんまりとした。

強烈なにおいが鼻をつくが、そんなことは気にしていられない。ドア一枚隔てた寝室は大丈夫だろう。

絞り終わったガーゼに残っていたカスを取り出し、また細かくした柿を入れる。そして、また水分が出るまで叩く。それを何度か繰り返すと、やっとバケツの三分の一ほどになった。

その日から、夜遅く宿舎にドン、ドン、ドンと不気味な音が響くようになった。何事かと音の原因を探る者もいたが、どうやら出どころが、あの幽霊が出る部屋だと知ると、皆震え上がって逃げ出した。

――ドン、ドン、ドン……。ドン、ドン……。

今日も宿舎に不気味な音が響く。それを聞いた者は耳を塞ぎ、布団の中で震えながら夜を過ごした。そんなことも露知らず、アリスはやっとバケツいっぱいになった液体を見て「できた……！」と満足げに微笑んだ。

達成感で晴れ晴れとした表情で食堂に現れたアリスを待っていたのは、マリアのため息だった。

「ねえ……アリス、知ってる？」

「え？　なにを？」

心なしかマリアの顔色が悪い気がする。真剣にアリスを見つめる目は暗く、力がない。そういえば、周りの人たちもなんだかやつれているように見えた。

「アリスの部屋、幽霊が出るって言われてたじゃない？　また変な音がするのよ。しかも、夜な夜な」

「知らない！　本当？」

マリアの言葉に、アリスは大きな声を出して驚いた。

「本当よ！　アリス、そこに住んでて知らないの？」

「ええー？　私、寝ちゃうと物音とか気づかなくて……」

「おかしいわね……。中にいる人には聞こえないなにかなのかしら……」

マリアは不思議そうに首をひねるが、そんな不可解なことがあるだろうか？　おかしい。あの青年はもう部屋を使わないと約束したはずだ。

「アリス、前に幽霊を追い出したって言ってたでしょ？　なんとかならない？」

「えーっと……頑張ってみる……」

変な音がなにかまったくわからないが、あのとき話し合って出ていってもらったと言った手前、そう答えるしかなかった。

だがその夜から、ピタリと不気味な音がやんだのである。

それもそのはず。音の原因はアリスで、例の液体ができ上がって、叩くのをやめたからだ。宿舎に寝泊まりする王宮勤め人たちは、数日ぶりにぐっすりと眠れたと大喜びだった。


――コンコン。軽やかなノックから間を置かずに、ドアが開く。

「おう、来たか……って、くっさ！」

マルセルの満面の笑みが、一瞬で歪んだ。それを見たアリスも、ついつい苦笑が漏れる。

「そんなに……くさいですか？」

「いや〜。なかなか……強烈なんじゃないか？」

「そうですかねえ？　慣れると気づかないんですけど……」

アリスは手にしたバケツを持ち上げる。確かに少しツンと鼻をつくにおいはするが、まさかそんな反応をされるとは思わなかった。慣れというものは恐ろしい。

「これか。まさか柿の渋が防腐、防水に効くとは思わなかった」

「外干し用のバルコニーが傷みやすくて困っていると聞いたので、試しに作ってみたんです。どこまで効果があるかはわからないですけど、領地ではこれを使っていたんですよ」

領地では大人数で作るうえに男手もあるから、もっと綺麗なものができる。アリスがひとりで作ったものは上手に漉《こ》せず、果実の繊維が入ってドロッとしていたが、なにもしないよりは、塗った方が傷むのを遅らせられるだろう。

実の青い渋柿は、潰した液体が防水性、防腐性に優れている。アリスの領地は雪深い北の地にあり、木の腐食が激しいこともあって、厩舎の外壁や外階段、柵などに柿渋を塗布していた。

なんとか柿渋を抽出できたとはいえ、勝手に塗っていいとは思えず、こうしてマルセルを頼ったのである。

「本当に、乾いたらこのにおいは消えるのか?」

「はい。外ですし、今の季節は雨が降らなければ、一週間くらいでにおいは消えると思います」

妙なことを知っている子だ、とマルセルは感心したようにアリスを見やった。

「そうか。さすがにその間は洗濯物に、においがつきそうだしなあ……。わかった。俺が言っておいてやる」

「ありがとうございます!」

よかった。無駄にならずに済むようだ。アリスは胸を撫で下ろした。

今日は仕事の休憩中のため、長居はできない。挨拶をして立ち去ろうとすると、マルセルが呼び止める。

「ちょっといいか」

「はい?」

いつも気楽な雰囲気のマルセルが、なぜか神妙な顔つきをしている。

「ラウル殿下は……女性問題の噂があるのか？」

「えええ～！　マルセルさんのところにも情報が入っているんですか？　それじゃ、信憑性《しんぴょうせい》があるってことなんですかね？」

「いやいやいや、そうじゃなくて」

マルセルは慌てて否定した。

「どんな噂なのかを聞いてるんだ」

「え～と、ラウル殿下は、側近や侍女を撒《ま》いて消えてしまうときがあるんだそうです。その影には、真面目で冷静な殿下を、そんな情熱的な行為に走らせる女性がいるって話なんですよ」

「え？　あ～、そう」

なんだかマルセルの小鼻がひくつき、声も震えていた。マルセルの様子が気になったが、間もなく午後の仕事が始まる。アリスは挨拶をして、慌てて訓練所に戻った。

アリスの姿が遠ざかると、我慢できなくなったマルセルは大声を出して笑い転げた。

「そうかぁ～。あんなに小さかったお前がなあ、情熱的な恋をしてるのか」

「……してませんよ」

おかしそうに涙を浮かべて笑うマルセルに、不機嫌そうなラウルが近づく。まさか、たびたび王宮を抜け出すことが、こんなふうに噂されているとは思わなかった。

「情熱的な恋の相手がこんなおっさんだとは、誰も思わないだろうな」

「俺の評判を、どうしてくれるんですか」

ひどい言いがかりだ。マルセルは鼻で笑い、軽くあしらう。

「知らんよ。お前が勝手に来てるんだろう」

「……心配なんですよ。それに、この窮屈な王宮で、感情を笑顔の仮面でうまく隠したつもりになって近づいてくる人たちの相手をしていると、疲れるんです」

ラウルにとって、マルセルは素をさらけ出せる数少ない相手だった。駆け引きに陰口、心ないおべっか。そこには〝真実〟なんてあるのだろうか。そんな中にいると、時折息が苦しくなることがある。

マルセルが心配なのも本当だ。彼が騎馬隊を引退したのは、落馬した際の骨折の治りが悪く、完治してからも元通りには動かなくなったからだ。

マルセルはまるで自分と一体になったかのように、馬を操る天才だった。それは馬の腹に触れる足の微妙な力加減がなせる技だった。それが骨折後、できなくなってしまった。

落馬の原因を作ったのは、ラウルだった。国境警備の視察に向かう途中、突然襲ってきた山賊からラウルを守ろうとしたが、山賊が吹いた矢に驚いた馬から振り落とされたのだ。

マルセルは決してラウルを責めない。しかし、馬に接するマルセルの表情に、愛《いと》おしさと少しの寂しさがあるのをラウルは知っている。

そんなマルセルが、最近はとても明るい。理由を聞けば、訓練所に新しく配属になった女の子が馬好きなのだそうだ。初めは『珍しい子だな』くらいに思っていたのだが、馬が見たいあまりに、厩舎に来る仕事を率先してやっていると聞き、俄然《がぜん》興味が湧いた。それがまさか、宿舎から抜け出すところを見逃してくれた女の子だとは思わなかった。

「最近、ここに来るのはそれだけじゃないだろう」

「……バレバレでしたね」

まるでラウルの心を見透かしたかのように、マルセルが言った。

ラウルには、窮屈な仮面世界と、マルセルのところで過ごす少しの自由しかない。それなのに、アリスは令嬢でありながら蔦を使って家を飛び出し、時には馬の出産も手伝う。そして平然と木に登ろうとするし、渋柿なんてものが欲しいと言い、防腐剤を作り出してしまった。

自分に比べたら、彼女はなんて自由なんだと思う。考えることも行動も、羨ましいほどにとても自由だ。そして、なんて屈託のない顔で笑うのだろう、と。

それはまるで太陽みたいな明るい色の花をつけ、どこまでもふわふわと飛んでいって、どんな場所にも根を下ろすたんぽぽだと思った。

「あんな誤解は困りますがね」

「それは自分でなんとかすることだな」

「もちろんです」

その手の誤解は早く解いておかないと、始まるものも始まらない。

「じゃあ、俺はこれをバルコニーに塗る手配をするか。ほれ、お前もそろそろ戻れ。側近が捜しているだろう。戻らないと、また女の噂がたつぞ」

「ぎっくり腰だってアリスに言ったこと、根に持ってますか?」

「当たり前だ。俺はそんなやわじゃない」

遠くでラウルを呼ぶ声がする。このままここにいては、見つかるのも時間の問題だった。

適当な場所で合流するか……そうひとりごちると、ラウルは厩舎を離れた。

「ああ、いたわ。やっと見つけた。ずっと探していたのよ。はい、アリス。あなたにお届け物よ」

「あ、ありがとうございます」

休憩がもうすぐ終わる時間になって訓練所に滑り込むと、アネットが小さな包みをアリスに渡した。

誰からだろう？と見てみると、そこには両親ふたりの名前がある。包みの中には手紙と小箱が入っていた。手紙は、母ロクサーヌの筆跡だった。

【可愛い可愛いアリスへ　王宮での生活は慣れた？　お仕事はつらくないかしら？　最初の頃はお手紙をくれたのに、最近は届かないので、とても心配よ。元気でやっているか、教えてちょうだいね】

そこまで読み、思わず苦笑する。最初のうちは仕事が終わると特にやることがなく、日々のことを両親に宛てて、頻繁にしたためていたものだった。だが王宮にやってきて二ヵ月が過ぎ、慌ただしさに紛れて、ついつい手紙から遠ざかっていた。

便りがないのが元気な証拠だなんて、高齢の両親が思うわけもなく、手紙にはアリスを案じる言葉が書き連ねられている。

柿渋も作り終わったことだし、今夜は久しぶりに手紙を書こう。そう反省し、手紙の続きに意識を戻す。同封の小箱について書いてあった。

【あまりにアリスのことが心配で、友人の子爵夫人に相談をしたの。そうしたら、お守りを贈ったらいいと助言してくれたのよ。同封したものは、今、独身の貴族の間で流行《はや》っていると聞いたの。指輪にメッセージを彫って贈るのですって。必ず身につけてね】

小箱を開けると、中には長いチェーンに通された大きめの金の指輪が入っていた。

表面には、ぐるりとメッセージが彫られている。

【私の愛があなたを守りますように】

愛情深いロクサーヌらしい、温かなメッセージだ。アリスは心がほんわかと温かくなるのを感じた。そんなアリスの様子が気になったのか、マリアが覗き込む。

「あら素敵。これ、今流行っているのよ」

羨ましそうな声をあげたマリアに、アリスは首を傾げる。

「そうなの？　指にするには大きいわよ？」

「男性用だもの。チェーンに通されてるでしょう？　首にかけるのよ。これで仕事中も身につけられるわ。男性用なのはね、独身の間、パートナーの代わりになって持ち主を守るという意味があるのよ」

「この間行った伯爵家のお茶会で、話題になっていたの。女性は皆欲しがっていたわ」

マリアに手伝ってもらい、チェーンを首にかけたアリスは、お守りの指輪をそっと指で撫でた。

「へえ～。知らなかったわ」

(まだいないパートナーの代わりになって……か)

なんだか不思議な感じがした。

恋とか愛とか結婚とか、そういうことが話題になることはあった。アリスも貴族の一員であるから、社交界デビューの十六歳から数年かけて相手を見つけるのだと、頭ではわかっていたが、心ではわからないままだ。

(私に、本当のパートナーなんて現れるのかしら)

アリスには、恋をする自分がまったく想像できない。自分には、この話題はまだ早い気がした。

領地にいたなら、両親や兄、姉たちがあちこちのお茶会や夜会に連れ出そうとしただろう。でも、それもなんだか自分らしくないような気がして、少し逃げ腰だった。

そんなときに届いた合格通知。驚いたものの、なにか新しいことが待っていると思った。

（恋も、待っているのかな……）

首を傾げるアリスの耳に、休憩終わりの鐘が響く。

ハッと顔を上げると、慌てて指輪をお仕着せの中に入れた。するりと素肌に金の冷たさを感じ、なんだかくすぐったい。でも、今は仕事に集中しなくては。

アリスは汚れた服が詰め込まれたカゴを手にして、洗濯室に向かった。昨日は雨だったこともあり、訓練服はいつもよりひどい泥汚れがこびりついている。まずはこれを綺麗に洗わなければと思った。

芽生える気持ち

環境にも仕事にもすっかり慣れ、アリスが穏やかな日々を送っていたある日の食堂は、なんだかいつもと雰囲気が違っていた。どこかソワソワしているような、浮き足立っているような、そんなざわついた空気なのだ。

「なに？　なにかあるの？」

「ああ、そうか。アリスは初めてだものね。ジョーヌの晩月に、隊の入れ替えがあるのよ」

「隊の……入れ替え？」

この国の騎士団は、四つ存在する。隊には、ヴェール・アジュール・ジョーヌ・ブランと季節の名前がつけられており、それぞれ緑・青・黄・白が隊のカラーになっている。

他に、王族の警護を担当する〝ヴィオレ〟という、紫が隊のカラーである近衛隊も存在するが、四つの隊の成績優秀者だけが参加できる。

四つの隊は湾岸警備・国境警備・王宮警備・訓練所に振り分けられており、ジョーヌの晩月に配置を入れ替えるのだ。

入れ替えには二十日ほどかかり、この間、訓練所に騎士団は不在となる。

ただし、訓練所勤めのメイドたちの仕事が楽になるわけではない。この期間を使って訓練所を徹底的に掃除し、騎士団が使用していた宿舎の部屋もすべて掃除する。リネン類も新しいものと取り替え、次の隊の入居に備える。

「アジュール隊はこの一年、国境警備についていた隊よ。その前は湾岸警備だったから、王宮に戻るのは久しぶりね」

「アジュール……」

「そうよ～。この隊は数ある騎士団の中でも、人気のある騎士が多い隊なの」

そこに突然、アネットが割り込んでくる。

「特に、日の光に煌めく蜂蜜色の金髪と、澄んだ空と同じ明るい青の瞳を持つリュカ様よ！」

アネットの口から飛び出した名前に、アリスの頬がひくりと引きつった。しかし興奮気味にまくし立てるアネットは気づいた様子はない。

「リュカ様は、身体の大きな男たちが多い騎士団で、引きしまったしなやかな肉体を持ち、穏やかな笑顔を絶やさない天使のような面もおありなの。芸術品よ！」

前のめりに話すアネットの熱量に、アリスは思わずのけ反る。

「ア、アネットさん、ラウル殿下を追いかけていたのではないのですか？」

「さすがに殿下とお近づきになれるとは思っていないもの。素敵だな～とは思うけどね。私にとっては手の届かない高嶺《たかね》の花よ。見られるだけで嬉しいの」

そう話すアネットの頬は紅潮している。きっとラウルの姿を思い浮かべているのだろう。

「アネットったら。リュカ様になら近づけるって言いたいの？」

マリアが意味ありげにアネットの鼻をつついた。

「彼はまだ十九歳なのに、既に頭角を現していて、中隊長を任せられているそうよ。将来はヴィオレだろうって話。それに、同じご年齢だからかラウル殿下ともお親しいし、リュカ様も充分に高嶺の花よ」

「嫌ぁぁ。そんなこと言わないで！　夢も楽しみもなくなっちゃう！」

マリアはどこからそんなに情報を仕入れてくるのだろう。彼女の情報収集能力は相当なものだ。それと……アリスも薄々気づいてはいたが、どうやらアネットはミーハーな性格らしい。

「アリス、アネットが言うことは大げさじゃないわよ。皆の雰囲気を見てもわかるでしょ？」

ほら、とマリアが指差した先には、いつもより凝った髪型にしている者や、メイクをしっかり施している者がいる。

「大半がリュカ様狙いで、こんなにソワソワしているのよ。恋はまだ全然知りませ～んって感じで社交界に顔を出さないアリスも、ちょっと意識しちゃうかもしれないわ」

「そう、なんだ……。楽しみにしておくわ」

「絶対渡さないからね！」

なぜかアネットにそう牽制《けんせい》され、アリスは慌てて手を振って否定する。

「いやいや、ないですって。私がそんなことになるなんて、あり得ませんから！」

「わかんないわよ～？　アリスってすごく面白いから、案外気に入られちゃうかも」

それはない。あり得ない。本当に。

アリスは心の中で、そう断言した。

ジョーヌ晩月の話題が出るわけだ。厩舎の裏にある柿の実は、すっかり色づいていた。慌てて指で触れるが、まだ実はしっかりと硬い。指で軽く押しても窪《くぼ》むことはなかった。

よかった、間に合った。アリスはにっこりと微笑んだ。

「どうだ？　よさそうか？」

「うん。今がちょうど収穫によさそう」

「じゃあ、やろうか」

カゴにつけた紐を素早く腰に巻くのは、前回と同じ黒ずくめの青年だ。会うのはあのとき以来だが、『次も手伝う』と言ったのは本気だったようで、今回も準備万端で待ち構えていた。

「今日も木の上は俺がやるから」

「う、うん。お願いします」

素直に頷き、アリスも鋏を握った。ふたりともすぐ収穫に熱中し、辺りにはパチン、パチンと乾いた金属の音が響く。

手の届く高さとはいえ、ずっと腕を上げていると手が痛くなる。両手を下ろし、ふうと息をつくと、頭上から声が降ってきた。

「疲れたか？」

「少し。あなたは疲れてないの？」

「俺はまだ大丈夫だよ」

やはり、かなり鍛えているのだろうか。見上げた先で、大きな枝にまたがって次々と手際よく採っていく。今日は前髪で目を隠すこともなく、神秘的な紫の瞳が日の光に晒《さら》されている。

太陽をいっぱい浴びた外側の実は採り終えてしまったため、身を屈《かが》めて木の内側に入る。外からはわからなかったが、内側にもかなり実っていた。太陽があまり当たらないからか色は悪いが、充分だろう。アリスはいそいそと鋏を入れた。

それにしても、彼は本当に不思議な人だ。アリスは休日もこうしてマルセルのところに来るくらいで、自慢できるほど行動範囲が狭い。この広大な王宮の敷地内で会ったことのない人はたくさんいるが、この青年のような身なりの人は見たことがない。

それに、アリスが訪れる日時に合わせて来られる仕事とはなんなのだろう。第一、これまでに二度も名前を聞きそびれている。今日こそは名前を聞こう。

そう心に決めて見上げたが、木の上の青年はいない。代わりに視界に入ったのは、見事な大きさの柿だった。

「そろそろいいんじゃないか」

いつの間にか木から下りていた青年が、腰からカゴを外している。そのカゴには、色づいた柿がみっしりと入っていた。

「うん、待って。後はこれだけ」

手を伸ばすが届かない。背伸びをしても、アリスの手は空を掻くばかりだ。近くの枝を掴み、幹が反った部分に「よいしょっ」と足を引っかける。

登るわけではない。ただ、ほんの少し高い位置の実が採りたいだけだ。それなのに、引っかけた足に体重をかけ、手にした枝を引っ張ったら、簡単に枝が折れてしまった。

「……えっ」

思いきり引っ張った勢いで、アリスの身体は大きく後ろに傾いた。幹からずり落ちた足が地面について、たたらを踏む。

止まることもできず、後ろに倒れそうになって、アリスはギュッと目を瞑《つむ》った。

次の瞬間、アリスの身体は柔らかく包まれていた。目を開けると、目の前には枝が放射状に伸びている。その向こうには青い空があった。

(そうだ。枝が折れて、私……)

転んだことは理解できたが、背中に感じる温かさと、肩から胸にかけて回されている逞しい腕のことが理解できない。

(こ、これは、その……つまり……)

顔に熱が集中し始めたとき、耳元で「怪我はないか」と声が聞こえ、熱は一気に全身に回る。

「だ、だだだ大丈夫ですっ」

「ビックリさせないでくれ」

困ったように零《こぼ》れたため息が、アリスの頬を撫でた。

「あああ、あのっ、離してもらえますか」

「……ああ」

青年がようやく手を緩めると、アリスは慌てて腕の中から脱出した。

意識してしまった温もりや力強さは、すぐには消えてくれない。照れ隠しもあって慌てて立ち上がるが、左足に違和感を覚え、しゃがみ込む。

「おい！　痛むのか⁉」

「へ、平気」

「見せてみろ」

「う、きゃっ」

青年はアリスが履いていたブーツを素早く脱がせると、足首をそっとさすった。

指を移動させて軽く押す。それを何度か繰り返すと、足首の内側に触れたときに痛みが走った。

「っ‼」

声には出さなかったが、足に力が入ったので青年にもわかったらしい。

「ひねったようだな。送るよ」

「大丈夫です！　全然、腫れてないし……」

「ダメだ！　足の怪我を軽く見るんじゃない。ちゃんと診《み》てもらうんだ。柿なら、俺が採っておくから。いいな？」

青年の声の迫力に、アリスは頷くしかなかった。

アリスの足の怪我は大したことはなく、滑り落ちそうになって力んでしまっただけで、数日後には普通に仕事ができるようになった。

事故とはいえ抱きしめられた感触や、耳元で聞いてしまった低い声が、ふとしたときに思い出され、恥ずかしさで顔から火が出そうになる。しかも、また青年の名前を聞きそびれた。

そんなふうに過ごしていたら、あっという間にアジュール隊が来る日がやってきた。

昨日到着した隊は、まずは王宮に報告に出向いた。

一年間の国境警備を終え、優秀な働きをした者は階級が上がり、そこで近衛騎士《ヴィオレ》に抜擢《ばってき》される者もいれば、隊を退く者もいる。人数が減った隊は、訓練所で新人を加えて、また一年かけて新体制の隊を作り上げる。

噂のリュカは階級をひとつ上げ、ヴィオレにいっそう近づいたと、早速食堂で噂になっていた。

「もう、一足飛びにヴィオレになればいいのに……」

アリスが小さく呟いた言葉は、リュカたちを待つざわついた空気の中では、誰も気に留める者がいない。

「いらしたわよ！」

「おかえりなさ〜い！」

久しぶりに訓練所に戻ってきた面々は、どこかホッとした様子だ。訓練所もそれなりに忙しいとはいえ、国境警備はいわゆる前線だ。気を緩めることなどできなかっただろう。

部屋に入ってきた騎士を見るなり、泣きだして抱きつく女性もいた。騎士とは、恋人をも残して、遠く国境まで行かなくてはならない立場だ。これからは最低でも一年は一緒に過ごせる。ようやく訪れたこの瞬間に、感極まってしまったのだろう。

そんな中でアリスは、その光景に浸ることもできずにいた。大柄な騎士の後ろから煌めく金髪が見えて、アリスの心臓が飛び跳ねた。

「きゃあ！　リュカ様！」

「ますます凛々《りり》しくなられたわ！」

「国境警備は大変でしたでしょう？」

リュカは瞬《また》く間に女性たちに取り囲まれた。矢継ぎ早に繰り出される言葉に、笑顔で返事をする。その微笑みに、また周囲の女性たちは声をあげた。

揺れるだけで光を反射する蜂蜜色の豊かな髪に、快晴を思わせる明るい瞳。高く形のいい鼻に、口角が上がった薄い唇。健康的な色に焼けた肌から覗く白い歯までが、眩しい。

多くの女性がそんな彼の一挙手一投足に見とれ、歓声をあげるが、アリスにとってそれは見慣れたものだった。

リュカ・フォンタニエ。彼こそが、自分を可愛いと思っていた幼いアリスに、本当の美を知らしめた人物で、兄アルマンの次男――つまり、アリスにとっては甥《おい》である。

アジュール隊の訓練所初日。朝早く、アリスは南棟のとある部屋のそばに潜んでいた。五時の鐘が鳴らされ、身支度を終えた騎士たちが次々に部屋から出て、食堂に向かう。それより遅れて、見張っていた部屋のドアが開くと、アリスは素早く部屋の中に押し入った。

「わっ……、なに……って、アリス⁉」

「久しぶり、リュカ」

「アリスだ！　ロクサーヌおばあ様からの手紙に書いてあったけど、本当に王宮勤めしてるとは思わなかった！」

寝ぼけまなこが一転してパッチリと開く。

（まったく……これでよく騎士をやっているものだわ。しかも、入隊してものの三年で中隊の隊長になったと聞いたけど、本当のこと？）

目の前のリュカを見上げ、アリスは首を傾げた。

入隊して三年ではあるが、初年度は訓練所での基礎訓練から始まる。そう考えると、中隊長に上りつめるまで実質二年だ。

「そうね。なにかの間違いだったんだけど、王宮勤めになったのよ。今は騎士訓練所で働いてるわ」

「え？　昨日、食堂にいた？　見なかったけど」

不満げに口を尖《とが》らせるリュカは、昨日盛大な出迎えを受けていた食堂での彼と、印象がまるで違う。凛々しい眼差しに微笑みをたたえた、あの金髪の美青年はどこに行ってしまったのか。

「……いたわ。ちょっと隠れてただけ」

「なんで隠れるんだよ！　僕はアリスがいたらすごく嬉しいのに！」

だから隠れたの……なんて言おうものなら本気で泣かれそうだったので、やめた。

小さな頃のリュカは身体が弱く、ほとんどの時間を男爵家の自室で過ごしていた。リュカを疲れさせてはいけないと、ひとつ年上の兄レオンは、リュカとはあまり会わせてもらえなかった。

アリスがリュカに初めて会ったのは、アリスが五歳になり、家庭教師の話が出た頃だった。八歳になり、体力のついたリュカもまた、同年代に遅れて勉強を始めることになった。

既にレオンは四歳の頃から家庭教師についてもらい、勉強をしていた。そこでアルマンとオルガは、一時的にリュカを領地の両親の元に預け、空気のいい、自然が豊かな田舎で勉強をさせようと考えた。

それまではいつもひとりきりで、会うのは両親や使用人ばかり。リュカには同世代に対する耐性もなかった。友達という概念もなかった。

そんな彼が突然、三歳下の快活で物怖《ものお》じしない女の子に会ったらどうなるか。アルマンもオルガも、そしてドミニクもロクサーヌも心配した。

だが、それは杞憂《きゆう》に終わった。とても懐いてしまった。リュカが、である。

アリスは自分よりも小さいのに、たくさんのことを知っている。大人たちにもハキハキと話し、リュカがまごまごしていても決してそれを笑うことなく、小さな手を差し伸べてくれた。結果、リュカはすっかりアリスが大好きになった。

アリスと同じ目線で森が見たくて、鳥の名前を覚えた。アリスと一緒に庭を散歩したくて、花の名前を覚えた。アリスと同じものが食べたくて、嫌いなものも我慢して食べた。アリスが大好きな馬に乗れるように、運動もした。

か細い声で話す、表情の乏しいはかなげな美少年は、社交界デビューをする頃には身体も健康になって、なんでもできる完璧超人になっていたのである。

ただ、完璧超人にも弱点はある。それがアリスだった。アリスと離れたくないと、ごねだしたのである。困り果てたアルマンはアリスに口添えを頼み、騎士団の入団試験を受けさせた。

騎士になれば、湾岸警備や国境警備などで王都を離れる期間が長い。同年代がたくさんいる騎士団に入れば、自然にアリスへの依存は解消されると思っていた。

当然、アリスもそう思っていた。だが、どうやらそう簡単にはいかないようだ。

今、あっという間に腕の中に閉じ込められ、アリスはもがもがと抗議する。やたら逞しくなった胸板に押しつけられ、うまく話せない。あまり長くは話していられないのに。

ジタバタと抵抗し、やっと解放された。

「ねえ。皆の前でこういうこと、しちゃダメだよ？」

「わかってる。久しぶりだったから、嬉しくて」

仕方ないなあ……と、結局はリュカの抱擁を受け止め、なだめるように背中を優しく叩いた。なんだかんだ、アリスもまたリュカには甘い。

「すごいじゃない。中隊長なんて」

「すごくないよ。とにかく、近衛兵になったら一年ごとの異動がなくなるから」

まさかそんな理由で頑張っているとは、である。なんともリュカらしい答えだった。

力が緩くなった腕の中で、ふふっと笑いが漏れる。

「なんで笑うの。『リュカ、かっこよくなったからドキドキする～』とか、ないの？」

「ん～、リュカにはないなあ」

急に腕が解かれ、肘をグッと掴まれる。アリスが驚いてリュカを見上げると、不機嫌そうな顔で見下ろしていた。

「なに？　どうしたの？」

「リュカ〝には〟？　……アリス、恋人ができたの？」

「はあ？　ないない！　どうしてそんな話になるのよ」

王宮勤めを始めたものの、夜会やお茶会などの華やかな場には出たことがない。そんな状況で出会いなどあるはずが……と思いかけて、ふとあの青年の姿を思い出した。

（なんであの人のことを思い出すのよ……名前も知らないのに）

慌てて頭の中で打ち消すが、一度登場するとなかなか消えてくれない。そうなると、やっと平常心に戻ったのに、転んだときに抱きしめられたことや、そのときに感じた温もりや感触まで思い出し、顔に熱がこもる。

「ない、ないないないない」

そんなアリスの変化にリュカが気づかないはずもなく、目が細められる。快晴の空のように爽やかな青い瞳も、機嫌が悪そうに細めると、冷たく見えるのはなぜだろう。

「今、誰か特定の人間を思い浮かべたよね？」

「今はそういう話じゃなくて！　リュカにお願いがあるのよ」

「お願い？　どうしようかな。せっかくの嬉しい再会なのに、アリスってば、僕を困らせることばかり言うからなあ」

すっかり機嫌を損ねたリュカは、口を尖らせた。

「なんでよ。あのね、私がリュカの、その……叔母《おば》だっていうことを、内緒にしてほしいの」

叔母、と言うのに躊躇したアリスだったが、それもそうだろう。年上の甥がいるのは、自分が急激に老け込んでしまったようで、〝叔母〟という言葉が嫌いだった。

「内緒に？　名字でわかる話じゃないか」

「そうね。遠縁って言ってくれないかしら。今の私の身元保証人はアルマン兄様だし、変だと思われることはないだろうから」

アリスのお願いにリュカはしばし考えた後、にっこりと笑う。

「いいよ、わかった。その話に乗ってあげる。アリスに変な虫がつかないように見張るには、そっちの方がいいかもしれないしね」

「なによ、変な虫って。おかしなことを言うわね。ほら、行きましょ。朝食の時間がなくなっちゃう」

アリスは廊下の様子を確認し、リュカにしっかり言い含めて先に部屋を出た。

（まったく。リュカが来ただけで、いろいろと気を使わないといけなくなったわ）

そっとため息をつくが、アリスの顔はほころんでいる。久しぶりにリュカに会えて、しかも想像以上に成長した姿を見られた。やはり〝叔母〟としては嬉しかった。

「訓練所は隊の入れ替えでこのところ忙しかったようだが、これでやっと落ち着くな」

アリスがシュルッシュルッと刃物の滑る音に集中していたら、後ろから声をかけられた。

「マルセルさん」

「さて、俺も手伝うよ」

訓練所の仕事が休みの今日、アリスはマルセルのところで、収穫した柿の皮剥きをしていた。

「いいんですか？」

「隊の入れ替えのときは、馬も休息期間なんだ。手入れと簡単な運動だけだからな。明日あたりからまた変わるだろうが、そもそも俺は隠居じじいみたいなもんだ」

冗談交じりに言うが、マルセルの身体は筋肉質でガッシリしており、贅肉《ぜいにく》もついていない。隠居じじいなど、彼には縁のない言葉だった。

「ありがとうございます。思ったより多く収穫できたから助かります」

「いいさ。俺もいい暇潰しになる。それに、今日は他に手伝うやつもいないしな」

手にした柿がポロリと落ち、硬い床の上をコロコロと転がる。アリスは慌ててそれを追った。正直、今日来たらあの青年がいるのではないか、と思っていた。

（そうかぁ……。今日、来ないんだ……）

どことなくしょんぼりしたアリスを、マルセルがからかう。

「あいつが来ると思ってたのに、残念だったな」

「あっ」

落とした柿を手にして座り直したところで、また柿を落としてしまった。小さなことに動揺しているようで、なんだか悔しい。

「それは、別に……」

モゴモゴと言い訳を口にするが、やはりそこには少し寂しさが含まれている。そんなアリスを見て、マルセルは苦笑した。

（こんなに素直で、ここでやっていけるのだろうか。あいつが誰だか知っても変わらずにいられるだろうか）

アリスをいい子だと思うからこそ心配だった。

「あの、マルセルさん」

「ん？」

「収穫を手伝ってくれた人なんですけど……。あの人はどういう人なんでしょう？」

まさかのド直球の質問に、マルセルも思わず笑みを漏らす。

「どういうって、なにがだ？　俺よりもあいつと話す時間は長かっただろう？」

「そうなんですけど、ひたすら柿を収穫していたから、実際は特に話とかはしていません」

「……なにやってるんだよ」

思わず本音を呟いたが、アリスにはちゃんと聞こえなかったようだ。

「なんです？」と聞き返されたが、マルセルは適当に流した。

邪魔をするなと言うから、アリスが来る日に手伝いを譲ってやったのに、ろくに話もしていないとか、あり得ないだろう。ひたすら柿を採っていただなんて。そのためにマルセルは、ぎっくり腰などと不名誉な理由まで負わされたのに。

「それで、名前すら聞けていないんです。あんな黒ずくめの服の人、王宮で見たことがありません。彼はなんのお仕事をしていて、どんな人なんでしょうか？」

「ん～……。なあ、アリス。あいつを悪いやつだと思うか？」

アリスはう～ん、としばしの間考えたが、首を横に振った。確かに出会いは怪しさ満点だったが、悪い人だとは思えなかった。

「それは……思いません」

「ならいい。なあ、今の質問は本人に聞くべきだ。そうだろう？　アリスは知らないところで自分のことを説明されて、それがアリスのすべてだと思われてもいいのか？」

「……よくない、です」

アリスは自分がひどく卑怯《ひきょう》なことをしている気がして、小さな声で「ごめんなさい」と言った。そんなアリスの頭に、マルセルは大きく分厚い手を載せると、まるで小さな子にするようにそっと撫でた。

「だろ？　俺から言えることはひとつだけだ。あいつの服装のことを話していたがな……うん、そうだな。あんな格好をしているやつは見たことがないだろうな。それには理由がある。つまり、人に知られてはならない仕事をしているってことだ」

「人に、知られてはならない？」

「そう。秘密の大事な仕事をしている。だからな、あんな格好をした人を見たなんて、誰にも言っちゃいけない。いいな？」

（秘密の、大事な仕事。密偵……？）

ハッとアリスが顔を上げる。それならばいろいろなことが納得できる。黒ずくめの格好も、名前を言わないことも、あまり見かけないことも――。

　アリスはマルセルの目を見て、しっかりと頷いた。

すべて剥き終わると、柿を入れたカゴを屋外に持っていく。あえて残しておいた枝に器用に紐を巻きつけ、タライに溜めた湯に柿を移した。

　あまり間を置かずに湯から取り出して、マルセルが建物の長く突き出た屋根の下に吊る。全部吊り終わると、柿のカーテンができた。

「途中で食べちゃダメですよ。白い粉が吹いてからじゃないと、まだ渋いですからね」

「わかったわかった」

　マルセルが途中でつまみ食いをすると思っているのだろうか。アリスは同じことを何度か言うと、やっと帰途についた。そんなアリスの後ろ姿を見ながら、マルセルはひとりごちる。

「あ～あ、なんで俺がフォローしなきゃならないんだよ。……まあ、いいか。アリス、可愛いからな」

　見送るマルセルの頭上には、柿がぶら下がっている。手を伸ばしかけて、やめた。

（やっぱり渋いのは嫌だ。今日はやめておこう。もう一週間もしたら、いいんじゃないか？）

結局、つまみ食いをしないという選択肢はマルセルにはない。

「アジュール隊の報告では、国境は特に問題はないようだ。何度か国境を越えようとした者がいたんだが、すべて商人だった。……ラウル、聞いておるか？」

「え？　はい。聞いてますよ。その件では、リュカが活躍したそうですね」

「ああ。この件で中隊長に抜擢された。お前とは親しいんだったな。今度、話してみたいものだ。……ところで、最近はよくひとりで行動することが多いようだな」

ラウルは一瞬口をつぐむ。相手は父であり国王陛下のローランだ。隠したところでお見通しだろう。

まだ言葉にしたくないことがある。ラウルはそのことには触れず、返事をする。

「別に、マルセルに会いに行くのに側近は必要ないでしょう。なにより、マルセル自身があまり特別扱いを好まないのですから」

「ふうん？」

チラリとラウルを見て語尾を上げる返事が、ラウルの気に障《さわ》った。その反応から、やはりアリスのことは知られているようだと確信する。自分の気持ちがまだ定まっていないこの時期に、既に把握されているというのは、いい気はしない。

「騎士訓練所に、面白い子がいるみたいだ」

「……そうですか」

努めて平静を装うが、心の動揺は父に読まれていた。

「おや、知らなかったか。お前も訓練所にはたまに行くだろう。ちゃんと周りを見ておくこともお前の義務だぞ」

「わかりましたよ。それで？　なにが面白いのです？」

「厩舎裏に柿の木があっただろう。母上がお好きだったあの木だ」

ラウルがわずかに構えたことを、ローランは見逃さなかった。

「渋柿でどうにもできんと思っていたら、なんとそれで防腐剤を作ったそうだ。訓練所のバルコニーに塗ったところ、以前よりも傷みにくくなったと報告があった」

「そうですか。よかったではないですか」

ラウルとしてはこの話題は早く切り上げたいところだったが、ローランにはそのつもりはないようだ。

「面白い子には、ぜひとも会ってみたいな」

「……なにが言いたいのです」

「いや？　そういう子がいると聞いて、王宮の家屋職人たちから、ぜひ量産したいと言われてな」

「ああ、そうですか」

つい語気が荒くなる。そんなラウルをからかうようにローランは付け足す。

「面白い子は、隠しておくのが難しいな」

「いきなり国王陛下に呼ばれたら、萎縮《いしゅく》するでしょう」

どうして、そっとしておいてくれないものか……とラウルの中にイライラが募る。

「おや、その子はそんなに気の小さい子か」

「誰でも、王族が相手ならそうなりますよ」

「だから、正体を明かせずにいるのか？」

ハッと顔を上げたラウルの視線の先には、もうからかうような笑いを含んだ目はない。心の奥底を見透かす静かな目が、じっとラウルを見ていた。

「果たして、気が小さいのはどちらであろうか」

「……すみません」

思わず視線を逸らす。ふっと息を吐き、先ほどは息を詰めていたことに気がついた。

「来年は、お前も成人だ。将来国母となる生涯の伴侶を決める時期だぞ。マルセルのところに遊びに行く暇があるなら、候補者と交流を深めたらどうだ」

ローランはまたすぐに口調を砕けたものに戻した。一気に場の空気が和らぐ。

候補者とは言うが、それは周りが勝手に決めたことで、ラウルの気持ちはなにひとつ関係していない。

「結婚相手は自分で決めます。大体、父上だってご自身で決められて、今もラブラブじゃないですか。息子にも同じように愛ある家庭を、とは思わないのですか？」

「思うさ。当たり前だろう。しかしな、堂々とできないなら話は別だ。それにな、私にもまあ、大人の事情があってな……。その辺は仕方がないだろう」

自分は自由に恋愛結婚をしておきながら、息子には大人の事情を押しつける。勝手なものだ。

「大人の事情に、俺を巻き込まないでください」

「お前が、自分の事情に大人を巻き込んでいるんだ。すべて自分で決められる立場と強さを早く持てばいい。それだけだ」

それだけ、と簡単そうに言うが、それが簡単ではないことは、誰もがわかることだ。

ローランにも若い頃、婚約者候補がいた。建国時から王族に忠誠を誓い、癖のある貴族たちをまとめ上げてきた侯爵の娘だった。だが、ローランは社交界デビューの挨拶にやってきたひとりの少女に、ひと目惚《ぼ》れしたのである。

王族への挨拶のために並んだたくさんの貴族の中から、彼女を見つけてしまったローランを、もう誰も止められない。なんと国内のほとんどの貴族が居並ぶ中で、彼女に求婚したのである。

そうなっては、侯爵も諦めなければならなかった。たくさんの証人がいる中で自分の娘をゴリ押しすることはできず、祝福という大人の対応をした。

もちろんそんな場で求婚された娘にも断る勇気などなく、ふたりは結ばれた。これはこの国に伝わる大恋愛物語として有名で、どんな恋愛小説よりも、どんな恋愛劇よりもドラマティックでロマンティックだと、年頃の女性をうっとりさせている。

そのとばっちりがラウルに降りかかっていることを、誰も知らない。公共の場――しかもそれが、たくさんの貴族が並ぶ王宮の広間で、王族との婚姻を諦めざるを得なかった侯爵家は、希望を次の時代に託した。つまり、ラウルである。

（はあ……。勘弁してほしい……）

ため息をついて部屋を出たラウルを、廊下でひとりの少女が待っていた。

「ラウル殿下、本日のご予定はすべて終了でございますね」

囁くような声で静かに微笑む少女は、見るからにはかなげで、触れたら折れてしまいそうに華奢《きゃしゃ》で可憐《かれん》だった。

長い白金の髪は、薄暗い廊下でもほのかな明かりに輝くほど艶やかだ。

白く浮かび上がる顔には、濡れた大きな薄茶の瞳と、薄紅色の小さな口、尖りすぎない高い鼻が上品に配置されていた。思わず〝配置〟という言葉が出るくらい、少女は人形のような容姿をしている。

細くて傷ひとつない小さな手には、真鍮《しんちゅう》のランプを持っている。そのランプは彼女には大きく重すぎたようで、手がふるふると小刻みに震えていた。

「殿下、お部屋に戻りましょう」

「それを、こちらへ」

ランプを受け取ろうと手を差し出すと、少女は大げさなまでに目を見開き、驚いた顔をする。

「いけません。これは、わたくしのお仕事ですもの」

「いや、これは君には重すぎる。いいから、渡してください」

「殿下……。なんとお優しいのでしょう」

少女はいっそう瞳を潤ませて、ラウルを見上げる。

この程度でなにを……そう言いかけた言葉を呑《の》み込み、ラウルはなんとか口角を上げてみせた。それだけで少女は頬を染める。ため息が出そうになるのを押しとどめ、少女に問いかける。

「アリソン嬢。なぜあなたが、こんな夜遅くに迎えに来たのです？」

「そんな……。殿下、わたくしのことは、どうかアリソンとお呼びくださいませ。わたくしはあなた様の侍女なのですから」

なぜか会話もままならない。答えを聞くことを諦めたラウルは、成り行きを見守っていた側近を呼びつける。

「フレデリク、彼女を部屋まで送るように」

「かしこまりました」

「えっ？　わたくしは殿下と……」

アリソンは戸惑った様子でラウルを見上げる。そのすがるような瞳は、普通の男性なら庇護《ひご》欲に駆られるだろうが、ラウルには効かない。

「私はまだ行くところがあります。君たちは、もう休んでください」

ラウルがわざと、君〝たち〟と強調したことで、アリソンは眉をピクリと動かした。どうやら気に障ったらしいが、そんなことはどうでもいい。ラウルはさっさとランプを側近のフレデリクに渡すと、廊下を別の方向に向かう。

「で、ですが……殿下おひとりでは……」

「大丈夫ですよ。では、参りましょう」

背後では、ごねるアリソンをなだめるフレデリクの声が聞こえた。それを振りはらい、ラウルは回廊から中庭に出る。

アリソン・フォンテーヌ――彼女こそが、ローランとの婚姻に失敗したフォンテーヌ侯爵家が、今度こそとラウルに近づけてきた婚約者候補だった。

王宮勤めに上がったばかりにもかかわらず、何段階もすっ飛ばしていきなり王族の侍女となった娘だ。これがいわゆる、大人の事情なのだろう。

アリソン・フォンテーヌと、アリス・フォンタニエ。名前が似ていても、まったく違うふたり。ラウルは、屈託のない笑顔で木に登ることも厭《いと》わない、底抜けに明るい太陽のようなアリスに無性に会いたくなった。

さすがにもう部屋に戻っているだろう。部屋から抜け出す術《すべ》を知っている彼女は、合図をしたら出てきてくれるだろうか――そう考えたが、すぐに打ち消す。

ダメだ。今の格好では会えない。父ローランから言われたことが心に刺さっていた。

『だから、正体を明かせずにいるのか？』

『果たして、気が小さいのはどちらであろうか』

不安なのだ。感じるままに、惹かれるままに、アリスへの想いを大きくしていっていいのか。自分が誰なのかを、アリスが知ったときの反応が。アリスが自分をどう思っているのか。

アリスが見ているのは、ラウルであってラウルではない人物だ。彼女は、ラウルとは会ったことすらないと思っている。こんな状況は初めてだった。

それまでは、自分はなんでもできると思っていた。なんでも持っていると思っていた。人より優れているとさえ思っていた。本当はとてもちっぽけな存在だったのに。

こんなときは、自分をさらけ出せる人間と話したい。頭の中をマルセルがよぎったが、自称隠居のじじい、マルセルの夜は早い。起こすと機嫌を損ねてしまう。

（そうだ……）

目指す部屋の下でラウルは小石を握ると、軽く上に投げる。それは正確に、狙った窓を叩いた。カツンと乾いた音の後、すぐに窓が開けられる。

訝しげに覗いた人物がラウルに気づくと、窓を大きく開けて身を乗り出した。そして、窓横の蔦を掴み、スルスルと慣れた身のこなしで下りてくる。

「殿下じゃないですか」

急な呼び出しにもかかわらず、相手は爽やかな笑顔で現れた。

「蔦……」

「え？」

「今、蔦に掴まって下りてきたな」

「下りやすいですからね。お勧めですよ」

アリスが教えてくれた下り方は、ラウルが知らなかっただけなのだろうか。勝手にアリスと自分だけの秘密だと思っていたラウルは、残念そうに頷いた。

「それにしても、久しぶりだな。リュカ」

「ええ、本当に」

数年ぶりに会った友人は、再会に顔をほころばせる。それが本心かどうかラウルはわからない。リュカはいつも笑顔を絶やさない男だった。

屈強な男たちが多い騎士団の中で、細身で整った顔立ちのリュカは目立った。いつもへらへらと笑い、調子のいいことを言うリュカを気に入らない騎士は多かった。そんなリュカに対する不満分子が爆発しかけたときがあったが、あっという間に沈静化した。

それをラウルはたまたま見ていた。リュカの胸倉を掴み、すごんだ男を、じっと見据える冷たい目――見たことのないリュカの表情だった。

そのままの体勢で落ち着きはらい、男に向かってなにかを言うと、男は青くなってリュカを離した。そのとき、ラウルはリュカが自分に似ていると思った。ラウルは普段あまり感情を出さないが、リュカもまたそうなのだ。あの、人を蔑《さげす》む冷たい目……あれリュカは笑顔という仮面で自分を隠している。あの、人を蔑む冷たい目……あれが本当のリュカだ。

本性を隠して生きるふたりが親しくなるのには、それほど時間はかからなかった。立場が違い、ここ数年は会うことも少なかったが、それでも今、リュカがとても機嫌がいいと気づくほどには仲がよかった。それに、雰囲気も違うような……。

リュカの首にチェーンが見える。あまりアクセサリーなどを好まない彼が、つけているとは珍しい。

「首に、なにかつけているのか?」

詮索するつもりはなかったが、気がついたときには聞いていた。それにリュカも嫌がることなく素直に頷く。それどころか、照れくさそうにはにかんだ。それはいつもの作り笑いではなく、心からの笑顔だった。

騎士のくせに細く綺麗な骨ばった指に、チェーンをかけると、そのままスルスルと持ち上げる。チェーンの先についていたのは、華奢な指輪だった。

「大事なお守りです。僕の大切な人とお揃いなんですよ。【私の愛があなたを守りますように】と彫られています」

「リュカには、そういう人がいたのか」

今度はふわりと柔らかく微笑む。それは男のラウルから見ても羨ましいほどに幸せそうだった。

「います。僕は、彼女が一番大切です。正直、彼女が幸せに笑っていられれば、その他のことはどうだっていい。申し訳ありませんね。ここは『殿下のために』って言うところなんでしょうけど」

「いや、いいさ。そんなのは誰が言っても薄っぺらな言葉だ。真に守りたい相手がいるからこそ、国も守りたいと思うものだろう。リュカは間違っていない」

「殿下ならわかってくれると思いました。騎士になることを勧めたのも彼女なんです」

指輪を撫で、ふわりと微笑んだリュカが眩しかった。リュカには、指輪を交換するような相手がいる。

ラウルの胸がわずかに痛んだ。たとえ会えない日々が続いても、指輪を通して想いを繋《つな》げられる相手がいることが、ラウルには心から羨ましかった。

アリスは激しく後悔していた。

「アリス～。ご飯、一緒に食べよう！」

輝く笑顔を振りまき、トレーを持ってやってくるのは、リュカだ。

過度なスキンシップはやめるように、とは言ったが、親しそうに振る舞うな、とまできつくは言えなかった。騎士団で鍛えられ、見た目も精神も大人になったはず。そう信じて、空気を読んでくれると思ったのが、その思いは早速くじかれた。

隣に座るマリアは、口をあんぐりと開けてリュカを見ているし、離れたテーブルにいたアネットに至っては、眼球が転がり出てしまうのではないかと思うほど目を丸くしている。

「アリス？　これってどういうこと？」

「あっ、ええと～、これは……」

「リュカ様、どうぞ。私の隣にお座りになって！」

いつの間にか横にはアネットが移動してきており、リュカに接近しようと目論《もくろ》んでいる。リュカはそんな強引な誘いにも、天使の仮面を外すことなく笑顔で頷いた。

「リュカ様は、アリスと知り合いですの？」

「それは……そういうのじゃなくて。ね？」

同意を求めるようにリュカを見るが、彼は頷かない。それどころか、「アリスは、僕のおば――」と言いかけて、アリスの肝を冷やした。

「わあぁぁ！」

「やだ、ビックリした！　もう、なによアリス。突然変な声を出して」

突然叫んだアリスに、アネットが飛び上がらんばかりに驚いた。

「いや……。今、虫がいたような気がしたんだけど、違ったみたい」

「リュカ様、今なんと言いかけたのですか？」

「アリスは遠縁なんですよ。僕はおばあ様の家で育ったので、本当の兄妹のように遊んだものです」

『おば』なんて言うから、てっきり叔母だと暴露するのかと冷や冷やしたが、『おばあ様』と言いたかったらしい。まったく、なんとも紛らわしい言い方をする。

「そうなの？　そんなこと、ひとことも言ってなかったじゃない」

「えーっと……。まさかここで、こうして再会できるとは思っていなくて」

それは本音だ。そもそも王宮勤めに受かると思っていなかったのだから。

「え～？　本当に？　私たちがリュカ様の噂をしていたから、内緒にしておくつもりだったんじゃない？」

アネットの追及に、アリスは慌てて首を横に振る。

「そういえば、失念していたわ。アリスも姓がフォンタニエだものね」

「騎士訓練所のメイドには貴族がいないから、階級とか気にしないのよね。そうかあ、それでリュカ様のお相手はあり得ないって言ってたのね」

そういう言い方をしただろうか？と、アリスは首を傾げたが、すぐ近くから妙な冷気を感じた。見ると、リュカがニコニコとこちらの話を聞いているが、その目は笑っていない。

アネットもマリアもなにも言わないが、長く一緒だったアリスはその変化に気がついた。リュカは明らかに怒っていた。

「な、なによ。どうしたの？」

「別にー？　アリスもそういう色恋の話をするようになったんだなあーって思って」

美しく弧を描く唇から出てくる言葉も、どこかトゲがある。色恋などとリュカは言うが、そんな大げさなものではない。むしろアリスはその件にはあまり興味がない。

「私は、そういうのよくわからない、けど……」

「あら、騎士団の方々もなさるでしょう？」

口ごもるアリスの声が、アネットによってかぶせられる。けれどリュカが、しぼんだ語尾の『けど……』を聞き逃すはずがなかった。

以前なら、もっとハッキリと言葉にしていたはずだ。アリスが口ごもった原因が、なにかある。そう確信したリュカは、すっと目を細めた。

どんどん不機嫌になるリュカだったが、アリスにはその理由がわからない。それにしても、なぜ笑顔で怒れるのだろう。そして、相変わらずアネットとマリアは彼の心境の変化に気づいていなかった。

居心地悪く感じていると、食堂の空気が変わった。気楽な雰囲気でおしゃべりをしていた人たちも、ぴしっと背筋を伸ばし、話をやめる。いったい何事だろうかと出入口の方を見ると、ずいぶんと久しぶりに見る人物がそこには立っていた。

「ヴァレールさん」

「え？　……あら、本当だわ。どうしたのかしら」

誰かを探しているのか、キョロキョロと室内を見回している。誰を探しているのだろうとアリスも食堂を見回すと、その途中でヴァレールと目が合った。

「ああ、そこにいたのかね」

「え？」

ヴァレールはアリスを見つけると、まっすぐこちらに向かってくる。片やアリスは慌てだした。

まさか、クビではないだろうか。元々アリスが受かったのは間違いだったのだ。

門前払いならともかく、一度受け入れておいて今さら……となると、アリスのショックも大きい。そう身構える彼女に告げられたのは、意外な言葉だった。

「アリス・フォンタニエ。王宮内、衣装部に異動となった。来週、ブラン早月一の日の朝八時に私のところに来るように」

「えっ？」

アリスは呆《ほう》けたまま、ヴァレールから封書を受け取る。

部署異動とは、これまたいったいどういうことだろう？

ヴァレールは、用事は済んだとばかりにさっさと食堂を出ていく。アリスと同じように、ポカンと口を開けてふたりを見ていたマリアたちが先に我に返り、封書に飛びついた。

「ねえ、異動ですって⁉」

「衣装部って言っていたわ。王宮勤めじゃない！　すごいわ、アリス」

「え、ええっと……」

すごいだの、王宮勤めだの言われても、アリスにはこの異動の意味がまったくわかっていなかった。

それから数日経っても、アリスの異動話は騎士訓練所の話題の筆頭だった。なんでも、なかなか異動自体がないのだという。

「そりゃそうよ。結婚や出産なんかで王宮から去る人もいるとはいえ、そんなふうに人手が少なくなったところには、翌年、新人を入れるからね。たまに退職者が重なって、急な異動を命じられるときもあるらしいけど、私は初めて見たわ」

「ええ〜っ、そうなんだ……。衣装部、人が少なくなったのかしら？」

「う〜ん……。退職者がいたとは聞かないわね……」

情報通のマリアも首をひねる。

「衣装部は、訓練所と同じで朝から夕方までの勤務なの。別に王宮内に住む理由もないし、宿舎の部屋も変わらないわ。欠員が出たら、宿舎から出る人がいるから気づくはずなんだけど……」

「仕事が増えたんじゃない？　ベアトリス王女も社交界デビューなさったし、衣装もいろいろ必要でしょう？」

マリアの呟きにアネットが加わった。リュカの件があってから、アネットはよくアリスとマリアのところに来るようになっていた。

ラウルの妹に当たるベアトリスは、アリスと同じく今年で十六歳になった。今年の社交界デビューは、ベアトリスがいることもあって、とても華やかなものになるだろうと言われていて、アリスも楽しみにしていた。

結果として、元男爵の令嬢のアリスは、社交界デビューとは縁がなかったが、一時期は貴族として出席するものだと思っていたのである。そう考えると非常に残念だ。

華やかで豪華な場は気後れするが、それでも一生に一度の大舞台ともなると、経験してみたかった気もする。

ベアトリスは幼い頃より、公務で人前に出ることが多かった。そのため、社交界デビューといっても果たしてなにが変わるのか……と思ったら、結構変わるらしい。

「まず、おひとりで王族代表として公務にお出になることになるわ。それと、ご自分のお名前でお茶会や夜会もお開きになるでしょうね。そのために、十六歳になると侍女も増やすと聞いたことがあるわ」

それは一大事だ。そして、そういう場にはドレスが必要になる。

王族や貴族は、ドレスを王都にあるいくつかの店で購入する。もちろん、王族を顧客に持つことは店のステイタスであるため、売り込みは相当激しいらしい。店一番のデザイナーを送り込み、デザイン画や生地を持ち込んで、あの手この手で営業をする。

「デザインを決めて作るのは、その店よ。ただ、日常的なお直しだったり、サイズ調整だったりは衣装部の仕事ね。ベアトリス王女殿下の社交界デビューは、衣装部にとっても大きいわけよ」

「なるほど」

「あら。じゃあ私たち、もう行くわね」

周りの人々がまばらになってきたことに気づき、マリアたちも慌てて立ち上がる。仕事が休みのアリスは、座ったままふたりを見送る。

「行ってらっしゃい」

「アリスは今日も厩舎？」

頷くアリスに、マリアは肩をすくめた。

「本当、あんた変な子ね」

そうは言われても、マルセルのところに吊り下げている干し柿が、ちょうどいい出来だ。これ以上干していると、硬さを増してしまう。

仕事のついでに厩舎に立ち寄ったときなどは、必ず確認するようにしていた。

水分がなくなり、皺が増えた表面にうっすらと白く粉が浮かび上がってきている。

実はねっとりと甘く、半透明の芯はとろりと、まるで半熟卵の黄身に似た食感だろう。

想像するだけで、にんまりと笑みが浮かぶ。自然に歩幅が大きくなり、速度が上がる。気が急《せ》いているというのもあるが、マルセルの盗み食いで数が減ることも心配だ。

先日確認に行ったとき、吊るした紐が一本足りなかった。

(表面が白くなるまでダメって言ったのに。会ったら、文句のひとつも言わないと)

そう意気込んだのに、出迎えてくれたのは、黒ずくめの青年だった。不意の登場に、アリスの胸が跳ねる。

「え、あ……あの、マルセルさん、は?」

「腹が痛いらしい。これのせいだとか言っていたが……」

青年が指差した先には、レンガ色ほどに濃い色になった柿がぶら下がっている。

「失礼ね。干し柿が悪いんじゃないわ。渋みが抜ける前に食べるからよ」

そもそも渋が抜けきっていない柿は、えぐみがひどく、飲み込むのは困難だ。マルセルの腹痛は柿が原因とは考えにくい。とんだ濡れ衣だ。

青年が柿を下ろすと、アリスは柿を丁寧な手つきで外してそのままかじりついた。

うん、思った通りだ。もきゅもきゅと噛《か》めば噛むほど、甘さを感じる。

アリスはもうひとつを紐から外すと、青年に差し出した。だが、彼は受け取るのを躊躇している。

「……本当にうまいのか？」

「本当だったら。もう、失礼ね。せっかくあげようと思ったのに」

『なら、あげない』とばかりに、アリスが差し出した手を引っ込める。青年がアリスの手を掴み、強く引いた。アリスが掴んだままの柿に、そのままかじりつく。そのとき、アリスの指に青年の唇が触れた。

「ちょ、ちょっと……！　食べるなら、渡すわよ」

「うん。うまい。濃厚な甘さだ」

抗議する声が聞こえていないのだろうか。青年はそのまま柿を頬張る。気に入ってくれたのはいいが、そろそろ手を離してほしい。先ほどから、彼の唇が触れた場所に意識が集中している。

どんどん柿は小さくなり、とうとう小さなヘタと枝だけになった。やっと解放されると思い、アリスは腕の力を抜く。青年は「もったいない」と囁くと、ヘタについたわずかな実に、あむっとかじりついた。

（ま、また触れた！）

触れたどころではない。アリスは指が食べられてしまうのかと思った。間近で自分の指が口に含まれるのを見てしまい、全身から火が噴き出る思いだった。もはや頭もしびれ、なにも言えず、目を丸くして青年を見ている。

伏し目がちだった青年の紫色の目が、アリスを捉えた。そこに、ふっと優しい笑みが浮かぶ。ハッと我に返ったアリスは、慌てて手を振りほどいた。


数日後、アリスは律儀にもマルセルの元を干し柿を持って訪れた。

「マルセルさ～ん」

ノックの後、声をかけるとドアがゆっくりと開いた。呼びかけに顔を覗かせたマルセルだったが、顔色はあまりよくない。

「干し柿ができたんですけど……」

アリスがそう言って、手に持った包みを差し出すと、マルセルは「ひっ！」と声をあげて激しく首を横に振った。

「い、いらん！　俺はそいつのせいで、えらい目に遭ったんだぞ！」

（やっぱり、渋が完全に抜けきる前につまみ食いしてた……）

アリスは肩を落とした。どんな食べ物にも、食べ頃がある。それを待てず、口に合わなかったからといって、腹痛を柿のせいにするなんて。だが、マルセルはすっかり柿に恐怖心を抱いているようだった。

「これは大丈夫ですから。本当に」

「本当か？」

訝しげに包みを見る。嫌な目に遭っても、やはり中身は気になるらしい。アリスは苦笑して包みをマルセルに渡した。

「取り込むのを手伝えなくて、すまんかったな。お、うんまい」

あんなに嫌がっていたのに、もう頬張っている。美味しいと言ってもらえてよかった。食べ頃であっても好き嫌いはある。ましてや一度具合が悪くなると、口にすることを構えてしまうものだろう。

「食えるとなったら、なんでも食うさ。そうじゃなきゃ騎士なんてやってられない。しかも、これは本当にうまい」

「そうですか。よかった。言っておきますが、腹痛は柿のせいじゃないと思いますよ」

「まあ、そういうことにしておくか。でもこの間は、あいつが代わりに手伝ってくれたろう？」

柿を悪者にした文句を言ってやろうと思ったのに、彼の話を持ち出されただけで、アリスの様子が明らかにおかしくなった。ピタリと動きを止めたかと思うと、今度は小刻みに震え、顔を真っ赤にした。

（あ〜。こりゃあ、あいつなにかやったな？）

まだ正体を明かしていないなら、じっくりと距離を縮めると予想していたが、そうではなかったらしい。さて、どちらがそのきっかけを作ったのだろう？　馬に蹴られるのは嫌だが、好奇心はある。

「なんだ。唾つけられたか？」

「そそそそ、そんなんじゃないですよ！　たまたま、私が持ってた柿をあの人が頬張ったら、指まで食べられてビックリしたっていうだけで！」

（なんだよ。本当に唾つけたのか）

これにはさすがのマルセルも呆れてしまった。

赤くなったり慌てたり、かと思えば動きをピタリと止めたり。普段はしっかりしているアリスが、動揺して小動物のような動きになったのを見ていると、からかいたくなる気持ちはわかる。

（まあ、あいつはからかってるわけじゃないんだろうけどな……）

「その後は全然普通だったんで、向こうも偶然だったんだと思います」

「偶然で人の指、舐《な》めるか？」

マルセルの直球に、アリスの顔がみるみるうちに真っ赤になった。

「そ、そういう言い方はどうかと思います！」

「言い方もなにも、そうじゃねえか。嫌だったか？　気持ち悪かったか？」

「まさか！」

とっさに口から出た言葉に、アリス自身が驚いて、慌てて両手で口を覆う。

発した言葉をなかったことにはできない。マルセルの耳にはしっかりと届いていた。

チラリとマルセルを見ると、満面の笑みでアリスを見ていた。恥ずかしさに小さくなるアリスの頭に、マルセルの大きな手が載り、ぽんぽんと優しく撫でる。

「じゃあ、ビックリしたんだな」

アリスはコクリと頷く。

「ドッキリもしただろう」

アリスの視線が困ったようにさまようが、観念したように再びこっくりと頷いた。

「いいんじゃねえか。それはそれで」

マルセルはずるい。結局、アリスの心のうちを簡単に引きずり出す。

でも、少しホッとした。黒ずくめの青年が密偵だと知ってから、彼のことを誰にも話してはいけないと肝に銘じてきた。

青年にどんどん惹かれていって、彼の存在が自分の中で大きくなり、溢れ出てしまいそうだった。アリスにとって彼の話ができるのは、マルセルしかいない。だから不本意ではあったが、こうして胸のうちをさらけ出せたのは、ありがたかった。

これからはそれも難しくなる。アリスの新しい職場となる衣装部は、王宮内にある。厩舎からだいぶ離れてしまうため、マルセルに頻繁には会えなくなる。

「あー、これからマルセルさんにあまり会えなくなるなんて……」

「ん？　どういうことだ？」

「私、明日から仕事が変わるんです」

訓練所から部署異動になる者はほとんどいない。これはどういうことだろうか。マルセルは「ふ～ん」と考え込むように顎をさすった。

「そりゃ、突然だな。こんな時期外れに異動か。次はどこだ？」

「衣装部です。友達が言うには、ベアトリス王女殿下が社交界デビューなさったから、衣装部の仕事が増えたのではないかって……」

「……そうか」

なぜかマルセルが難しい顔で頷いた。

「マルセルさん？」

急に黙り込んだマルセルに声をかけると、彼はニカッといつもの笑みを見せる。

「会えなくなるわけじゃないぞ。衣装部が手がけるものは、なにも王族のものだけじゃない。この王宮内のお仕着せも軍服も、すべて衣装部の仕事だ。当然、騎士団のものもそうだ。これからもこっちに来ることはあるさ」

「えっ。本当ですか？　なんだ、よかった」

アリスは安堵のため息をついた。

てっきり王宮から出られない仕事だと思い込んでいた。考えてみれば、マルセルの言う通りだ。

普段アリスが着ているお仕着せも、仕事が決まったときに支給されたものだ。特になにも考えずに受け取っていたが、勤め人の服も王宮内で作っているから、できることなのだろう。

「たまにこっちに来るときは、また訪ねてくればいいさ。隠居のじじいも、話し相手がいなくなっちゃ寂しいからな」

「またそんな、隠居のじじいなんて言う……。言っときますが、マルセルさんは私のお父様よりもずいぶんと若いんですからね！」

「へえ。アリスのお父さんはいくつなんだ？」

「もう六十を過ぎました。本当の隠居生活ですよ。それもあって私、自立しなくちゃと思って、こうして働いているんです」

「なるほどな。お前がしっかりするはずだ」

年上にも物怖じしないところなんかは、そんな環境だったからこそ身についたものだろう。柿渋の効果や干し柿の作り方は、使用人や領民から聞いたというから、周りには大人が多かったと想像がつく。

良家のお嬢さんなどは、あまり使用人や領民と親しくすることを好まない。だが、アリスの育った環境では、それが自然なことだったのだろう。それはマルセルを怖がることなく話しかけてくるところからもわかる。

「お前なら、新しいところだってうまくやっていけるさ」

「だといいんですけど……」

まだ本調子ではないマルセルと長く話していては悪いからと、アリスは早めに部屋を出た。

「こんな時期に、アリスだけが異動？　いったい誰が仕組んだんでしょうなぁ？」

遠ざかるアリスの後ろ姿に向かって、マルセルが呟く。その言葉に答えたのは、低い声だった。

「仕組んだとは人聞きが悪い」

どこからともなく現れた男に、マルセルはチラリを視線を投げかけると、小さく肩をすくめた。

「間違ってはいないでしょう」

「お前もラウルも気に入っていると聞くと、どんな子か知りたくなってな。王宮にいる時間が増えれば、どんな子か知る機会も増える」

悪びれた様子もなくそう話すのは、ローラン国王陛下その人であった。

「ラウルは、自分のペースで進めたいようですがね」

「だからといって、なにもわたしに隠すことはないだろう」

この突然の異動騒ぎの真相が腑に落ちて、マルセルは思わず吹き出した。

「ご自分だけ蚊帳《かや》の外だったのが、面白くなかったのですね？」

「愛を得ることは簡単ではない。少しの刺激は必要だろう」

この異動の黒幕が父親であることをラウルが知ったら、なんと言うだろう。

（そもそも、ラウルの恋路をややこしくしている張本人は陛下なのだが……）

喉まで出かけた言葉を、マルセルはすんでのところで呑み込んだ。

そんなやり取りがあったことなど知らないアリスは、宿舎に向かいながら考え事をしていた。勤め人はお互いの身分は関係なく、共に仕事をする仲間であることが求められる。しかしマリアやアネットから聞いた話によると、王宮内での仕事は、なんだかんだ言っても身分がものを言う世界らしい。

人手不足でアリスが異動することになったのも、騎士訓練所のメイドの中では唯一の貴族だからだろう、ということだった。

敷地の外れの訓練所に、貴族の令嬢以外の配属が集中していることも、結局は同じ理由なのだろう。その証拠に、今年から王宮勤めになった侯爵令嬢は、既に王族の侍女をしているのだそうだ。こんなことは今までになく、破格の待遇だ。

男爵家の生まれとはいえ、領地でのびのび自由に育ったアリスとしては、型にはめられるのが苦手だった。

兄や姉に会えるのは嬉しかったが、彼らのところに遊びに行くのはとても気を使った。それがこれから毎日続くと思うと、正直、気が滅入る。

男爵は、準男爵に比べればそれなりに歴史も格式もあるものの、貴族階級の中ではかなりの下級貴族だ。身分を重んじる王宮勤めでは、大変なことも多いかもしれない。

新しい仕事

「アリスっていうのね。マリアから聞いているわ。私はジゼル・バルゲリーよ。よろしくね」

衣装部のジゼルは、マリアがよくお茶会に招待されると言っていた取引先の伯爵家令嬢。アリスを心配したマリアが紹介してくれた。そのおかげもあって、アリスの時期外れの異動もすんなりと受け入れられた。

「よろしくお願いします。ジゼルさん」

「訓練所とは仕事の内容がだいぶ違うから、戸惑うことも多いと思うけど、なんでも聞いてね」

「はい」

王宮の南の隅にある衣装部の仕事部屋はとても広く、日光がよく入るように、南東に大きな窓があった。部屋の造りから、訓練所の洗濯部屋を思い出したが、広い室内には大きな机が並べられ、さまざまな素材や、いろいろな色の布が置かれている。

「すごいですね」

「ビックリするわよね。最初は簡単なお直しがほとんどよ。勤め人たちのお仕着せがほつれや破れで日々運ばれてくるから。そういうのは大丈夫？」

「はい」

修繕ならば訓練所でおこなっていた。大きく切れた訓練服を直したことや、袖部分を外して新しいものをつけたこともある。もちろん衣装部で扱うのは、丈夫であることが前提の訓練服とは違うだろうが、大丈夫だろう。

「じゃあ、ここにあるものからお願いできるかしら。それぞれのお仕着せで布や糸が違うから気をつけてね。全部、壁の引き出しに入っているから」

部屋を見回すと、北西の壁一面に大小さまざまな大きさの引き出しがついていた。下部の大きな引き出しには布が、上の小さな引き出しには糸やボタンが入っているのだそうだ。

ジゼルはひと通りの説明を終えると、隣の椅子に座った。どうやら、初日は隣についていてくれるらしい。ありがたいことだ。

アリスは早速、手前にあったお仕着せを広げて確認した。ワンピースの裾が擦り切れ、ほつれていた。擦り切れる、ということは、長さが合っていないのではないだろうか。

丁寧に糸をほどくと、短くなりすぎないよう気をつけながら裾を切り落とす。そして改めて折り返すと、細かく縫い始めた。

「手際がいいのね」

「そうですか？　ありがとうございます」

ジゼルはアリスの手元を確認すると、任せても大丈夫だと判断したのか、自分の仕事に取りかかった。

「できたものを届けてきましょう。各部署の場所も覚えてね」

「わかりました」

修繕したお仕着せに糸くずがついていないかを確認し、窓際に置いてあるアイロンで皺を取る。これは訓練所では扱ったことがないので、ジゼルに教えてもらい、なんとかこなした。

丁寧に包むと、ジゼルは手鏡で身だしなみを整え始める。それをアリスが不思議そうに眺めていると、ジゼルが苦笑した。

「一応、王宮内を歩くから、ときどき身だしなみを確認できるように手鏡を持った方がいいわ。私たちが使う通路では王族の方々と会うことは少ないけれど、いつお会いしても粗相のないように、整えなければ」

「はい」

「今日は私がやってあげるわ」

ジゼルは厳しい目で、アリスを頭の先からつま先まで細かくチェックし、エプロンのポケットから小さなピンを数本出して、口にくわえた。

「サイドをもっとピンで留めなきゃ」

「はあ……。ぐっあ！」

髪が強く引っ張られる感覚に、思わず声を漏らすが、ジゼルはそんなものは聞こえないとばかりにグサグサとピンを挿し込む。ありとあらゆる場所で髪がググッと引っ張られ、顔全体の皮膚が引っ張られる気がした。

「これでいいわ。じゃあ行きましょう」

「はい」

渡された手鏡を見ると、やけに引きつった顔のアリスがいた。

「こっちよ」

廊下を曲がり、階段を下りる途中にある小さなドアをジゼルが指差す。勤め人専用通路の出入口だ。

ドアは小さいが、通路は意外に広い。向こうから来た人ともすれ違えるほどの幅と、大柄な男性が屈まず通れるくらいの高さがあるため、アリスにとっては窮屈には感じなかった。

大体は階段横から階段横へと、本来の廊下の下を通っているため、迷わずに済みそうだ。確かに、これだと王族の方々には、よほどのことがない限り会うことなく仕事ができる。

王族に会いたい人たちにしてみれば残念な造りだろう。それなのに王宮勤めの方が人気なのが、本当に不思議だった。

「ここから出ると、届け先のメイドルームが近いわ」

「はい」

こういうふうに、騎士訓練所への届け物が必要なときもあるのだろう。早くその日が来ればいいのに……なんてことを考えていたら、アリスの前を歩いていたジゼルが「まあ！」と声をあげたため、何事かと廊下を見た。

そこには、足早に廊下から消える後ろ姿があった。

刺繍《ししゅう》をふんだんに使った贅沢な服に、ひと目で高級品とわかる磨き上げられた革靴、そして煌めく銀髪――。

「驚いた……。まさか、こんなところにラウル殿下がいらっしゃるなんて……」

「なんだかお急ぎでしたね？」

「こちらを驚いたように見ていらしたわ。私も突然のことで、お辞儀ができなかった……。どうしましょう、後で叱られるかしら……」

アリスが見たのは後ろ姿だったので、当然お辞儀などする余裕がなかった。それで叱られるのはやりきれないものがある。

「ええ～。出会い頭じゃ仕方ないですよ」

「そんな、事故みたいに言わないでちょうだい。皆が聞いたらすごく羨ましがるような出来事よ」

そんなものだろうか。アリスは首を傾げ、メイドルームに入った。

（なんで、ここにアリスがいるんだ！）

王宮内でアリスを見たラウルは、急いで横の廊下に入った。側近のフレデリクも驚いたように後に続く。

「殿下、いかがなさいました」

「……いや、ちょっと用事を思い出した。ところで、勤め人の異動があったのか？」

「さあ……。自分は聞いておりませんが」

アリスが王宮内にいた。あのお仕着せは訓練所のものではなく、衣装部のものだ。こんな時期に異動なんて、なにがあったのだろう。しかも命じられたのはアリスだ。いったい、誰がいつ命じたのだろうと考えた。


「ちょっと、アリス。ここ、糸を間違っているわ」

「あっ。すみません」

指摘された場所を慌てて確認すると、確かに隣の糸よりくすんだ色をしている。

「気をつけてね？　同じような色に見えるけれど違うのよ。ほら、よく見て。ちゃんと資料で確認してちょうだい」

「はい……。申し訳ありません」

衣装部に異動して、早十日が過ぎた。

慣れたかな？　そう思った頃に失敗はするものだ。気を抜いているつもりはないのだが、結果的にはそういうことになるのだろう。突き返されたお仕着せを手に、アリスはポリポリと頬を掻く。

（失敗、失敗……）

アリスの仕事机には分厚い資料が載っている。それは王宮勤め人のお仕着せについて、生地の素材やボタンの種類、糸の色まで細かく指定された内容が、ひとつにまとめられたものだ。衣装部で働く人間にとっては必需品だ。

アリスは修繕した侍女のお仕着せのページを開き、糸の項目に注意書きを加えた。

こうして見ると、やはり侍女は王宮勤め人の憧れなだけあって、他の部署とは段違いに質のいいお仕着せが支給されているようだ。常に王族の方々と行動を共にするため、当然といえば当然かもしれない。

アリスも王宮で働くようになってから、休憩の場所が一緒になったため、何度か見たことがある。貴族の中でも特に家柄のいい者が多いこともあり、遠目にも気品が漂っていた。

「さあ、今日はここまでにしましょう」

次の修繕に取りかかろうとしたところで、声がかかった。窓から見える景色は紫色になっており、夕方になったことを示している。

それぞれが作業中だった服を畳み、机の上を片づける。その中を、一番下っ端のアリスがカゴを持って回った。

「アリス、これもお願い」

「はい」

ゴミをカゴで回収し、一ヵ所にまとめておくためだ。それを出入口のドアの近くに置いておけば、朝掃除にやってくる清掃部が持っていく仕組みだ。

「あ、これも捨てて」

「承知しました」

カゴには処分する糸くずや布きれがどんどん溜まっていく。そのまま奥の机に向かうと、煌びやかなドレスが目に入った。

アリスやジゼルなど若手の衣装部員は、お仕着せの修繕や新調が主な仕事になる。

だが、奥の机で作業するベテラン部員は、王族の衣装を修繕したり装飾を増やしたり、王族個人のドレスを縫うこともあった。

濃いピンク色の華やかなドレスをトルソーに着せて、全体を眺めているのは、衣装部責任者のポリーヌだった。

「素敵なドレスですね」

「これ？　ベアトリス王女殿下のものよ。生地もレースも流行の最先端」

そう話すポリーヌの声は、どこか誇らしげだ。

「オシャレな方なんですね」

「そうね。そして、とても個性的な方よ。単なる流行りに乗るだけの方ではないの」

大きく胸の開いたドレスも、ふんだんに使われたレースのせいか、そんなに煽情的には見えない。それでもトルソーの胸の部分がだいぶ見えている、かなり大胆なデザインだ。着る人を選ぶドレスだな、とアリスは思った。

(少なくとも、私の寂しい胸ではダメだわ)

思わず自分の胸を見下ろし、苦笑する。ベアトリスは、アリスと同じ年とはいえ、とても女性らしい体型の方らしい。

「アリス、隅に寄せてある布は全部カゴに入れてちょうだい」

「はい。……えっ、これを全部ですか⁉」

最新の、しかも最高級という光沢のある生地が、端切れとはいえたっぷりと机の隅に置かれていた。それを手に取るも、カゴに入れられずに見ていると、横からプッと吹き出す音が聞こえた。

「あなたって本当におかしな子ね。いいわ、欲しいのなら持って帰っていいわよ」

「いいんですか？　ありがとうございます！」

アリスは不要の端切れやレースを、練習用によくもらって帰っていた。それをポリーヌも知っていたようだ。

「構わないわよ。こんな端切れでいいなら」

「そんなことないですよ。なにかは作れます。ありがとうございます！」

ポリーヌの気が変わらないうちにと、アリスはいそいそと自分の机に戻った。


その日、宿舎に戻る途中で名前を呼ばれたような気がして、アリスは立ち止まる。

ここは王宮を通用口から出て、庭園の横を抜ける小道だ。この道をまっすぐ行くと勤め人の宿舎があり、さらにその奥が、以前仕事場だった騎士訓練所、そして厩舎となっている。

アリスは声の主を確認しようと辺りを見回すが、そこには誰もいない。

空耳だろうか？と首を傾げ、再び歩きだすと、大きな木のそばに差しかかったところで、急に横から出てきた手に腕を引っ張られた。

「きゃあ⁉」

突然のことで抵抗らしい抵抗もできず、身体のバランスを崩した。その肩を大きな手がグッと抱きしめる。ゾゾゾッと背中に嫌悪感が走り、なんとか逃れようとさらに声を出そうにも、逆の手で口を覆われてしまった。

「んーーーー！　んんんーーーー‼」

「アリス、俺だ。力を抜いてくれ」

聞き慣れた声が耳元で聞こえて声のした方に視線をやると、自分を見つめる紫の瞳と出会った。一気に心臓が飛び跳ねる。

抵抗をやめると、黒ずくめの青年はアリスから手を離した。

離してほしくて声を出そうとしたのに、相手が彼だとわかった瞬間、今度は手が離れていくのがなんだか寂しい。そんな自分がとても滑稽で、複雑な感情を持っているのは自分だけである気がして、アリスはとても悔しかった。

なんとか落ち着こうと呼吸を整える。胸に手を当てると、急に引っ張られた驚きなのか、それとも彼に会った喜びなのか、やけに鼓動が騒がしい。

アリスの戸惑いに気づいていない様子で、黒ずくめの青年は爽やかな笑顔を見せた。

「ごめん、脅かすつもりはなかったんだ」

「驚くよ！　さっきまで誰もいなかったのに、急に引っ張るんだもの」

「そうだよな」

そう言うと、青年はまたアリスの肩に手を載せた。それは軽い接触だったが、アリスの心臓はバクバクとせわしなくなる。

青年を見上げてみると、彼は先ほどまでアリスが歩いていた小道を見ていた。

話し声が聞こえる。誰かがやってきたようだ。この小道は王宮と宿舎の最短経路だ。きっとアリスと同じように仕事を終えた勤め人が、宿舎に戻るのだろう。

声が大きくなったところから察すると、こちらへ近づいてきているらしい。話し声に聞き覚えはない。ところどころ耳に入る会話も、至って普通の世間話だ。

(なにかあったの?)

声がさらに近づくと、青年はアリスを柱の陰に押し込めるように隠した。そこでアリスはやっと気づく。

(そうだ。彼は密偵なんだ。あまり姿を見られてはいけないんだ……!)

密偵とは、主人や組織のために自分を殺し、隠れて行動しなくてはならない仕事だ。やたらと人目についていいものではない。

アリスは自分に言い聞かせると、話し声が聞こえなくなるまで、じっと息を潜めた。自分の存在で彼を窮地に追いやることは嫌だった。

「……行ったな」

「ごめんなさい。さっきは知らなくて大声を出しちゃって」

しおらしく謝ったアリスに対し、青年は気にするなと頭を横に振る。

「いや、大丈夫。……それより、アリス。異動になったのか?」

「え？　うん。そうよ？　なんだか、衣装部が忙しいとかで……」

「いつから？」

「え？　え～っと……」

意外な質問に、アリスは目をくるりと回して指折り数える。

「う～ん……。十日くらい前かしら」

「……そうか」

ラウルがアリスを王宮で見かけたのが、大体その頃だ。予定が立て込み、なかなか会いに来られずにいたが、比較的早いうちに異動に気づけたようだ。

「新しい職場は衣装部なのか？」

「ええ、そうよ。騎士訓練所で働いていた頃から、服を縫ったりはしていたから、仕事にはすぐに慣れたわ」

黒ずくめの青年は、時期外れの異動を心配してくれたのだろうか？と考える。

訓練所の方が服の傷みはひどいが、訓練所のメイドはどんな大きな破れでも、細かく丁寧に縫って復活させる。その腕前は職人技だ。そんな先輩たちに、数ヵ月とはいえ鍛えられた。衣装部の仕事にこんなに早く慣れたのは、彼女たちの指導のおかげだ。

「誰か、接触してこなかったか？」

「は？　誰かって、誰？」

思いも寄らなかった質問に、素っ頓狂な声をあげた。その反応に、黒ずくめの青年は安堵したように小さく息を吐く。

「……俺の考えすぎだったか」

「考えすぎ？　なにが？　どうかしたの？」

小さな呟きを拾って、心配そうに眉を寄せたアリスだったが、青年はそんなアリスの頬を両手で挟み、まるで子供にするように頬をぷにぷにとつまんだ。

「なんでもないよ。こんな半端な時期の異動だろう？　アリスのことだ。なにかやらかして他に行くことになったんじゃないかって思ってさ」

「し、失礼ね！　そんなことしてないわよ。……今日、ちょっと失敗したけど」

「おいおい～。大丈夫か？　陛下が着る服が突然、袖が取れるとかないだろうな？」

頬をずっと触られるのはドキドキするが、青年の口調がアリスの知る砕けた雰囲気に戻った。いつもの空気感にホッとするが、仕事ができない勤め人だとは思われたくない。

「そんなことしないわ。それに私がやってるのは、まだお仕着せの修繕だもの」

「そうか。頑張れよ。いつかラウル殿下のものを作れるようになるかもしれない」

それは別にどうだっていいのだが、青年がやけに笑顔なので、アリスもつい頷いた。

「慣れない仕事で戸惑ってるんじゃないかと思ったけど、安心した。また会いに来てもいいか?」

――また会いに来る。そんな言葉にも、アリスの胸は敏感に反応する。

「う、うん。もちろんよ。ねえ、もうこんなふうに脅かさないでね」

「わかった。じゃあ、おやすみ」

「おやすみなさい」

青年を見上げてそう言うと、一瞬、紫の瞳が煌めいた気がした。外されかけていた、両頬に添えている手に、再び力がこもる。一気に近づいた青年の顔に驚いてアリスが目を閉じると、おでこに柔らかな唇が触れた。

「えっ……?」

顔に熱が集中する。両頬とおでこに、自分のものではない温もりと感触が残る。だが、それをアリスに与えた人物は、もう夜の闇に消えていた。

一方、ラウルもまた、自分の行動に驚いていた。じっと見上げて『おやすみなさい』と言うアリスが可愛くて可愛くて、気がついたら額に口づけていた。

あのままアリスの前にいては、次は強く抱きしめてしまいそうで、なんとか手を離したが、両方の手のひらに残っていた温もりに夜風が冷たかった。

ラウルの心の中で、どんどんアリスの存在が大きくなっている。それは嬉しくもあり、怖くもあった。

(異動は正当な理由があったか)

ラウルがアリスに興味を持った、このタイミングだ。それを知った人物の指示かと思ったが、これは偶然で、単なる時期外れの異動だったらしい。どうもアリスのことになると調子が狂う。

(こんなに勘が外れるとは、過敏になりすぎていたのか?)

ローランがこの姿を見たら、きっと『まだまだだな』と笑うだろう。それは悔しいが、自覚もある。

今はとにかく、この熱を冷まさなければ……。ラウルは厩舎に向かった。

アリスは資料と端切れが入った大きな布製のバッグを持ち、宿舎に着いた。それはいつもと同じ流れだった。宿舎の光景も、通りかかった食堂の様子も、すべてがいつも通りだった。

(このおでこの感触……。もしかして私、夢を見てたかな)

確認しようとしたら、もうそこには青年はいなかった。アリスは慌てて辺りを見回したが、やはり誰もいなかった。

キスをするだけして、こっちがポカンとしている間に消えるとはどういうことなのだろう。考えれば考えるほど、これは夢だったのではないかと思えてきた。

やっと部屋にたどり着いてドアを開けると、カサリと音がして、足を止めた。

「ん？……なにかしら」

しっかりした大きな封筒が、ドアの下に挟まっていたらしい。それは、お茶会の招待状だった。

眠る準備をしたが、眠れるわけがない。目を瞑るとどうしても、頬に触れた大きな手と、おでこに押しつけられた唇の感触がよみがえる。

「わーー!!」

無理だ。無理無理無理無理。今ここで眠ってしまったら、あれが本当に夢になってしまいそうで、もったいない。

だが、起きていたからといって落ち着けるわけなどない。こんなときは、なにかに没頭するに限る。

一度はベッドに横になったものの、結局起き上がり、壁際の机に座った。横に置いていた布製バッグから、モゾモゾと端切れを取り出す。

ポリーヌからもらってきた端切れは、質素な勤め人の部屋にはそぐわない美しさだ。鮮やかなピンクの生地は驚くほど薄く、持っているアリスの手が透けるほど。

どうやら、ドレスは生地を重ねて作っていたようだ。細長く切り取られているところを見ると、袖かスカートの裾を短くしたときのものだろう。

アリスはそれを、大体同じ大きさの細長い楕円形に切る。それらを半分に折ってさらに細長くすると、折り合わせた端を均等に縫う。

ある程度進むと、糸を引っ張り、ドレープを作る。引っ張りすぎてはいけない。緩く波打つ程度に留めて、先を縫っていく。それを何度か繰り返し、最後まで縫うと、全体的に満遍なく緩いドレープをつける。

今度は針がついている方から、くるくると緩く巻き、針をグサグサと刺して、巻きが緩まないように固定する。端までおこなうと、そこには立体的な布の薔薇《ばら》ができ上がっていた。

これは領地の屋敷でメイドに教わった布薔薇だ。木に引っかけて帽子に穴を開けてしまったとき、それをごまかすためにつけてみたら、母親にバレなかっただけでなく、とても好評だった。それ以来、つい綺麗な布を見つけると、こうして布薔薇を作るようになってしまった。

実は、この布薔薇はとても役に立つ。シンプルなデザインのドレスやワンピースも簡単に飾れる。貴族を引退した両親の元で、質素に暮らしてきたアリスが得た知恵でもある。

綺麗な花びらのヨリを表現するためには、適度なドレープと巻きの強さが重要だ。集中力が必要なため、作っている間は黒ずくめの青年のことを考えずに済んだ。

結局、アリスは深夜まで薔薇を作り続けた。

「ねえ、アリス。具合が悪いの？」

――コンコン。控えめなノックの後に、マリアの心配そうな声が聞こえた。

ふっと意識が浮上したものの、アリスはまだぼんやりと天井を見ていた。反応がないことに焦ったのか、ノックの音が激しくなる。

「アリス？　アリス!?」

「あっ！　はい！」

マリアの呼びかけが耳に届き、アリスは飛び起きた。部屋はすっかり明るくなっている。

また寝坊してしまった。アリスは転げるようにベッドから下りると、わたわたとお仕着せを取り上げる。

「具合が悪いわけじゃないのね？」

「大丈夫！　ありがとう。教えてくれて」

こうしてマリアが来るほどだから、相当遅い時間に違いない。

「よかった。昨晩も遅くて、晩ご飯に来なかったから、朝いなくてビックリしたのよ」

「う、うん。ごめんね」

そう言われれば、これまで意識していなかったが、一気に空腹を感じた。

昨晩は気持ちを落ち着かせてからでなければ、皆と顔を合わせる自信がなかった。

そのため、ずいぶん長い時間をかけて宿舎に戻ってきた。

結局、火照《ほて》りを冷やすこともできなかったうえに、食堂が終わっていて夕食を食べ損ねてしまった。部屋にあった干し柿を食べて空腹をしのごうとしたが、口の中が甘くなり、喉が渇いただけで、効果はなかった。

バタバタと慌ただしく支度をしてドアを開けると、マリアが困り顔で立っている。

「待っててくれたの⁉」

「だって、お腹が空いてるでしょ。ほら、早く行こう。厨房にはもうお願いしてきたから」

「ありがとう」

急いで食べれば仕事にはまだ間に合いそうだ。自然に足取りが速くなる。

「アリス！　こっちだよ！」

食堂に着くと、リュカが明るい笑顔で手を振っている。テーブルに手つかずの料理が載ったトレーがあるところを見ると、彼が料理を運んできてくれたようだ。

「僕が行こうと思ったんだけど、マリアに止められたんだ」

「当たり前よ。遠縁とはいえ、女性の部屋に行くなんて！　それでなくてもあなたたち、変に目立ってるのに」

マリアの厳しい口調にも、リュカはチラリと舌を出すだけだ。マリアの言う通り、リュカがあまりにもアリスにつきまとうため、周囲から浮いてしまっている。

やはり、あまり親しげに振る舞わないように言っておくべきだったと悔やまれる。同じ家の姓を名乗っているのだから、遠縁で済む話だと思ったが、ふたりがあまりにも似ていないからか、なにやら色恋に結びつけようとする者がいる。

その都度、否定はしているものの、どこまで信じてくれているかはわからない。そして、今も遠巻きにこちらを見ている目がいくつもある。

（……似てなくて悪かったわね……。どうせ私は平々凡々で、リュカみたいにきらきらしてないわよ！）

最初に会ったときのリュカは、女の子ではないかと思ったほどだった。まさか、本当に騎士になれるとは思わなかった。リュカにしてみればアリスの話は絶対なのだが、そんなことをアリスは知る由もない。

「ごめんごめん。ありがとうね、マリア。僕、アリスが新しい仕事で疲れてるんじゃないかって、心配で」

「いいのよ。私も心配してたから……。あ、私、行かなきゃ。訓練所の鍵当番なの」

訓練所は、鍵当番が一番早く出勤することになっている。王宮ではそれがない分、出勤時間が遅い。アリスは口をモゴモゴさせ、マリアにもう一度お礼を言った。

「もう！　食べながらしゃべらないの！　あんた、本当に王宮で仕事ができてるの？」

「う、うん。なんとか」

「まったく……。じゃあ、リュカ様、くれぐれもこの子をお願いしますね」

言い含めるような話し方も、リュカは「はいはーい」と軽く受け流す。そんなリュカにマリアは眉を顰《ひそ》めたが、それ以上はなにも言わずにテーブルを離れた。

「ちょっと。マリアはすごくいい人なの。そんなふうに困らせないで」

マリアが離れてから、アリスはリュカを睨《にら》みつけた。

「そんなことしてないよ」

「マリアには、リュカが甥っ子だって言っちゃおうかしら」

こんなやり取りが続くのは、正直面倒だ。

「それはダメだよ！　こんな楽し……嫌だって言ってたじゃない、叔母さんって見られるの」

「そうだけど……今、なにか言いかけなかった？」

「いや？　なにも。それより、封筒、ちゃんと見た？」

やはりリュカだったか。マリアはなにも知らない様子だった。どうやらリュカは元々、マリアの言いつけを守る気はないらしい。

「女の子の部屋を訪ねちゃダメって、またマリアに怒られるわよ」

「見つかるような、そんなヘマはしないよ。それに皆、結構やってることだよ。てことは、アリスはそういうのなかったんだ？」

やけに嬉しそうに聞いてくるのが悔しい。いずれ自分にもそんな相手が――と、そこまで考えて、ふと気づいてしまった。

柿渋を作るために大量に柿を収穫した日、黒ずくめの青年はアリスを部屋の前まで送ってくれた。それに気づいてしまうと、連鎖的に昨晩の待ち伏せも思い出してしまう。そうなると、当然あの不意打ちのキスも思い出してしまうわけで……。

突然動きを止め、顔を赤くしたアリスだったが、それに気づかないリュカではない。

「……アリス、今、誰かを思い出してる？」

「えっ？　いいいいいいいいいや、な、なにも？」

目を細め、低い声で聞くと、アリスが口ごもった。視線はあさっての方向を向いているし、どうも様子が変だ。なおも聞き出そうとすると、焦ったアリスがそれを遮る。

「み、見たよ！　招待状！　アルマン兄様にもオルガ義姉様《ねえ》にも、会うの久しぶりだわ。楽しみ！」

「今回は、僕が王都に帰ってきたのもあって、規模を大きくしてやるらしいよ」

「へえー。オルガ義姉様は、リュカが帰ってきたのを喜んでるでしょう？」

昨晩、ドアの下に滑り込んでいたお茶会の招待状は、リュカが入れたものだった。

主催は、アリスの義姉であるオルガ・フォンタニエ男爵夫人である。

リュカの言う通り、今回は二年の遠征を経て王都帰還となったリュカのお祝いを兼ねているため、お茶会とはいえ、軽食も振る舞う大きな規模のものにするらしい。お茶会といえば女性メインの社交の場ではあるが、主役がリュカということもあって、父であるアルマンもホスト役に名を連ねている。

「なに言ってるの。アリスも主役でしょ。オルガ母様は、『アリスが自分の娘だったら』っていつも言ってるんだから。……僕はアリスが妹なんて勘弁してほしいけど」

「悪かったわね。こんな似てない地味な妹じゃ、嫌でしょうよ」

アリスはリュカに文句を言うが、どうやら彼の真意には気づいていないらしい。

このお茶会はリュカの帰還記念と、アリスの旦那探しの目的もある。リュカはそれを全力で阻止するつもりでいた。しかし、どうやらアリスには既に悪い虫が接触しているらしい。リュカの腹の底から、ふつふつと黒い感情が湧き上がる。

（悪い虫は追いはらわなきゃ。たとえ、それが誰であってもね……）

結局、リュカと話し込んでいて、職場に着いたのはギリギリになってしまった。アリスは小さくなり、そっと自分の机に向かった。

しかし部屋の誰ひとりとして、アリスを見ている者などいない。全員が自分の机に座ってはいるものの、奥にいるポリーヌを気にしている。注目の的である当のポリーヌは、頭を抱えて机に突っ伏していた。

「……あの……なにかあったんですか？」

小さな声で隣のジゼルに尋ねると、深いため息が返ってきた。どうやら、ポリーヌに問題が降りかかったらしい。チョイチョイと手招きをされ、顔を近づける。

「実は、ポリーヌさんが直しているあのドレス……。ベアトリス王女殿下のものなのだけれど、胸元が開きすぎだと突き返されてしまったの」

「えっ」

確かにあのドレスはかなり胸元が開いたものだったが、ベアトリスの希望で、最新のデザインだと言っていなかっただろうか。

「……言いたいことはわかるわ。そうよ。元々ベアトリス王女殿下が言いだして、あのデザインになったの。……なんだけど……実はこういうの、初めてじゃないのよ」

「は？」

「ベアトリス王女殿下は、感性が豊かというか……独特な考えをお持ちというか……つまり、驚くような提案をされるの。……後で撤回されることもあるわ」

それが、今回も起こった。これまでもたびたび『やっぱり思っていたのと違う』などと、直しの直しが入ることはよくあった。ポリーヌもそれに慣れているはずだった。

だが困ったことに、今回は大きく開けてしまった胸元だ。以前の慎ましい胸元に戻すことなどできない。それもあり、最初に注文をつけられたときは、『元に戻すことはできませんが、本当に切ってもよろしいのですか？』と何度も確認したらしい。

そのうえで、切った。思いきり深く開けた。その結果が、これだ。

「もうダメ……。わたくし、もう無理だわ……！　もう無理ぃぃぃぃ‼」

ポリーヌの発した絶叫に、アリスは飛び上がらんばかりに驚いた。けれど、皆は動揺した様子ではない。実は、これもまたよくあることなのだと言う。

「ポリーヌさんが無理！って言っても、今まで知恵を出し合って乗りきってきたのよ」

ジゼルが再び深いため息をつく。

「でも、デザインをあまり変えず、つぎはぎもせずに子供服を大人のサイズにできる？　できないでしょう？　今回は本当にお手上げなの」

「えええええ……それは……」

困りましたね、と言いかけて、アリスはハッとした。

（あれは使えないかしら？　子供騙《だま》しかもしれないけど、布を継ぎ足すより自然に胸元を隠せるはず）

今朝は急いで部屋を出たため、昨日作った薔薇は布製バッグに入ったままだ。アリスは恐る恐る口を開く。

「あのぅ……。ポリーヌさん」

「なにっ⁉ なにか、いい案があって⁉」

アリスは布製バッグから、同じ生地で作った薔薇を取り出す。

「これ、大きく開いた胸の上に並べてつけたら、少しは胸が隠れますが……」

「まあ！ アリス、それをちょっと持ってきてちょうだい！」

同じ生地で作った薔薇であるため、浮いた感じはしない。むしろ同化してしまって地味な印象になる恐れはあったが、元々の胸元には白いレースがつけられており、そのうえに薔薇を並べると、白に映えてとても華やかになった。

「これなら清楚《せいそ》な感じも出ていいわ！ ありがとう、アリス！ これ、いただいてもいいかしら？」

「もちろんです。これでいいのでしたら、どうぞ」

生地をもらったのはアリスなのだ。自分で使うつもりで作ったため、大きさがマチマチになってしまったのが気になるが、役に立つのならぜひ使ってもらいたい。

大きさが違うのは、ポリーヌもすぐにわかったようだ。だが、さすがは衣装部のベテラン。大きなものを中心とし、端に向かって徐々に小さくなるよう配置した。

「これなら、視覚効果で胸のボリュームも演出できるわ」

それはアリスも知らなかった。

(いいことを聞いた。自分のドレスに細工をするときには、ぜひ参考にしよう)

アリスは薔薇が役立ったことに満足して、自分の机に戻った。


「ありがとう！　アリス。ベアトリス王女殿下も、とてもお喜びだったわ！」

アリスが作った布薔薇をつけたドレスを持ち、ベアトリスの元に緊張の面持ちで向かったポリーヌだったが、結果は上々だったらしい。部屋を出たときとは比べ物にならないほどの満面の笑みで戻ってきた。それを聞いてアリスもホッとする。

元々フォンタニエ男爵領は、ひどく貧しくもないが、それほど裕福でもない。さらに爵位から離れた隠居夫婦の生活ともなると、節約とは切っても切り離せないものだった。

布薔薇は昔、社交界で着ていたドレスなどをほどいてリメイクした際、出た端切れがもったいないと、メイドが編み出したものであった。その技術を穴や傷、汚れなどを隠すために習得した。

結果、すぐに母ロクサーヌにはバレてしまったが、それもまたリメイク術だと最終的には許してくれた。まさかこんなところで役に立つとは思わなかった。

「あなたの名前を出さなくて、本当によかったの？」

「いいんです」

元々の用途が用途だ。それを王族の、ましてや社交界の流行の最先端と言われているベアトリスのドレスに使ったと知られたら、ロクサーヌに怒られてしまう。いずれは彼女にもバレるかもしれないが、早いうちから積極的に知らせることもない。

そんな考えもあって、アリスは布薔薇の案を出したのが自分であることは、伏せてほしいと頼んだ。

「誰が編み出したものなのか、とても知りたがっていらっしゃったわよ？」

「えぇー……？」

「まあまあ。せっかくですから、今度アリスから作り方を教えてもらいましょう。形や素材を変えたりすれば、いろいろな装飾品が作れるようになるかもしれませんわ」

アリスの戸惑いに気づいたジゼルが、助け舟を出してくれた。

装飾といえば、フォンタニエ家のお茶会の準備もしなくてはならない。社交界に出られる年齢になってから初めての華やかな場所だ。

元男爵の娘という微妙な立場から、両親に伴われての王族への挨拶には行っていない。そう考えると少し緊張する。義姉が主催だし、男爵家の町屋敷《タウンハウス》も行ったことがあるが、初めて会う貴族のご夫人やご令嬢もいるだろう。

「私、大丈夫かしら……」

ああでもない、こうでもないと試行錯誤し、なんとかドレスを仕上げた。

結局、淡いオレンジ色のシンプルな七分袖のドレスに、裾が広がるように長めのレースをつけ、二段になったスカート部分の上段の裾に、白い生地で作った布薔薇をぐるりとあしらった。しょっちゅうお茶会や夜会に繰り出しているマリアにも、意見を聞いてのことだ。

ドレスを着て、久しぶりにメイクをすると、自然に背中がしゃんとする。アクセサリーは持っていなかったので、お守りの指輪をそのまま下げておくことにした。少し開いた胸元が寂しかったが、鏡で見てみるといいアクセントになっている。

男爵家までは、男爵家の馬車が迎えに来てくれるとのことで、リュカと一緒にそれに乗って向かう。約束の時間まではまだ余裕があったが、待たせては悪い。早めに部屋を出ることにした。

久しぶりのコルセットが苦しい。踵《かかと》の高い靴もなかなか慣れないもので、手袋をした手でそっとスカート部分をつまむと、ゆっくりと歩いた。

宿舎から出て裏側に回り込むと、馬車が入れる広く整備された路《みち》がある。近くには屋根があるだけの風通しのいい東屋もあったので、アリスはそこでリュカを待つことにした。

ただでさえ天使の美貌で人気者のリュカだ。いくら遠縁と説明しても、正装のリュカと馬車に乗って出かけるとなると、なるべく人目にはつきたくない。そんな意味でも、アリスにとってこの東屋はありがたかった。

壁はないが、装飾のついた見事な曲線の大きな柱が五本もある。柱の陰にいたら、目立たないだろう。その考えは当たったようで、やってきたリュカはアリスを捜してキョロキョロと辺りを見回している。

「リュカ、こっちよ」

「アリス！　わあ、とっても綺麗だ！」

アリスに気づいたリュカは、パアッと花が咲いたような笑顔を見せた。

「えー、リュカが言うと嫌味に聞こえるわ」

「なに言ってるんだよ！　本当に綺麗だよ。それに、ほら」

隊のカラーである青がところどころに入った白い軍服は、眩しいほどにリュカに似合っている。胸に下げているメダルは、中隊長のものと、国境でいち早く商団を見つけ、密入国を防いだことで授かったものだそうだ。

だが、そんなメダルよりも大切そうに首元から出したのは、華奢な女性用の指輪だった。アリスは思わず自分の胸元に手を当てる。

「あら？　私のとお揃い？」

「そうだよ。僕のは女物だけどね。おばあ様が送ってくれたんだ」

考えてみれば、ロクサーヌが愛する孫にもお守りを贈りたいと考えるのは当然だ。

小さな女性用の指輪は、かなり顔を寄せて見てみないとわからないが、確かに【私の愛があなたを守りますように】と、アリスのものと同じ文章が彫られていた。

アリスとリュカは顔を寄せ合い、「お揃いだね」と笑い合った。

東屋はアリスが考えていた通り、柱に隠れて人目につきづらい。それは同時に、見た者にはまるで秘め事を目撃してしまったかのようにも思える。

「……アリス」

小さく呟いた言葉が、側近のフレデリクの耳にも届いていた。

ラウルの目からは、表情がスコンと抜けている。その目には、たった今東屋から馬車に乗り込もうとするふたりの姿が映っている。

ふたりはこちらにまったく気づく様子がない。微笑み合い、差し伸べられた手を躊躇することなく自然に取る。そこには自然な空気感があり、何気ない仕草や表情に、信頼や愛情が見て取れた。

ラウルの中でリュカの言葉と、あのとき見せた表情が駆け巡る。

『大事なお守りです。僕の大切な人とお揃いなんですよ。【私の愛があなたを守りますように】と彫られています』

ドレスで着飾ってはいたものの、装飾品のないシンプルな装いの中で、アリスが唯一つけていたのは、リュカとお揃いの男性用の指輪だった。

『僕は、彼女が一番大切です。正直、彼女が幸せに笑っていられれば、その他のことはどうだっていい』

リュカが愛おしそうに見下ろす視線の先には、ラウルが見たことのないアリスの穏やかな微笑みがあった。胸が締めつけられそうだった。

「フレデリク……」

「はい」

「アリス・フォンタニエに関して、調べてくれ」

「……最初、あんなに嫌がっていらしたのに、ですか？」

ラウルが、今年勤め人として王宮に入ったひとりのメイドに興味を示していることを、フレデリクは知っていた。

朝早く、まだ騎士たちの訓練が始まっていない時間に使うため、訓練所に向かっていたときだ。ある日を境に、ラウルが宿舎のひとつの窓を眺めるようになったのだ。

窓を全開に開け、寝ぼけまなこの無防備な姿で、窓から顔を覗かせる少女がいた。

ラウルは、それをただいつも嬉しそうに目を細めて見ているだけだった。

それが破られたのは、窓が閉めきられたままのとき。ラウルは小石を拾うと、その窓に向かって、正確に小石を投げた。

ひとつ、ふたつ……。

窓が開けられたときのラウルの表情は、フレデリクが見たことのないものだった。

このときフレデリクは、ラウルがこの少女にただならぬ関心を抱いているのだと確信した。

少女について調べることを申し出たのは、フレデリクだった。それを拒否したのはラウルだ。

王宮に勤めていることから、彼女の出自は保証されている。それでも次期国王が約束されているラウルの相手ともなれば、話は別だ。

「俺は彼女にまだ正体を明かしていない。彼女が俺に見せてくれる顔と、聞かせてくれる声は〝とあるひとりの男〟に対してのものだ。俺も、同じようでありたかった」

フォンタニエという名字から、リュカ・フォンタニエの血筋であることは想像できた。彼には女の姉妹はいない。歴史あるフォンタニエ家は、同じ姓を名乗る者が親戚筋にかなり多くいる。きっとその中のひとりだろうと考えていた。

髪色を隠し、名乗ることもせずアリスに会っていたラウルにしてみれば、情報なんてそれで充分だった。でも、こんな光景を見せられては、そうはいかない。アリスのリュカに対する態度は、男爵家の令息に対するものではなく、もっと対等に見えた。愛の言葉を刻んだお揃いの指輪に、リュカのエスコートに自然に手を預ける仕草。

ラウルの胸がざわついた。

「既に、調べております」

「……早いな。なぜ彼女のことを知っている」

「それが私の仕事ですから」

「全部、見てたのか」

うまく撒いてひとりで行動していたつもりが、どうもそうではなかったらしい。

（……となると、あの思わず口づけをしたときも……）

「すべてではありませんよ。殿下も撒くのがお上手になりましたし、私は私で殿下の侍女を適度に抑えておかなくてはなりませんので。……ですが、私のもうひとつの仕事着をよく持ち出していらっしゃったことも、把握しております」

フレデリクはラウルの側近であり、密偵だった。ラウルがひとりで行動するときによく着ていた黒ずくめの格好は、フレデリクのものだった。

「……もういい。では、報告を」

「は。アリス・フォンタニエ嬢は、リュカ・フォンタニエにとって、かなり近い存在です。お揃いの指輪は、リュカの祖母である隠居した元男爵夫人のロクサーヌ様が、互いのお守りにと贈られたそうです」

確かに、リュカは指輪を祖母からもらったと言っていた。なぜそれをアリスも贈られているのか。ラウルの胸がいっそう重苦しくなる。

「今日ふたりが出かけたのは、リュカの王都帰還を祝って、久しぶりに再会したふたりを主役に招いておこなわれるお茶会だそうです。ちなみにふたりの関係ですが、表向きは遠縁だと説明しているようですが、実はアリス嬢はリュカの――」

「もう、いい」

最後まで聞けず、ラウルはフレデリクの言葉を遮った。

ふたりの関係は、リュカの祖母にも認められているということだと考える。離れている間も互いを忘れないようにと、指輪まで贈られて。

そんなふたりが、久しぶりに再会した。そして揃って、男爵家主催のお茶会に主役として出席する。つまりアリスは、フォンタニエ男爵家が認めた婚約者ということだ。

ラウルの心は、それ以上の報告を拒否した。

「最後までお聞きにならないのですか」

「もういいんだ」

「ですが――」

続けようとしたフレデリクを、ラウルは先ほどより強い口調で遮る。

「もういい！」

空からポツリ、ポツリと雨粒が落ちてきた。それを合図に無言で踵を返すと、王宮に向かって歩きだした。

遅れてフレデリクも続く。ラウルがなにか勘違いをしていると感じていたが、主が『もういい』と言う以上、発言を続けるつもりはない。

もちろんフレデリクは『アリス嬢はリュカの叔母だ』と報告するつもりだった。そこに到達するまでに、多少紛らわしい言い方をしてしまったことは否めないが、これもまた仕事だ。

仕方がない。『運命の恋には多少の困難が必要だ』というのが、ローランからのお言葉だ。

フレデリクはラウルの側近であり、密偵ではあるが、彼の雇い主はローランである。逆らうことなどできない。

（ですが、私はラウル殿下の恋を応援しておりますよ）

フレデリクは目の前を歩く悲壮感満載の背中に向かって、心の中でエールを送った。


「まあ！　まあまあまあ！　アリスったら、綺麗になって！」

アリスを見るなり、義姉であるオルガが満面の笑みで駆け寄ってくる。

風になびく金色の後れ毛。まっすぐアリスを見つめる明るい青の瞳。成人の息子を持つとは思えない、シミひとつない白い肌は病的な白さではなく、うっすらとピンク色に染まっている。

小さな顔の下は、すっと伸びた長い首があり、瞳の色に合った青い宝石のペンダントがよく映えている。つまり、オルガはリュカにそっくりだった。

そんなオルガから『綺麗になった』と言われても、冗談かと思ってしまいそうになるが、オルガの本心だとわかっていたので、アリスはへらっと笑い返した。

元々フォンタニエ男爵家は、貴族としての地位も、一族の風貌も、とても地味だ。

現に、兄のアルマンと長男のレオンは、アリスと同じく凹凸《おうとつ》の少ない顔立ちに、光沢のない茶色の髪の持ち主だ。そのため、この家族が揃うと、オルガとリュカの美貌が目立つ。

「あら、その指輪ね？　お義母様《かあ》が贈ったのは」

「はい」

「リュカも嬉しそうにしていたわ。……ねえ、アリス。リュカが面倒くさくなったら、バシッと言ってやってちょうだいね？」

「えええ？」

話の展開についていけないアリスが驚いていると、後ろから不機嫌そうな声が飛んでくる。

「お母様、変なことを言ってアリスを困らせないでもらえますか？」

「だってあなた、昔からアリスにべったりで……。いい？　アリスもそろそろ生涯の伴侶を探し始める頃だし、あなたがそばにいては、アリスがお相手を見つけられないでしょう」

もう何度も聞かされた言葉に、リュカは顔を顰《しか》める。

「なら僕と結婚すればいい」

「リュカ！　確かにこの国では、叔母と甥の結婚は認められているわ。かといって、アリスの可能性を邪魔する行為は許しません！」

反論しかけたリュカだったが、オルガの強い口調に悔しそうに唇を歪めた。

到着早々おかしな空気になってしまった。それが伝わったのか、奥からアルマンが出てきて明るく話しかける。

「そんなところで話し込んでいないで、皆にも会ってやってくれ」

「皆？」

「あ、そうそう！　アリスが来るって言ったら、兄妹全員が集まってくれたのよ！」

「ええっ？」

兄や姉たちと会うのは、何年ぶりだろう？と考える。

それぞれが忙しくなったり、ドミニクとロクサーヌも年を取ってあまり出歩かなくなったりしたこともあって、ここ数年は手紙のやり取りだけになっていた。

本来ならば、社交界デビューの挨拶で王宮を訪れた際に再会する予定が、直前のドタバタでそれも流れてしまったのである。

他のお客様の手前、飛び出していくわけにもいかず、アリスは逸《はや》る気持ちを抑えて、アルマンとオルガに続いてサロンに向かった。

窓が大きく、庭に面して明るい日差しが入るサロンは、色鮮やかな花々で飾られていた。その中に並ぶ懐かしい面々に、アリスの顔は自然に緩む。

「グレース姉様、エミール兄様、マノン姉様！」

「アリス‼」

一番上の姉グレースは、今は結婚して夫婦揃って離宮で働いている。夏の間、避暑で利用される離宮は、王都のはるか北側にあるが、今回のお茶会のために夫婦揃って王都に来ていた。

二番目の兄エミールと姉マノンは双子で、エミールは騎士を経て民間の警官となり王都で働いている。マノンは王都で一番のレース編みの店に嫁ぎ、今では本店を仕切っている。

長男のアルマン以外は平民になったわけだが、それぞれ安定した職を得て自立していた。いずれはこんなふうになりたいと、アリスが尊敬する兄と姉たちである。

ひと通り挨拶をした後は、久しぶりの兄と姉の輪に加わった。リュカはといえば、お客様たちに捕まっている。元々彼らの目的は、王宮でも話題の美青年リュカと親しくなることだ。アリスは軽く挨拶をしただけで解放された。

「その飾り、懐かしいわ。そういえば、母様についていったロラが得意だったわね」

ロラとは、アリスに布薔薇の作り方を教えてくれた古参のメイドだ。

布薔薇は以前、全国的に流行ったことがあったらしいが、その後に丈夫で光沢のある刺繍糸が増えると、レース編みが発展し、布飾りは衰退していったのだそうだ。

大体、端切れを使うのが貧乏くさいと敬遠する貴族もいたというから驚きだ。布もレースもリボンも、たっぷりと豪快に使うのがステイタスらしい。

今のドレス飾りも、模様も大きさもさまざまなレース編みを多用するのが流行となっている。そのためマノンは、大忙しの日々を送っているらしい。

「最近はね、同じモチーフを長く紐状に編んだレースを、サテンのリボンに縫いつけたりするの。華やかなのに使い勝手がいいと評判なのよ」

「へえ〜。そうなんだ」

「アリスも今、王宮の衣装部にいるんでしょう？　宣伝しておいてよ！」

王宮の衣装部にも、壁一面に取りつけられた大小の引き出しに、布やリボン、レースにボタンと素材がたくさん用意されている。それでもレースで飾られたリボンは見たことがなかったので、一度ポリーヌに話してみると約束した。

「ところで、アリス。それなあに？」

「あ、これ！　アルマン兄様が好きだったから持ってきたんだけど、皆もいてよかった！」

アリスが持っていた小さなカゴから瓶を取り出すと、グレースの瞳が輝いた。

「これ！　干し柿ペーストね？」

「そう。実は厩舎のマルセルさんと親しくなって、裏の柿をもらったの。昔、領地でよく食べたの、覚えてる？」

皆が昔を思い出し、頷いた。懐かしい領地でのお楽しみだった。

「もちろんよ～。ねえ、オルガ。スコーンにつけたらきっと美味しいわ。アルマン兄様に頼んでもらえる？」

「ええ。わかったわ――」

「僕がシェフに頼みに行きますよ」

やってきたのはリュカの兄・レオンだった。アルマンはリュカを取り巻く輪の中にいる。リュカがおかしなことを吹き込まれないように、見張っているのだろう。

レオンは次期男爵ということで、アルマンの秘書をしている。王宮に隣接する貴族院に顔を出すこともたまにあるようだが、アリスは貴族院の建物にはまだ入ったことがないので、出くわすこともなかった。

リュカとは幼い頃に、静養のため一緒に過ごした時期がある。レオンとはたまにしか会うことがなかったが、アリスにとって兄同然の大切な存在だ。実際は甥なのだが。

「レオン！　久しぶりね」

「本当に久しぶりだね。王宮ではうまくやってるかい？」

「ええ、もちろんよ。……あら？」

レオンの首元から、どこかで見たようなチェーンが見える。そんな視線に気づいたのか、レオンが苦笑した。

「おばあ様が、僕にもくださったんだ」

「わあ！　レオンともお揃いなのね！」

考えてみれば、レオンもロクサーヌにとっては可愛い孫。リュカに贈るならレオンにも贈るはずだ。

「女物の指輪を身につけろだなんて、正直戸惑ったんだけどね……」

「お母様は言いだしたら聞かないから。本当のパートナーが現れるまでのお守りだもの。それまではつけてあげて」

今の流行だと伝えても、レオンはまだ渋い表情だ。

「そうはいっても、想いを寄せる相手に勘違いされたりしないかな？」

「え～……って、レオン！　そういう方がいるの⁉」

「えっ⁉　い、いやいやいやいや、まだ、そんな、僕はっ」

慌てて否定するが、レオンの顔は真っ赤だ。

レオンはリュカと違って、ポーカーフェイスが下手《へた》だ。それでは想い人がいると言っているようなものなのに。もちろん、そこに食いついたのはオルガだった。

「えっ？　レオン、あなたそれ、どういうこと？　どこのお嬢さんかしら？　貴族？　それとも——」

「あっ。じゃあ僕、これを厨房に持っていくから！」

レオンはオルガの追及を逃れるために、急いで立ち去った。場が場だけに、オルガも客を残して部屋を出るわけにはいかなかったが、お茶会が終わった後で問いつめるだろう。

アリスが引っかかったのは、レオンの言葉だ。

『想いを寄せる相手に勘違いされたりしないかな？』

ドキリとした。特定の相手がいないのであれば、お守りとして抵抗なく身につけられる。実際、受け取ったときのアリスはそうだった。それが流行っていると聞いていたし、母の気持ちが嬉しかったからだ。

ただ、今は違う。勘違いされたくない人が頭に浮かんだ。

「あ〜、もう。レオンの想い人って、誰なのかしら？」

聞きそびれてしまったオルガが悔しそうに歯噛みするが、アリスはレオンの相手よりも発言の方が気になっていた。

「ねぇ。こうして異性のサイズの指輪を身につけていると、どう勘違いされるのかしら？」

アリスの問いかけに、エミールが遠い目をして昔を懐かしむ。

「そりゃ……そういう相手がいるのかなって思うさ。なかなか会えない相手とお互いのものを交換するなんて、俺たちの時代にもあったもんだ」

思い出を語るエミールの声は、アリスの耳を素通りする。神妙な顔つきで黙り込んでしまったアリスを見て、オルガの興味がアリスに向いた。

「なに？　アリス、好きな人ができたの？」

「えっ？」

「なにっ⁉　そうなのか？　どいつだ？　なんていうやつだ？」

聞かれても困る。彼の仕事は言えない。それに、名前なんて知らない。

そんなことを白状しては、絶対に彼への想いを反対されてしまう。アリスはこの追及からなんとか逃れようと、頭をフル回転させた。

「ううん。流行りだって聞いたから軽い気持ちでつけたけど、私もいずれ皆みたいに素敵な相手と出かけたいから、出会いが減るのは困るわって思って」

「ああ～、そうねえ。流行りとはいえ、そういう弊害はあるかもしれないわね」

たった今考えついた理由だが、皆は疑問に思わなかったらしい。うまく話を逸らせたことに、アリスは心の中で安堵した。

「リュカは嬉々《きき》としてつけてる気がするけどな」

「恐ろしいほどにリュカはモテるのよ。いいように使ってるんじゃないかしら」

いいご身分だ。リュカはあれほどモテるのに、特に気になる女性はいないようだ。アリスにばかりかまけていて、おかしな噂をたてられているが、リュカこそどう考えているのだろう。確かに、オルガに心配されても仕方がないかもしれない。

「アリスは本当にそういう相手はいないのね？」

「う、うん！」

「レオンは怪しいわ。後で追及しなきゃ」

オルガは決意したように拳を握りしめた。アリスは心の中で『レオン……フォローできなくてごめんね』と、彼に謝った。

久しぶりにドレスを着て出かけたので、帰ったときにはぐったりと疲れきっていた。普段着のワンピースに着替えると、やっと深呼吸ができる気がした。王族の方々はいつもこんな思いをしなくてはならない。そう考えるとゾッとする。

立場上、憧れられ、羨ましがられることが多いだろうが、気が休まることもなければ、ウエストもぎゅうぎゅうに締め上げられなければならないなんて、大変だ。

お腹が楽になると、急に空腹を感じて、アリスは食堂に向かうことにした。

干し柿のペーストはスコーンにもとてもよく合って、兄や姉たちだけではなく、お客様にも喜んでもらえた。兄と姉たちが全員揃っていると知っていたら、瓶をもうひとつ持っていけばよかった。

食堂に着くと、マリアとアネットがいつものテーブルにいるのが見える。

「アリス、戻ってきていたのね」

「うん。お腹空いちゃった」

「私たちも今来たところよ。一緒に食べましょう」

トレーを持って、ふたりがいるテーブルに向かうが、そのふたりの視線はアリスを通り過ぎて、さらに後方に向けられている。

「なに？　どうしたの？」

振り向くと、食堂の出入口には誰かを探すヴァレールの姿があった。彼は出入口に立ち、キョロキョロしている。それを見て、マリアはアリスをからかう。

「あらら。ま～たアリスじゃないの？」

「ええっ？　まさか」

思わず眉間に皺を寄せた様子を見て、マリアとアネットが笑う。緊張したアリスだったが、ヴァレールの視線は、アリスたちが座る場所を通り過ぎた。

「なんだ。違うのね」

「ちょっと、やめてよ。一瞬ドキドキしちゃったじゃない」

「あ、リュカ様がいらしたわ」

「あららら？」

食堂に入ってきたリュカがこちらに手を上げるが、それをヴァレールが見つけると、さっさとリュカを連れていってしまった。

「あ～っ。リュカ様～！」

「連れていかれちゃった」

「ヴァレールさんの用事の相手って、リュカ様だったのね」

「なぜ急に国境の視察を決めた？」

「国境を越えようとした商団がいるから、そのうち警備の穴がないか見てこいと言ったのは、父上ではないですか」

憮然《ぶぜん》とした表情で答えるラウルに、ローランは、おや？と思った。

これまでうまく自分をコントロールしてきたはずの息子が、いつになく感情を表に出している。最近は例のあの子のおかげか、人間らしいところを見せるようになっていたが、今日のはいつものそれとは違った。

（〝出している〟のではないな。〝漏れ出ている〟のか）

どうやらラウルの中で、制御できない感情が暴れているらしい。こんなときに王都を離れようとするのは、本人なりのなんとか自分を取り戻したいという足掻きなのだろう。

「〝そのうち〟の割には急な気がしてな」

「こういうのは早い方がいいでしょう。目の届きにくい場所があるなら、早めに対策をしないと」

ローランは少し考えて、頷いた。

「よかろう。では近衛隊から小隊を編制して――」

「それですが、リュカ・フォンタニエを連れていきます」

即答したラウルに、ローランがピクリと眉を動かす。

「……彼はまだアジュール隊の騎士だぞ」

「このたびの商団を見つけ、未然に防いだのはリュカです。当事者が案内した方がいいと考えます」

言っていることは正しいが、やろうとしていることはかなり強引だ。精鋭ばかりが集まる近衛隊にリュカを加えるのは、双方がいい感情を持たないだろう。

それは、隊を率いることになるラウルも同じだ。それがわからない彼ではないはずなのだが、ラウルはリュカを連れていくことに固執していた。

ローランは、やれやれとそっと嘆息する。確かに当事者が一番わかるだろうが、これではリュカを呼び出して詳細を報告させた意味がない。だが、ラウルが折れる気配はなかった。

(リュカを近衛隊に抜擢するのは、一年間、訓練所で身体を整えてからと思ったが)

ローランは顎髭を手で撫で、思案した。

よく訓練された騎士とはいえ、湾岸警備と国境警備を経ての帰還だ。疲れも溜まっているだろうから、また一年かけて訓練所で体調を整え、鍛え直す必要がある。いずれは近衛隊と噂されていた逸材のリュカも、その後に抜擢する計画だった。

密入国しようとした商団をいち早く見つけ、解決した功績もあり、抜擢自体は不自然な流れではない。それでも、帰還して間もないこの時期に抜擢するのは、さすがに違和感があるだろう。

「遅かれ早かれ、彼は近衛隊に必要な人材です。それに、今回は商団だったとはいえ、国境に抜け道があるなら、それは問題でしょう。どうか許可を出してください」

「そんなに強引に隊に入れたら、近衛隊のプライドを傷つけることになるのはわかっているだろう。それをまとめる自信があるなら、行くがいい」

「ありがとうございます」

（まったく。今日はなんだってこんなに頑固なんだ。わが息子ながら可愛げがない）

その硬い表情を崩したくて、ローランは話を変える。

「ところで、マルセルが干し柿を食べたそうだ」

「そうですか」

「お前は食べたのか？」

「……ええ。マルセルのところで。渋くありませんでしたよ」

（それどころかとても甘かった。とても）

ラウルの脳裏に自然にアリスが浮かび、胸を締めつける。屈託のない笑顔も、目を真ん丸にした驚いた顔も、まっすぐ見つめる眼差しも、鮮やかに思い浮かべられる。

面白いくらいラウルの雰囲気が変わった。やはり、ラウルのこの感情の激しさには、彼女が多少なりとも絡んでいるらしい。ローランはニヤリと笑って、交換条件を提示する。

「私も食べたいものだ。昔、母上と食べたあの味が忘れられない。そうだ、リュカを近衛隊に入れることを許可する代わりに、今度干し柿を用意してくれないか」

「は？」

「お前だけ食べてずるいぞ！」

ラウルとしては、ずるいと言われても困る。第一、マルセルと親しいのはローランの方だ。たびたび彼の元を訪れているのは、ローランもまた同じだ。

「マルセルからもらえばいいでしょう」

「もうないと言っていた」

「早すぎでしょう。かなりもらっていたのに」

「もらったのか。それは誰から？」

反応しすぎたことに気がつき、ラウルは口ごもる。

「……なにかを期待しているのなら、それは無駄ですよ。彼女にはもう、指輪を交わした相手がいます」

「ほう？」

ラウルの感情が荒れている理由がわかった。

しかしおかしいな、とローランは首をひねる。

（そんな報告は上がっていないのだが……）

なにが正しくてなにが嘘《うそ》なのか、ラウルは判断できないほどに翻弄されているのだろうか。

（この子が？）

意外な姿に思わずローランが吹き出すと、ラウルはイライラした様子で噛みつく。

「……なんです？　もう話が終わりなら、俺は視察の準備に――」

「悩め。苦しめ。本当に大事なのはなんなのか、どこで引いてどこで押し通すべきか。だがな、たまには感情に従うのもいい」

「……失礼します」

（面白がって……あの人は！）

いつも穏やかな雰囲気をまとっているラウルが、不機嫌を隠さずやや乱暴な足取りで歩くのを、メイドたちは驚いて見ていた。ラウルの頭の中は混乱している。

『感情に従うのもいい』

ローランの言葉にギクリとした。

リュカからは、商団が現れた場所や時間など詳細を聞いていた。時間帯や季節で濃い霧が発生する場所があり、視界が悪くなるとの指摘も上がっていた。

今回の視察はローランの言う通り、リュカなしで充分に可能だ。自分自身が今、アリスから離れて頭を冷やしたいという思いがあり、視察の出発を急いだのは事実だ。同時に、心のどこかにリュカへの嫉妬心がある。

（これは仕事だ。リュカは当事者として行くのが当然だ）

そう言い聞かせていたが、心の中で黒い感情が暴れている。それを父に見透かされたようで、自分の姑息《こそく》さに嫌気が差し、ラウルは唇を噛みしめた。

リュカがラウルの国境視察に同行すると聞き、アリスは驚いた。いずれは近衛隊に配属されるだろうと聞いてはいたものの、それは少々大げさな話なのではないかと思っていた。それが、今回の視察では近衛隊の中から形成される小隊に参加する。

アリスにとっては、まだどこかに病弱で甘えん坊なリュカのイメージが残っているが、実際にリュカは期待されているのだろう。

「すごいのね！」

「僕が例の商団を見つけたのは、たまたまだったんだけど、当事者だからだろうね。その辺りも詳細に報告したつもりなんだけど、実際に見た人が案内した方が早いのも事実だし」

季節や天候、温度などの一定の条件が揃うと、濃霧が出やすい場所があるのだという。それを知る人物が手引きしているのかもしれない、と報告したそうだ。

「え……。それって……危険なんじゃないの？」

心配そうに眉を顰めるアリスに、リュカは苦笑する。

「大丈夫だよ。小隊とはいえ、殿下をお守りする近衛隊の精鋭たちだ。アジュールの中隊がかかっても太刀打ちできない人たちだよ」

そんな中に加わるなど、リュカにも重荷ではないのだろうかとアリスは考える。

「平気だって。僕は結構、上に可愛がられる方だし。それに、これがあるからさ」

アリスを安心させるように、にっこりと微笑み、リュカは自分の胸元をぽんと叩く。

そこには、ロクサーヌから贈られたお守りの指輪があるのだろう。

「あ、うん……。そうだね」

後ろめたさを感じて、アリスは曖昧に返事をした。お茶会でレオンに言われたことが引っかかって、なんとなく首から下げるのをやめてしまっていた。

とはいえ、母ロクサーヌが愛情から贈った指輪だ。チェーンを外してエプロンドレスのポケットに入れている。

『想いを寄せる相手に勘違いされたりしないかな?』

誰もがこの指輪を見て、お守りだとわかるわけではない。もし心から好いている人がいて、その人に勘違いされるかもしれないとしたら……。そのとき浮かんだのは、黒ずくめの青年だった。

青年とは、突然おでこにキスをされたあの日以来会っていない。仕事が仕事なのだから、頻繁に会えるものではないと、アリスもわかってはいる。

わかってはいるつもりだが、それを平気だとは思えない。『また会いに来てもいいか?』と彼は言った。そう言われたら、つい期待してしまう。

毎日の帰り道もついつい辺りをキョロキョロと探してしまう。なにもないまま宿舎に着くと、一気にわびしさに襲われる。今度彼と会えるのはいつになるのだろう。

今日もまた、王宮から出た後にやたらキョロキョロと辺りを確認してしまう。同じように仕事を終えた人が怪訝《けげん》な顔をして通り過ぎるが、そんなことはアリスの視界には入らなかった。肩を落として足取りも重くトボトボと歩く。

宿舎へと通じる小道を過ぎたところで、アリスの名を呼ぶ声が聞こえた。ハッと顔を上げて、声がした方を見る。そこには黒ずくめの青年が立っていた。

「こ、こんばんは！」

心臓がドクンと飛び跳ねた瞬間、声が裏返る。自分だけが緊張しているようで、恥ずかしい。

「元気だった？」

久しぶりに聞いたその声は、どこか沈んでいる。覗き込むようにして顔を見ると、暗い瞳とぶつかった。いつもと違う雰囲気に、アリスは驚いて青年の腕に触れる。

「なにかあったの？　どうしてあなたはそんなに元気がないの？」

「……そう見える？」

「ええ。なんだか沈んで見えるわ。お仕事、忙しかったの？」

ラウルを心から心配するような声色に、彼の胸は切なく軋《きし》んだ。

正直、アリスと会うのは勇気が必要だった。会ってしまっては、どうにもならないことにつらさが増すだけだとわかっていた。

明日視察に出発し、王宮を離れるとなったら、しばらく姿を見ることも叶《かな》わなくなる。今はまだ会える距離にいる。そうなったら、自然に足はアリスの元に向いた。

「まあね。今日はちょっと頼みがあるんだ。干し柿がまだ残っていたら、少し分けてほしいんだけど。マルセルのところに預けてくれればいいから」

「そんなことなら任せて。でも……どうしてマルセルさんに預けるの？　直接――」

「俺、明日王都を出るから」

「えっ？」

王都を、出る。その言葉にアリスの頭が真っ白になる。

「で、出るって……。どういうこと？」

「仕事だよ。ちょっと遠くに行くことになってね。二十日ほどかかるだろうな」

戻ってくる。それを知り、ホッとしたように息を吐いたが、すぐに不安が押し寄せた。王都を出る密偵の仕事は、危険を伴うのではないだろうか。

「き、危険なお仕事なの？」

「え？」

密偵が内容など話せるはずがない。日数を教えてくれただけありがたいのはわかっているが、聞かずにはいられなかった。

「ごめんなさい。そんなこと、話せないわよね。二十日……とても長いのね」

「……そうだな」

「私、待っていてもいい？」

ラウルを見上げるアリスの瞳が、潤んで光る。

「どうか、無事に戻ってきてね」

真剣な眼差しに射抜かれ、ラウルはその瞳に吸い寄せられるように身を屈ませた。

気づいたときには、アリスの唇に自分のそれを重ねていた。

自分の唇の下で、アリスが息を呑んだのがわかった。やめなければいけないとわかっているのに、身を引こうとした彼女の顔を両手で包み込み、より深く口づける。

驚いたアリスは手をバタつかせ、息苦しさにラウルの服を掴んで引っ張るが、彼はやめるどころか、角度を変えて再び口づけた。

人の声が聞こえて、我に返ったラウルが唇を離すと、アリスが弾かれたように後ずさる。

「……アリス。俺は君が好きだ。たとえ、君が誰かのものだとしても」

突然の激しいキスと告白に混乱したアリスは、身を翻してその場から逃げ出した。
後を追おうとしたラウルの耳に、カチンと小さな音が聞こえて下を見る。足元には
アリスが持っていた、リュカとお揃いの指輪が落ちていた。

アリスはこれまでの人生で一番の速さで走り、部屋に飛び込むとベッドに身を投げ出した。

「嫌ぁぁぁぁぁぁー‼」

枕に顔を押しつけて叫ぶ。なんだかもう、身体のあちこちから火が噴いているのではないかと思うほど、全身が熱かった。

「やだ、ちょっと。今の声、なに？」

「またこの部屋？　やっぱりなにかあるんじゃないの？」

叫び声を聞きつけた人たちが、廊下でざわついている。その中にはマリアの声も含まれていた。

「ちょ、ちょっと！　アリス、大丈夫⁉」

「なにかあったの？　落ち着いて！」

気がついたら唇を奪われていた。これが落ち着いていられるか。

しかしこれではおかしな人間だと思われてしまう。むくりと起き上がると、ドアを開けた。心配そうなマリアの後ろには、好奇心に満ちた視線をよこすメイドが何人かいた。

「だ、大丈夫。虫を見つけて……ビックリして」

「ええっ？　虫？　もう寒いのに、まだ出るのね」

その声に、アリスはなんとか笑顔を返す。

「ほ、本当ね。驚いたわ」

「虫？　なあんだ。もう、人騒がせね」

「ご、ごめん」

アリスの言葉に明らかに興味を失ったようで、マリア以外の野次馬は、それぞれの部屋に消えていった。

「ねえ、アリス。本当になんでもないの？」

「え？」

「あんた、最近なんだか変よ。……前から変だけどさ。でも、たまに心ここにあらずって感じで、ぼうっとしてることがあるわ」

マリアがじっと見つめて、アリスの額に手のひらを当てた。突然のことにアリスが驚いていると、すぐに手は離された。

「顔が赤いし、目が潤んでるから熱でもあるのかと思った。ねえ、体調が悪いとか、なにか困り事があったら言ってよね？　いつも元気なあんたがそんなのじゃ、心配になるじゃない」

「……うん、ありがと」

マリアの言葉に、思わず鼻の奥がツンとする。

まさか最近の様子で心配をかけていたとは、知らなかった。今ここでマリアに相談できたら、どんなにいいだろう。とはいえ相手は名前も知らない密偵だ。彼の存在は、そう簡単に打ち明けていいものではない。

「マリア……」

「ん？　なあに？」

アリスを見つめるマリアの目は優しい。

「私、そんなに元気なかった？」

「そうよー。なんだかため息とかついちゃってさ。アネットとふたりで、もしかして衣装部で苦労してるんじゃない？なんて話してたの。もしかして、いじめられてる？」

マリアがそう続けたことで、アリスは思わず吹き出す。

「ない！　そんなのないわ。ジゼルさんもすごく優しくしてくれる」

「あー、よかった。ジゼルを問いつめるところだったわ」

アリスのために旧友を問いつめるとは、なんとも頼もしい言葉だ。そう言ってくれるだけで、アリスも自然に笑みが溢れる。

「ねえ、前の私ってどんなだった？」

「そうね、なんでも一生懸命。人一倍元気で明るくて、物怖じしない子ね」

久しぶりの新人。さて、長続きするかしら……初めはそう思ったのだと、マリアは微笑んだ。

「騎士訓練所なんて、要は男社会よ。そこにあんなに早く溶け込んだ子、あんたが初めて。変なことに詳しいし、馬も怖がらない。マルセルさんが可愛がるメイドなんて、今までいなかったのよ？」

「……そっか。ありがとう！　マリア」

マリアの言葉を聞いていると、最近の自分がどれだけぼんやりしていたのかがわかる。心が持っていかれたみたいで、空洞を抱えて、こんなにも自分を見てくれていた友人がいることにも気づかなかった。

初めてのことが怖いのは当然なのに。たくさんの初めてに出会う覚悟で、王宮に来たのに。

それに、彼が見つけてくれた自分だって、頑張り屋の私なのに。

「ん？　なんか、吹っ切れた？」

「うん。ありがとう、マリア。本当にもう大丈夫よ。仕事も覚えることが多くて、いろいろ考えすぎてたみたい」

「そう？　なら、これ以上は聞かないわ。これからはそうなる前に話してほしいけど」

アリスはしっかりとマリアを見て、頷いた。


その後の休日、アリスは久しぶりに厩舎に向かった。手には干し柿ペーストの瓶が入ったカゴを持っている。黒ずくめの青年に頼まれていたものだ。

ただ、彼の分だけを預けるのはマルセルに悪いので、ひとつ多く持ってきた。そのためカゴがかなり重くなり、ギシギシと音をたてているが、仕方がない。

空は雲が多く、風は冷たい。アリスが吐く息も、ほんのり白く漂うと、灰色の空に消える。そろそろ初雪かという天気だ。

（あれから三日……。彼は無事かしら）

あの日の出来事にすっかり混乱していたアリスだったが、マリアのおかげでだいぶ自分を取り戻せた。いつも元気で一生懸命な自分を、彼も好いてくれた。なかなか会えず、今は遠くにいることもあって寂しさは感じるが、悲しんでばかりでは彼に嫌われてしまう。自分らしく、彼を待とう。次に会ったときに、元気な笑顔で明るく出迎えたい。

カゴを持ち直すと、ドアを叩いた。分厚い手袋をしているためか、ドンドンと鈍い音が響く。

「誰だ？　おっ、なんだ。アリスか」

難しい顔で出てきたマルセルだったが、アリスを見て破顔する。

「こんにちは。お久しぶりです」

「本当に久しぶりだな。元気だったか？」

マルセルはドアを大きく開けると、顎をしゃくって中に入るよう示した。ここに来るのは久しぶりだが、アリスにしてみれば、勝手知ったるマルセルの詰所だ。「お邪魔します」と言って躊躇なく足を踏み入れる。

詰所の中は、寒くなってきたこともあってか、暖炉の脇に薪《まき》が積まれていた。

「冷えると足の古傷が痛むんだ。これぱっかりは何年経っても嫌なもんだ。……ん？」

目ざといマルセルは、カゴの存在にすぐ気づき、アリスから取り上げた。

なくなったって聞いたので」


「なんだ？　こいつは」

「干し柿のペーストです。マルセルさんのところに置いていった干し柿、もうなくなったって聞いたので」

「こりゃ助かる。パンにつけてもうまそうだ」

次々とカゴから瓶を取り出すマルセルを、慌てて止める。

「あっ、待ってください。マルセルさんのはひとつで、残りは預かってほしいんです」

「ええ～？　俺ひとつ？　で、あいつが三つ？」

「え、えっと……」

誰かも言っていないのに、黒ずくめの青年のことだとわかったようで、マルセルは不満げに顔を顰めた。もういい年だというのに、そんなことで拗《す》ねないでほしい。

「ずるくねえか？　ここは二個ずつだろう。百歩譲っても」

譲っても半分なのか……仕方なく、アリスは頷いた。

「じゃあ、それで」

「よし、預かってやる。ちょうど茶を淹《い》れようかと思ってたんだ。お前も飲むか」

「あ、ありがとうございます」

奥の小さなキッチンレンジには火が入っており、格子網に置かれた鍋の中はグツグツと沸騰している。棚にはいくつか紅茶の入った瓶があり、台には大きめのガッシリしたカップと、蓋の開いた蜂蜜の瓶が置かれていた。

「私がやりましょうか？」

「じゃあ、頼めるか。棚のカップは適当に使ってくれて構わない。俺の紅茶にはミルクと蜂蜜をたっぷりと頼む」

でき上がった干し柿の食べっぷりを見てから、薄々気づいてはいたが、マルセルはかなりの甘党らしい。

アリスは鍋を火から下ろすとレンガの上に置き、火を消そうとした。

「ああ、消さないでくれ。頼む」と言ったマルセルが、キッチンへとやってくる。すると、布のかかったカゴからパンを取り出した。それを適当な大きさに切ると、網の代わりにグリドルを置き、パンを並べる。

「本当なら、卵とミルクと砂糖を合わせたものにパンを浸して焼くんだが、今日はペーストがあるからただ焼くだけにしよう。お前も食うだろう？」

そんなにお腹は空いていなかったが、迷わず頷いた。甘いものは別腹だ。

マルセルが手際よくパンを準備している間に、アリスは紅茶の準備をした。彼にはミルクと蜂蜜をたっぷりと入れ、すぐにかき混ぜる。自分用の紅茶には、蜂蜜を少しだけ入れた。アリスは紅茶の風味と香りが好きなのだ。

「いただきます」

ちょうどいいタイミングで、パンと紅茶の用意ができて、ふたり揃ってテーブルに着いた。

「ん。うんまい。パンをカリカリにしたのがよかったな」

ナイフとフォークを使っているアリスの横で、マルセルはペーストをたっぷり塗ったパンにかじりついている。その塗り方たるや豪快のひとことで、ひと口かじりつくたびにペーストが溢れそうになっている。

これでは、ひと瓶などあっという間になくなってしまうだろう。ちゃんと青年の分には手をつけずに預かってくれるだろうか？

「で、これを預けに来るってことは、進展があったのか」

「グフッ！」

飲み込みかけたパンが喉に詰まり、アリスは慌てて紅茶で流し込んだ。ケホケホと咳き込むアリスを、マルセルは生ぬるい視線で見ている。

「それは……その……」

「告白されたか？」

「どうしてそれを！」

瞬く間にアリスの顔が赤くなった。

では、とうとうラウルは素性を打ち明けたのだろうか？と思ったが、その割には、アリスの様子はいつもと変わらないものだった。

「あいつがいなくて、寂しくないのか？」

「寂しいですよ。だけど、彼が好きな私はきっと、元気な私だと思うんです。次会ったときにガッカリされるのは嫌だし、いない間も私は私で頑張ることにしたんです」

強いものだ。ラウルはその明るさだけに惹かれたのではないだろう。この子は芯の強い子だ。この子なら、きっとぶれない。ラウルに守られるだけではなく、ラウルを支えようとするだろう。

それでも、ラウルの気持ちを受け止めるには、並大抵の強さではやっていけない。

「そうか……あいつ、話したのか。で？」

「……で、とは……」

「お前も答えたんだろう？」

「……は？」

一瞬、ポカンと口を開けたかと思ったら、次の瞬間に青くなる。先ほどまでの明るさはどこへやら。一気にどんよりとした空気をまとってしまった。

「ど、どうしよう！　私、返事してません！」

「はあ⁉」

「だって！　あまりにも急で！　キ、キスとか、はははは初めてだったし！　ビックリしちゃって……逃げてきてしまいました！　どうしよう⁉」

「はあぁ⁉」

マルセルは悪態をつこうとして、なんとか押しとどめた。

告白はともかく、返事も聞かずにいきなり口づけたら、相手は驚くに決まっている。ましてや、このアリスだ。まっすぐ育ち、色恋に興味のなかった子が、突然そんな状況に置かれたら逃げたくもなる。

（あいつ、相当思いつめてたのか？　それにしても、出発前になにをしてるんだ……）

「あ～、まあ～その、なんだ。帰ってきたらすぐ返事をすりゃいいじゃないか。な？」

「名前も呼び出し方も知らない相手に、どうやって返事をするんですかっ！」

（素性、明かしてねえのかよ！）

またもや悪態をつきそうになって、マルセルはぐぬぬ、と黙り込む。

なんとかなだめてアリスを送り出したときには、ぐったりとしていた。

これじゃ割に合わない。カゴに残っていたペースト瓶を、もう一本いただくことにした。

（会ったら、ちゃんと気持ちを伝えなくちゃ……）

とはいえ、彼が王宮に戻ってくるまで、残り十七日はある。予定の変更もあり得るだろうし、次に会えるのはいつだろう。

こんなときは、誰しも祈りたくなるものである。アリスの手は自然に、ポケットに伸びた。

（ん？　あれ……⁉）

いくらまさぐっても、お守りの指輪がない。

「嘘っ……⁉」

どこかで落としたのか。チェーンを外したからバチが当たったのだろうか？

アリスは最後に見たのがいつだったか、自分の記憶をたどった。

（どうしよう……。ここ数日、全然見てないかも……）

ポケットに入っているものだとばかり思っていたため、意識的に確認をしていなかった。

よく行く場所を探してみることにする。まずは、向かおうと思っていた食堂にそのまま行く。

食堂は毎日掃除をしているが、落とし物があった場合は、管理者に聞けばわかるだろう。そう思い食堂に入ると、全員の目がこちらに向けられ、アリスは入ろうとして出した足を思わず引っ込めた。

「な、なに？」

いつもの隅の席では、マリアとアネットがアリスを見てなにやら口を動かしつつ、手招きをしている。急いでふたりの元に向かうアリスを、他のメイドたちがヒソヒソ話をしながら見送った。いつもと違う異様な光景に、アリスの中で不安が広がる。

「どうしたの？」

「どうしたの、じゃないわよ。ヴァレールさんが捜していたわよ」

「えっ？」

「あっ、ほら！」

食堂の出入口にヴァレールがやってくると、まっすぐにこの隅のテーブルを見た。

そこにアリスの姿を確認すると、ひとつ咳払いをし、眼鏡《めがね》を押し上げて近づいてくる。

このところ何度か見た姿だったが、なんだかヴァレールの顔が強張《こわば》って見えた。彼はアリスのそばに来ると、再び咳払いをした。

「あの……私になにか……」

「アリス・フォンタニエ。異動が決まった。ブラン盛月、一の日には新しい仕事になる。五日後の二十五日までには荷物をまとめておくように」

「は、はい……？」

前回とは違う伝え方に、アリスの返事も思わず語尾が上がる。

荷物をまとめろ——それは、宿舎からの引っ越しを意味する。

マリア、アネットと顔を見合わせる。つまり、王宮勤めに異動……しかも、王宮内に自室が用意される職種だ。

「あ、あの……。私はいったい、どんなお仕事をすることになるんでしょうか？」

「それは、今ここで言えることではない。二十六日、朝八時に荷物を持って私のところに来なさい」

それだけを伝えると、ヴァレールは食堂をさっさと出ていった。

突然のことに、アリスの胸がドクドクとうるさく跳ねる。

まだ衣装部に移って一ヵ月にも満たない。この異動は明らかに異常事態だ。これはやはり、お守りをなくしてしまったからだろうか。

近づく距離

指定された日に、緊張の面持ちでヴァレールの元を訪れたアリスに告げられたのは、驚くべき異動先だった。

「ベアトリス王女殿下の侍女……ですか？」

「そうだ」

驚くべき異動先ではあったが、人間、驚きすぎると反応が乏しくなるようだ。頭には確かに入っているのだが、どこかでその情報を拒否している。

なぜ、間違いで入ったはずの自分が、王族の侍女になどなれるのだろうか？

「ベアトリス王女殿下の侍女……ですか」

語尾を下げただけの、まったく同じ言葉を繰り返す。この事態が信じられないのはヴァレールも同じようで、眼鏡を押し上げると、至極真面目な表情で繰り返した。

「そうだ」

「なぜ……ですか？」

アリスの戸惑った問いに、ヴァレールもまたため息をつき、力なく首を横に振った。

「……わからん。ベアトリス様たってのご希望だ。アリス・フォンタニエを侍女に、となー」

「……なぜ……でしょう」

「私にも、まったくわからんのだ。ただ、王族の方々のご要望を私が覆すことなどできん。ならば、私がすることはひとつ」

仰々しい手つきで人差し指を一本立てると、アリスが床に置いていた荷物を指差す。それを目で追うと、続いてドアを指差した。

「とにかく、君はブラン盛月、一の日からベアトリス様の侍女だ。これは決定事項なのだ」

暗に、さっさと行けと言われては、もう疑問をぶつけることもできない。アリスはお辞儀をして部屋を出た。

ブラン盛月は新年の始まりだ。年始の挨拶や、新年の大きな舞踏会で、王宮全体が慌ただしくなる時期。こんなタイミングで異動など、本来ならあり得ない。

どうしてこんなことになったのだろう。あれから時間を見つけては、お守りの指輪を探しているが見つかっていない。指輪からチェーンを外して以降、さまざまなことが起こっている気がする。

（もっとも、すべてが悪いことではないけれど……）

あの日の夜――真剣な瞳、叩きつけるように告げられた想い、噛みつくようなキス――ふとした瞬間に、思い出してしまう。一度思い出してしまったら、口元が緩むのを抑えることは難しい。

ここは王宮、しかも王族の居住棟だ。こんなにだらしない顔でいてはいけない。なんとか力を入れて、キリリと真面目な表情にならなくては。

「アリス・フォンタニエ？」

「はいっ」

ついつい、緩みきった顔で振り返ってしまった。

「あなたねえ、いったいここをどこだと思っているの？　王族の方々の居住棟なのよ？　そんなニマニマとだらしない顔をして仕事ができる場所ではないのよ？」

「申し訳ありません」

声をかけたのは、アリスに指導をおこなう侍女頭のエリーズ・フェーブルだった。

今、アリスはそのエリーズに連れられ、部屋に案内されたところだ。

アリスにあてがわれた部屋は、回廊から曲がってすぐの、一番手前の部屋だった。

「一番奥が、ベアトリス様のお部屋よ。そこから順にわたくし、それから侍女の部屋、新入りのあなたが一番手前」

「はい」

部屋はこぢんまりしているものの、装飾や家具は豪華だった。クローゼットや姿見、鏡台など、これまでの部屋にはなかった家具も揃っている。やはり侍女になるような人たちは、貴族ということもあるからなのだろう。

屋敷の自分の部屋よりも豪華かもしれない。椅子は見事な刺繍の入った布張りだし、机の引き出しも凝った装飾がついている。

そこでアリスは、見慣れないものがベッド横の壁についていることに気がついた。ベルに見えるが、用途がわからない。

「それはベアトリス様が用事があるときに鳴らすベルです。わたくしたちは、深夜もお呼び出しの際はすぐに駆けつけなければなりません。お仕着せもきちんと近くに用意しておくようにね」

なんでも、ベアトリスのベッドに紐が下がっており、それを引くと、このベルが鳴るのだそうだ。そんなに頻繁に呼ばれるものなのだろうか。

アリスがベルを見ていると、部屋の外からカシャン、カシャンと金属がぶつかるような音が聞こえ、驚いて身体がビクッと跳ね上がった。その様子に、エリーズが鼻を鳴らす。

「廊下の警備兵が交代したのよ。朝・昼・晩の三交代」

警備兵の交代の際は、互いの帯剣の鞘《さや》を二度打ちつける儀式がおこなわれる。

「元々この儀式は周囲に対して『しっかり警備している』とアピールする意味があるの。この音に慣れることは、王族の侍女になるうえでの通過儀礼ね。早く慣れなさい」

「はい」

「それと……」

コホン、とわざとらしく咳き込むと、エリーズは正面からアリスを見据えた。

「侍女とはいっても、いろいろあるの。あなたは小間使いのようなものね。その辺りをしっかり自覚して、調子に乗らないこと」

「……はい」

薄々感じてはいたが、やはり歓迎されてはいないようだ。

彼女たちの気持ちはわからないでもない。アリスの親は元男爵とはいえ、今は隠居の身。兄アルマンが身元保証人となってくれているが、アリス自身、貴族令嬢と意識して生きてきたわけではない。

王族の侍女ともなると、全員が名家出身の根っからのご令嬢だ。そのプライドもある。そんな彼女たちにしてみれば、アリスはどこぞの馬の骨といった感覚なのだろう。これまでの騎士訓練所も衣装部も、アリス自身をちゃんと見てくれた。失敗もあったが、仕事がちゃんとできていれば褒めて、認めてくれた。なぜ高貴な立場になればなるほど視野が狭くなり、他を認めなくなるのだろう。

それでも、与えられた仕事だ。アリスは仕事を選べる立場ではない。やるしかなかった。


フンッという音が聞こえるかと思うくらい、ツンと顔を逸らして出ていったエリーズだったが、アリスが部屋で荷物をほどいていると、再びやってきた。

「アリス・フォンタニエ。ベアトリス様がお呼びよ」

「えっ。あ、はい」

本来ならば今日アリスは休みで、それを利用して引っ越しをしているのだが、王族からの呼び出しともなると、休みなどと言ってはいられない。明らかに不機嫌で、苛立ちを隠そうとしないエリーズは、アリスを急き立てる。

「早くなさい！　ベアトリス様をお待たせしないで」

そうはいっても、侍女としてお目にかかるには、お仕着せでなくてはならないだろう。侍女のお仕着せは、今までのものとは比べ物にならないほど、作りも質もいいものだ。着替えている間もエリーズの小言は続く。

「いい？　ベアトリス様のことは、『王女殿下』ではなく、『ベアトリス様』とお呼びするのよ。これは身近な勤め人だけに許された特権よ。とても光栄なことなの」

「はい」

「仕事をしていると、他の王族の方々と接する機会も多いわ。粗相のないように」

着替えながら一言一句を理解しなければならないのは、なかなか難しい。頭が混乱してしまいそうだ。そんなアリスに構わず、エリーズはどんどん小言を続けていく。

「周りに控えている侍女に臆することがあってはならないわ。ベアトリス様の品位が落ちるから。いつも凛とし、侍女同士はあくまでも対等であること。忘れないで」

「はい」

数日かけて教わるはずの大切なことを、早口でまくし立てられるが、準備の手を止めることもできない。覚えていられるだろうか——そう思っていたところで、エリーズの声が一段と低く、強く響く。

「その中でも、ラウル殿下の侍女たちには負けてはダメよ」

「ええっ？」

負けるなというのは、いったいどういうことだろうか。

「ラウル殿下の侍女は、わたくしたちに勝ったつもりでいるのよ。いつもツンとすましていて、ラウル殿下のおそばにいることを許された、特権階級だと思っているの！　ダメよ。負けてはダメ！　バカにされるようなことがあってはならないわ」

「ええ～……」

ここで言う勝ち負けとは、なんなのだろう。ラウルの侍女になりたかった者と、実際になれた者との心持ちの差なのだろうか。

エリーズがアリスの肩をグッと掴んだ。

「特に、アリソン・フォンテーヌ……！　あの子、フォンテーヌ侯爵がこの国の実力者だからといって、コネで勤め人一年目でラウル殿下の侍女になったのよ」

よほど腹に据えかねているのか、エリーズの目がどんどん吊り上がる。

「しかも、侍女の中にアリソンをお世話する者もいるの。新入りのくせに、もうすっかり侍女頭を気取っているわ」

「痛いです痛いです痛いです」

肩に指がググッと食い込む。すぐに離してくれたが、肩はまだジンジンする。これまでに、アリソンとどんなことがあったのか。

「とにかく、わたくしが言いたいことはわかったわね？　あなたの行動ひとつで、ベアトリス様の評判を落とすの。わたくしたち侍女がバカにされるのよ。それだけは気をつけてちょうだい」

鋭い視線がアリスの全身を細かくチェックする。そしてひと筋のほつれ髪をグッとピンで留めて、帽子の中に押し込んだ。

アリスは痛さに顔を顰めるが、文句は言えない。今はとにかくエリーズから合格をもらわなければ、ベアトリスの元に向かうこともできない。

「いいわ。行くわよ」

「はい」

背筋をしゃんと伸ばして、深呼吸をしてからエリーズの後をついていく。彼女は突き当たりのひと際大きく豪華なドアの前に立つと、軽やかにノックした。

「ベアトリス様。アリスをお連れいたしました」

「ありがとう」

エリーズはアリスを連れてきたことを伝えると、ドアを開けて部屋に入り、アリスを伴って進もうとした。

だが、部屋の奥から意外な言葉が聞こえる。

「エリーズは出てくれるかしら」

「えっ……ですが……」

「いいの。アリスとふたりで話したいのよ」

ベアトリスの言葉に一番驚いたのはアリスだ。面識はないが、ベアトリスはさもアリスを知っているかのように話している。

アリスにはベアトリスとふたりで話をする理由もわからない。ポカンとしているアリスを、エリーズが鋭く睨みつける。

（ええっ。睨まれても、私だってわけがわからないんですけど！）

抗議したかったが、ベアトリスに聞こえてはならない。アリスはグッと言葉を呑み込んだ。アリスと入れ違いで部屋を出るエリーズが、アリスの耳元で「おかしなことをするんじゃないわよ」と囁いた。

恐ろしい。なぜかアリスが悪人に仕立て上げられている。なんとか小さく首を縦に振ると、そのまま背後でドアは閉められた。

光沢の美しい布が張られた豪華な椅子に、ベアトリスは座っていた。

アリスと年齢は変わらないはずなのに、その堂々とした姿は気品に溢れていた。艶やかな栗色《くりいろ》の髪は綺麗にアップにされ、ドレスと同じ真っ青なリボンでまとめられていて、目鼻立ちのくっきりとした小顔が引き立っている。

薄い青の瞳は、ほんのりと紫がかっており、その吸い込まれそうな神秘的な瞳で見つめられ、アリスはドギマギした。

「あなたがアリスね」

丸くふっくらとした唇から自分の名前が出てきて、ハッと我に返る。見とれていて、挨拶をしていないことに気がついた。慌てて足を折り、腰を落とす。

「ご挨拶が遅れました。お初にお目にかかります。アリス・フォンタニエと申します」

「堅苦しい挨拶はいいわ。さ、こちらに来てちょうだい」

ラウルのパッと目を惹く美貌には及ばないが、やはりベアトリスの姿には気品を感じる。アリスは足を動かそうとして、右手と右足を同時に出してしまった。思った以上に緊張しているようだ。それに気がついたのか、ベアトリスが吹き出した。

「ごめんなさい。突然のことで、驚いているわよね」

「ええと……」

「いいのよ。他には誰もいないわ。肩の力を抜いてちょうだい」

そう言われても、『はいそうですか』とすぐに緊張は取れない。どうしたものかと、アリスはそのままベアトリスの言葉を待つ。

「この前のピンクのドレス。あのドレスに布薔薇をつける提案をしたのは、あなたでしょう?」

「えっ……。なぜ、それを……」

「先日、離宮で開いた夜会であのドレスを着たのよ。衣装部の子が飾りを作ってくれたと話したら、それはあなただとグレースが話していたの」

長姉の名前を聞いて、「あ」と口を開けた。グレースは夫とふたりで離宮の管理者をしている。この前のお茶会で、アリスが同じような布薔薇でアレンジしたドレスを着ていったこともあり、グレースの記憶に残っていたのだろう。

「あなたが呼ばれた理由、わかった?」

「はい。ですが、それで侍女に、というのはまだわかりません」

「あなたはシンプルなドレスを、自分でアレンジして着ていると聞いたの。わたくし、お兄様と比べたら地味でしょう?」

どう答えたものかと一瞬止まるが、慌てて否定する。それをベアトリスが軽く手を振って制止した。

「いいのよ。わたくし、わかっているの。それで、なんとか目立とうとドレスや装飾に凝っていたの。……でも、もう案がないのよ」

ベアトリスは途方に暮れた様子で、小さく嘆息した。

「デザイナーからほどよい露出が流行だと聞いたから、思いきって胸を大きく開けたら大失敗だったし……。正直、迷走しているわ」

そういえばポリーヌも、ベアトリスがよくギリギリになって直しを言ってくると頭を抱えていた。

あの大きく胸が開いたドレスを見たときは、かなりグラマラスな体型なのかと思っていたが、実際会ってみると、ほどよいサイズの胸がついている。これでは、あのドレスは角度によっては、かなり際どくなったに違いない。

「あのときは本当に助かったわ。皆が褒めてくれたのよ。わたくしだけ他の参加者とは違ったから、とても気分がよかったわ。それで、あなたにはわたくしの専属になってもらいたくて」

心からの賛辞に、アリスは深くお辞儀をした。

「もったいないお言葉でございます。わたくしでよろしければ、お手伝いをさせてくださいませ」

「ありがとう。……ついでにもうひとつ、聞きたいことがあるの」

ベアトリスの声色が密やかなものに変わり、アリスはピンと背筋を伸ばす。

「なんでございましょう？」

「あなた、マルセルと仲がいいんですってね。わたくし、なんとか彼を落としたいの」

「……は？」

思わぬ発言に、間抜けな音がアリスの口から漏れた。

今、なんと言っただろう？とアリスは首を傾げた。この高貴な方の口から『男を落としたい』とかなんとか、そんな言葉が出たような気がするが、空耳だろうか。

「わたくしね、この見た目でしょう。そこそこ頑張ってきたんだし、見るに耐えないほどではないことはわかっているの」

アリスは再び否定しようとしたが、ベアトリスはそれを手で制した。まあ聞け、ということなのだろう。おとなしく口を閉ざした。

「お兄様とは幼い頃から比べられ、心ないことも言われたりしたわ。わたくしはお父様のこともお母様のことも、女のわたくしが嫉妬するくらい綺麗なお兄様のことも、大好きなのよ」

ローランは銀色に輝く髪に、凛々しく男らしい風貌だ。齢四十三となり、髪に白いものが交ざり始め、顔にも皺が刻まれてきた。それが以前はなかった渋みや深みとなり、国民からも絶大な人気がある。

そんな彼がひと目惚れして、強引なアプローチで口説き落としたのが、メアリ妃殿下だ。切れ長の美しい瞳に、形のいい高い鼻、少し薄めの唇は少々冷たささえ感じる彫刻のような美女だ。

温かみのある栗色の髪が、氷の美貌に柔らかさを加え、その絶妙なバランスにローランはひと目で惹きつけられた。つまり、ラウルはメアリの美貌と、ローランの輝く銀色の髪を受け継いでいた。

そして神様の悪戯か、ベアトリスは父譲りのくっきりとした顔立ちと、母譲りの栗色の髪を持って生まれたのである。物心がつく頃にはもう既に、自分と兄との大きな違いに気づき、悲観した。

「年頃になっても同年代の子と遊ぶのがつらかったわ。わたくしとお兄様を見比べるあの視線、忘れられない」

その気持ちは、アリスにも理解できた。

可愛い可愛いと育てられ、それを信じてきたアリスだったが、リュカと会って現実の厳しさを知った。あれはなかなかつらい経験だった。ベアトリスの場合はアリスの比ではないはずだ。もっとたくさんの視線に晒され、比べられてきたのだろう。

「幼いわたくしには、なかなか酷なことだったわ。そんなときに、マルセルは言ってくれたのよ。『誰がなんと言おうと、ベアトリスは俺の可愛い姫様だ』って」

ベアトリスの目が柔らかな弧を描く。その微笑みは、同性のアリスがドキリとするほど美しかった。

「嬉しかったわ。マルセルはお父様やお母様と一緒で、わたくしたちを比べようとはしなかったから。ひとりひとりときちんと向き合ってくれた」

マルセルが王族の方々とそんなに親しくしていたとは、アリスは知らなかった。以前は騎馬隊長をしていたと聞いたが、まさか王族との付き合いもあったとは。

「マルセルは、お父様にとっても兄みたいな存在なのよ。遠征で受けた奇襲でお父様を助けて以来の仲らしいわ。お父様とお兄様は、今もよく彼を訪ねているはずよ」

その言葉にアリスは驚いた。厩舎も含め、マルセルのいるところにはよく行ったが、ラウルに会ったことなどない。騎士訓練所で働いていた頃は、洗濯物を持ってほぼ毎日通っていたにもかかわらずだ。

別に会いたいと思ったことはないが、これまで遭遇しなかったとは、よほどタイミングがよかったのだろうか。

「わたくしは……マルセルに『もう来るんじゃない』と言われてしまったの」

ベアトリスの視線が落ち、影が差す。

「それは……いったい、なぜなのですか？」

「わたくしが社交界デビューしたからよ。これからは、特別な誰かひとりのための姫様になるんだって、そう言ってわたくしを突き放したの。……ひどいでしょう？　今さらだわ。わたくしは、マルセルだけの姫でいるって決めていたのに」

マルセルは騎馬隊長を引退し、ラウルとベアトリスが一人前の大人といえる年齢になったことで、ベアトリスから距離を置いた。自分がもう王族のための騎士として動けないことも大きかった。

「元々が、鬼の隊長として有名だったということと、お父様と親しかったこともあったからなのか、マルセルが引退してからも近づこうとする人はいなかったわ」

アリスにとって、マルセルはなんでも話せる頼れる相手だった。だが、確かに訓練所の皆はマルセルを怖がっていた。

「マルセル自身、それでいいと思っていたところがあったのではないかしら。しがらみとか、そういうのは苦手だったから。……そんなときに、あなたが現れたのよ」

最初は馬が見たいだけだった。厩舎近くに行くことがあると、ついつい嬉しくて近くをうろついた。

そこにいるのは、アリスが親しんだ農耕馬や馬車を引く馬ではなく、戦う馬だ。うっかり近寄って興奮させてはいけない。それでもなんとか見えないものかと、あちこちから厩舎の中を見ようとしていた。

アリスがマルセルに会ったのは、そんなときだった。最初はマルセルも声をかけてくることはなかった。それどころか、迷惑そうな表情をしていたことを覚えている。その態度にもめげず厩舎に行くと、『また来たのか』と半ば呆れ顔で声をかけてきた。それからは、あっという間に仲よくなった。

確かに彼が、アリスや黒ずくめの青年以外と親しげに話しているところは見たことがない。マリアたちもマルセルを怖がっていたが、アリスにしてみれば馬好き仲間だ。

だが、アリスはそんなに深くマルセルを知らない。ベアトリスがいくら彼に好意を抱いていても、アリスにできることはなさそうだった。それに、アリスがしゃしゃり出ることも、なんだか違う気がした。

「恐れ多いですが、ベアトリス様。私がお手伝いできることがあるとは思えません。それに……私が関わることに意味があるとも思えません」

「どういうことかしら？」

ベアトリスがじっとアリスを見据え、静かに尋ねた。気を悪くさせてしまったかもしれない。もしかしたら、王宮での仕事を失ってしまうかもしれない。それでも、アリス自身も想いを寄せる人がいるから、わかる。

「私がお手伝いをしたとしても、ベアトリス様のお心をきちんとお伝えできるとは思えません。私が入り込んでしまっては、純粋なものも歪んでしまう気がするのです」

「……協力できない。そういうこと？」

「申し訳ございません」

アリスが深々とお辞儀をすると、ベアトリスが、ふーっと長く息を吐いた。

（ああ、終わった……）

アリスがクビを覚悟してギュッと目を瞑ったとき、ベアトリスは意外な反応をした。

クスクス、と軽やかな笑い声がアリスの耳に入ってきた。

驚いて顔を上げると、ベアトリスはなんとも楽しそうに笑っている。

「あ、あの……？」

「あら、ごめんなさい。ねえ、あなた、面白いのね。そんなことは気にしなくて大丈夫よ。わたくし、あなたに協力してもらいたいなんて思っていないから」

「え？」

意外な言葉に、アリスの口から思わず呆けた声が出る。

「マルセルが心を開いたあなたのことを知りたかったのよ。それにはどうしたらいいのかしらって考えていたの」

マルセルと仲がよかったから、侍女にと望んだのだろうか。

「そんなときに、あのドレスをアレンジしたのがあなただって知ったの。これを逃す手はないわって思ってね。ヴァレールは渋っていたけれど、そんなの知ったことではないし」

「は、はあ……」

（なんだろう、この流れは……。てっきりクビか、少なくとも侍女の話はなかったことになると思っていたのに……）

アリスは予想外のことに口をポカンと開けてしまった。

「わたくし、あなたと同意見よ。誰の口も介さずに、わたくしの言葉で伝えたいわ。この想いを言葉にできるのは、わたくしひとりよ」

凛とした表情できっぱりと告げたベアトリスは、とても美しく見えた。

ラウルと比べられて、平凡な容姿だと自分では思っているようだが、違う。ベアトリスは自分をしっかりと持った強い女性だ。アリスはこの一瞬で、ベアトリスに心からお仕えしたいと思えた。

「やっぱり、不安もあるけれど。ねえ、アリス。わたくしの話し相手になってくださる？」

「はい！」

「もちろんでございます！」

アリスは力強く頷いた。お役に立てるのならと自分も嬉しくなる。すると、ベアトリスがホッとしたように息を吐く。

「少し心配だったわ。これはずっと秘密にしていたの。誰も知らないことなのよ。でも、想いが溢れてしまいそうで、誰かと話をしたかったの。それにはどうしてもあなたがよかったのよ」

「私がどんな人間なのか、わからないのに……ですか？」

長く自分ひとりの胸にしまい込んでいた大切な気持ちを、なぜ見ず知らずの自分に……と、アリスは思わず問い返した。

「どんな容姿をしているかは、確かにわからなかったわ。だけどそんなことはどうでもいいのよ。マルセルが心を許した相手――その人を私が嫌いになるわけがないわ。でもね、こんなにすんなり頷いてくれる自信はなかったの」

「では、なにが不安だったのでしょうか？」

「あなたの人柄は、マルセルと親しいということで確信していたわ。でも、わたくしがマルセルに恋心を抱いていることをどう思うかは、別でしょう」

確かにそうだ。正直、意外だとは思った。それはアリスが、マルセルと王族との繋がりを知らなかったからだ。あの飾らない大らかなマルセルが、鬼の騎馬隊長だったことも驚きだが、さらに王族と親しかったとは。

「こういう立場だと、お父様くらいの年齢や、それ以上に年の離れた男性と結婚する話はよく聞くわ。いわゆる政略結婚ね」

想い合って結婚する貴族の方が少ないだろう。国王陛下の恋が伝説として語り継がれるほど、恋愛結婚は夢のような話なのだ。

「お家同士の約束や、金銭の援助目的……理由はいろいろね。わたくしの周りにもいたわ。それを屈辱だ、悲劇だと揶揄《やゆ》する声も出るの」

中には、貴族としての立場が欲しいだけで結婚を持ちかける者もいる。その場合、相手は親ほど年が離れていることも少なくない。

ベアトリスは途中で言葉を止め、ふっと自嘲気味に微笑む。

「マルセルは今年、四十五よ。わたくしより二十九も年上。そして、名誉騎士の称号を持つ、一代限りの準貴族になるわ。つまりわたくしの恋は、世間が見ればとても滑稽なものになるでしょう」

「そんな！　そんなことはありません！　相手がどんな地位とか、何歳とか、そんなものは、目に見える形でしかありません！」

思わず声に力が入る。そんな悲しい話は嫌だ。

アリスも政略結婚がよくある話だということは知っている。うまくいかない例が多いことも知っている。その中にも、愛ある家庭を築いている人たちがいることだって知っている。

アリスの両親も政略結婚だった。だが、喧嘩《けんか》をするところは見たことがないし、なにより彼女を含めた五人の子供を授かって、愛情をいっぱい注いで育てた。

世の中には、どうにもならないこともあるだろう。だが、どうにかなることだってあるはずだ。

ベアトリスの恋は確かに厳しいかもしれない。けれど諦めてほしくなかった。大好きなマルセルも、そして会ってすぐに大好きになったベアトリスにも、幸せになってほしかった。

身分なんて、純粋な想いの前では、関係ないのだから——。

「あなた、ベアトリス様とどんなお話をしたの？」

侍女たるもの、主の情報は守り通せ――。つい今しがたそう言った口で、エリーズがアリスに尋ねた。

「……ええと……ド、ドレスのアレンジなどのお話です。先日のピンクのドレスにつけた布薔薇をどのように作ったのかと、興味をお持ちでした」

「そう。そうね、あれは可憐なベアトリス様にとてもお似合いだったわ」

満足げに頷くエリーズに、アリスも言葉を続ける。

「とても好評だったと、お喜びでした」

「最初にも言ったわよね。あなたは小間使い。わかっているわね？」

「もちろんです」

結局は小言になってしまった……。

ベアトリスの忠告のおかげでホッとしていた。きっとエリーズに詮索されるから、そのときはこう答えるようにと、あらかじめ言われていた。それを聞かされずにこの質問を受けていたら、口ごもっていただろう。

エリーズをはじめ、ベアトリスの侍女は三人いる。アリスは四人目の侍女だった。これだけ人数がいると、身の回りのことはまかなえる。アリスが正式に侍女になるのは、新しい年を迎えるブラン盛月、一の日だが、その前に侍女教育を受けていた。

「ああ、もう。本当に心配。この一年で一番忙しい時期に新人なんて……。なにも粗相をしなければいいけれど……」

そこまで言われると、アリスのせいではないが、なんだか申し訳なくなってくる。椅子の上で身体を小さくさせると、エリーズは大げさにため息をついた。

「近々、年末の挨拶回りがあるの。王族の方々のところに、この一年お付き合いのあった方々がご挨拶にいらっしゃるのよ」

「はい」

「今、ラウル殿下は国境視察に行ってらっしゃるの。でも、挨拶回りには間に合うようお帰りになるそうよ。だからつまり……」

エリーズがグッと顔を近づけたので、アリスは思わずのけ反った。エリーズの眉間には皺が寄り、厳しい表情をしている。

「ラウル殿下の侍女たちと、顔を合わせることになるのよ！　絶対に舐められちゃダメよ！」

「は、はいぃ！」

こんなにも怒らせるとは、アリソン・フォンテーヌ侯爵令嬢とやらは、本当になにをやらかしたのだろう。

名前のよく似た彼女のおかげでアリスは王宮にいるが、今こうして名前を聞くことになるとは、なんともおかしな縁だ。

アリスはまだ見ぬアリソンを思い、肩をすくめた。


国境の視察も滞りなく終え、ラウルは王都へと向かっていた。

リュカの報告通り、月の出ていない気温の低い夜、濃い霧が発生して視界が悪くなる場所があった。早いうちにその場所に見張り小屋を建て、ひと晩中たいまつを掲げるよう指示した。

今回、抜擢となったリュカではあったが、近衛隊に入っても物怖じすることはなく、隊員たちに受け入れられた。以前、一緒に湾岸警備についていた元同僚が参加していたことも大きいかもしれない。

王都に向かう帰り道、ラウルのそばを、リュカの元同僚ロジェ・カンタールが警護していた。

「殿下。次の街で、馬を休憩させましょう」

「そうだな」

「では、先頭にそう伝えます」

気持ちはもっと急ぎたかったが、無理はよくない。このままのペースでも、予定通り王都には着けるだろう。

ラウルの返事にロジェがホッとしたように頷き、後方に指示を出す。

もしかしたら、焦りが顔に出ていただろうか。アリスから離れ、頭を冷やさなければと思って決行した視察だったのに、眠るときに思い出すのはアリスの顔だった。

動いている日中は引っ込んでいてくれるのに、休もうと横になると、ふっと浮かんでくる。無理やり眠っても、夢に見るのは最後の光景だった。

見上げる潤んだ瞳、気づかわしげな声、温かな頬――柔らかな唇。手を離したら、子ウサギのように飛び跳ね、すぐに逃げてしまった。その直前の表情が、ラウルの脳裏にこびりついて離れない。

驚いたように目を丸くしたかと思うと、次の瞬間、顔が真っ赤になって今にも泣きだしそうに歪んでしまった。その表情の意味が読み取れなかった。

急ぎすぎた自覚はある。想いは……届いただろうか。

本当はすぐに後を追いたかった。だが、人が歩いてくる気配を感じ、足元に落ちていた指輪を拾い上げた。

男性用の指輪が、まるでラウルに警告しているかのように、月明かりに光った。

先頭の騎士が適当な店を見つけ、奥の部屋を貸し切りにしていた。ラウル率いる近衛小隊がやってきたとあって、主人はご機嫌だ。

「おやじ、温かい飲み物と、なにか軽食はあるか」

「はい！　ございますとも。すぐにご用意いたします」

案内された奥の部屋は、団体客用だろうか。大きく立派なテーブルが中央に置かれていた。急いで火を入れたのだろう。暖炉の中で炎が赤く激しくうねっているが、まだ部屋の中はひんやりとしていた。

「殿下、マントをお預かりします」

「ああ」

ロジェが受け取り、雪に濡れたマントを暖炉で乾かすために広げた。

カツン、と乾いた音がし、ラウルがその音の正体に気づいたときには、それがよく磨かれた床の上をコロコロと転がって、リュカのブーツに当たってようやく止まる。

「も、申し訳ありません！」

「いや、大丈夫だ」

ゆっくりとした仕草でリュカが指輪を拾う。

「……なぜ、これを殿下がお持ちなのですか？」

地を這《は》うような低い声が絞り出された。いつもいつも微笑みをたたえている天使の顔からは、表情が抜け落ちていた。

「リュカ。どうした」

普段と違うリュカの様子に、他の騎士たちは驚いている。場の空気を変えようと、ロジェが明るく「おや、殿下もお守りの指輪をお持ちなのですか」と口を挟んだ。その言葉に反応したのはラウルだ。

「お守り？　なんのことだ？」

「え？　殿下、ご存じではないのですか？　ああ、これは男物ですからね。殿下のお守りなら女物のはずですから……」

「これは、拾ったんだ」

リュカの手元を覗き込んだロジェが、そのまま預かろうとするが、リュカは指輪を離さない。ロジェはリュカの行動に驚きつつ、なおも明るく振る舞う。

「最近、貴族の間で流行っているのですよ。未婚の男女がまだ会わぬパートナーの代わりに、男性は女物を、女性は男物をお守りとして持つのです。俺も持っています。

母親が贈ってくれまして。内側にはメッセージが彫られているのですよ。俺のは【神のご加護がありますように】です」

　ほら、と首元から出したのは、リュカが持っているものよりも幅のある、表にも装飾がついたものだった。

「どうしたんだ、リュカ。変な顔を……あれ？　殿下がお持ちの指輪は、お前のものと同じデザインではないか？　ほら、おばあ様が送ってくれたと言っていた――」

「うるさい！　今はそんな話じゃない！」

　それはロジェに向けられたものだったが、ラウルがいる場での発言だったため、さすがのロジェも口調を強める。

「リュカ！　殿下がいらっしゃるのだぞ！　口を慎みなさい！」

「いや、いい」

　リュカを咎《とが》める声にラウルが手を上げて、それを止める。そして、その手をそのままリュカに向けて、手のひらを差し出した。

「リュカ。それをこちらに」

　その言葉に反抗するように、リュカは指輪を自分の手のひらにギュッと包み込む。

「殿下、なぜこれをお持ちなのですか？」

同じ問いかけがもう一度口にされた。最初と違っていたのは、声が少し震えていたことだ。

「拾ったと言っただろう」

「なら……！　これは俺が――」

「いや、俺が直接渡す」

ラウルの言葉に、リュカの顔が泣きそうに歪んだ。

『直接渡す』

この言葉が、ラウルがアリスの存在を知っていること、手渡しできるほどの親しさであることを意味していた。

「リュカ。殿下にお返ししろ」

渋々と手のひらを開くと、指輪をつまみ、ラウルの手に載せる。ポトリと落とされた指輪の感触を手に感じると、ラウルはそれを胸ポケットに入れた。

「どうして……どうして、殿下なんですか……」

絞り出すような声がリュカから漏れた。

「ごめんね。探してみたんだけど、やっぱりここにはないわ」

「いえ。すみません、お忙しいのに。ありがとうございます」

申し訳なさそうに眉を下げるジゼルに、アリスは慌てて謝った。

今日の仕事が終わり、アリスは衣装部の仕事部屋を訪ねていた。母親からもらったお守りの指輪が、まだ見つからないのだ。聞いてみた宿舎の食堂でも『なかった』と言われた。となると、思いつくのはマルセルのところか、それとも――。

そこまで考えて、顔に熱が集まる。黒ずくめの青年と会った、王宮から宿舎までの道のどこかだろうか。

(あの場所も、探してみなきゃダメだよね……)

庭園を横目に、勤め人の出入口から宿舎に続く小道周辺と……並木の奥。あの日、突然の告白と口づけを受けた場所だ。

この場所に近づくと、いろいろなことを思い出して、つい避けてしまっていた。だが、お守りをなくしてしまったことは、母を思うと罪悪感が襲う。

窓から差し込む光は、ずいぶん紫がかっている。暗くなってからだと見つけるのは難しい。アリスは急いで王宮を出た。

「う～ん……ないなあ……」

小道も、並木道も、しゃがみ込んで探したが指輪は見当たらない。

庭園の方に飛んでいったりしたのだろうか？　だとしても、庭園なら毎日庭師が手入れをしているはずだ。なにか見つかったなら、既に拾われている可能性がある。

（そうだ。後で、庭の管理をしている部署にも聞いてみよう）

日は落ち、視界が悪くなった。これからマルセルのところに行くのは気が引ける。今日はここまでにするしかないか……と捜索を諦めて立ち上がった。そのとき、小道を歩く人影が見えた。

「……あっ」

その人物は歩くのが速く、アリスが小道に出たときには後ろ姿だった。見慣れた後ろ姿に、ドクンと胸が高鳴る。

闇に溶け込みそうな長めの黒髪、すらりとした長身に黒ずくめの格好。マントを羽織っていたのがいつもとは違うが、ここ最近の冷え込みから、着ていてもおかしくないものだった。

そしてなにより大きな手には、アリスがマルセルに預けた干し柿のペースト瓶が握られていた。

（帰ってきたんだ……！）

思わぬ遭遇に、心臓がうるさいほどに飛び跳ねる。出発前の話では、二十日ほどかかるということだったが、予定より早い。仕事が早く終わったのだろうか。見たところ、どこも怪我はないようだ。アリスはホッと安堵のため息をついた。

黒ずくめの青年は、アリスに気づくことなくスタスタと歩いていく。

アリスは慌てて声をかける。緊張からか、喉に貼りついておかしなかすれ声しか出なかった。

「あ、あの……っ。お、おかえり、なさいっ」

本当ならば名前を呼びたかった。綺麗な格好で、きちんと出迎えたかった。でも、もうそんなことはどうでもいい。アリスは走りだした。

「ん？」

「え？」

振り返った顔を見て、慌てて足を止める。

鼻から口にかけても黒い布で覆われていたが、わずかに覗く目元で、彼ではないことがわかった。アリスの高まった喜びが、瞬く間にしぼんでいく。

「あ……ごめんなさい。人違いでした……」

「ふむ……。誰と間違えたのかね」

布越しのくぐもった声は、彼のそれよりもずいぶんと渋く、低い。

ハッと目元を見ると、そこには経験を物語る皺と、年を重ねた深い瞳があった。

思っていたよりも年配の男性だ。それを知ると、なぜ彼と間違ってしまったのかと不思議に思うほど、目の前に立つ男性には威圧感があった。

「ええと……、名前は……知らないんです」

「名を知らぬと？」

「……はい」

「名も知らぬ男を待っているのか？」

返事をしようとして、言葉にならずに、ただ頷く。

会えると思って期待が高まった分、彼でなかった現実が悲しい。そこに追い打ちをかけるように、そして言い聞かせるように静かに尋ねる深い声が、アリスの中の恋しさに染み入った。

「好いているのだな」

「……とても」

「その名も知らぬ男の正体が、なにであっても揺らがぬか？」

「はい」

「そうか。では、いいことを教えてあげよう」

心を見透かすかのようにじっと見つめていた瞳が、細められた。これだけで、ずいぶんと男性の雰囲気が柔らかくなる。

「いいこと……ですか？」

「待ち続ければ待ち人は来る。想い続ければ想いは通ずる。信じ続ければ道は開かれる。どんなことにも動じず、すべてを受け入れればいい」

「はあ……」

「君はとてもいい目をしている。君に会えてよかったよ。直接礼も言えるしな」

いったい男性がなにを言っているのか、アリスは途中からわからなくなっていた。すべてを受け入れるとは、どんなことにも動じないとは、なんのことだろう？　それに、男性の言う礼とは……。

「あの、なんのことですか？」

「これだよ。懐かしい味を楽しめそうだ。ありがとう」

男性は嬉しそうに、手にしたペースト瓶を揺らしてみせた。

「あの……これ、どうして私が作ったと、ご存じなのですか？」

「シーッ。ほら、人が来るよ、アリス」

「えっ？」

「またすぐ会うことになる」

王宮の方から人の話し声が聞こえた。外はすっかり夜になっている。仕事を終えた勤め人たちが宿舎に戻るのだろう。何人かはアリスの顔見知りで、軽く挨拶をする。

そして視線を戻すと、そこにはもう男性の姿はなかった。

なぜ男性はアリスの名前を知っていたのだろう。それに、ペーストのことも。

（彼から頼まれたペーストを持っていたってことは……彼の上司かなにかかしら？）

アリスは不思議そうに首を傾げ、王宮の自室に戻った。


とある日の朝の準備中、やけに皆がソワソワしていることに気がついた。それはなんだか、リュカが王都に戻ってきた朝に似ていた。

ベアトリスの侍女に選ばれた令嬢たちは、エリーズをはじめとして、容姿も所作も優れていた。そんな彼女たちは、もちろんこの日も手際よくベアトリスを世話する。

顔を洗うためのお湯の温度を確認し、濃いめの目覚めの紅茶を用意する。鏡台には化粧品が使用順に並べられた。完璧である。そんな彼女たちの様子が、どこか明るく華やいでいる。

（うーん、今日はなんだったかな……）

ベアトリスの夜着が入れられたカゴを持ち、アリスが部屋を出ようとしたところで、エリーズに引き止められる。

「アリス、その前にちょっと、こっちを手伝ってちょうだい」

「あ、はい」

カゴをまたチェストに置くと、エリーズの後に続いた。

続き部屋の向こうは寝室だ。天蓋のついたベッドは、ベアトリスひとりで眠るには大きすぎるほど。ベッドの他には、猫足の曲線が美しい小さな丸テーブルと、お揃いの猫足がついた分厚いクッションの椅子がある。その他にも、壁際には飾り棚とカウチソファがあり、さすがの豪華さだ。

そのカウチソファには、青と黄色のドレスが広げられていた。これは今日の候補だ。二着ほど用意をし、ベアトリスに選んでもらうのだ。

エリーズは豪華な寝室を素通りし、さらに奥にある部屋のドアに手をかけた。そこにはベアトリスの衣装部屋がある。

ドアを開けると、色の洪水だ。赤や水色、淡い緑に明るいオレンジと、さまざまな色やデザインのドレスが、ところ狭しとかけられていた。

ここには初めて入るが、短期間だったとはいえ元衣装部としては、興奮を抑えるのが難しい。ベアトリスはドレスのアレンジを手伝ってほしいと言うが、アリスの案など必要ないのではないかと思うほど、素晴らしいドレスばかりだ。

「ちょっと。なにをぼうっとしているの」

「すごい。素敵なドレスばかりですね！」

「ベアトリス様のドレスだもの。国内最高の生地を使って、高級店で一番腕のいい職人に作らせているのよ。当然よ」

エリーズの声は誇らしげだ。その様子からも、心からベアトリスを慕っているのがわかった。

「はい。本当に素敵です」

「そうでしょう？　わたくしとしては、あなたの手を借りる必要もないと思っているわ。まあ、ベアトリス様のご希望なのだし、仕方ないけれど」

チクリと刺すような言葉に、アリスは苦笑した。

ベアトリスの侍女仲間は、なかなかアリスを認めてくれない。侍女になることを知ったマリアたちからも、先輩たちからの風当たりは強いだろうと忠告されていたが、実際に体験すると、受け入れてもらえない事実は結構こたえる。

仕方ない。これまでが幸運すぎたのだ。アリスにとっては、一生懸命に働くことでしか信用を勝ち取れない。

幸いにも、ベアトリスはアリスを必要としてくれている。侍女としてというよりは、マルセルに近い人物としてだが。

ベアトリスの人となりを知ってからは、アリスも心から彼女に仕えたいと思った。ならば、アリス自身が頑張って他の侍女に認めてもらわなければ、ここにいられなくなってしまう。

「これとこれを持っていくから、あなたはこっちを持って。ああ、繊細な生地だから気をつけて」

「はい」

アリスが持ったのは淡い緑色のドレスだった。薄く繊細な生地が幾重にも重なったそれは、雲のようにふんわりしているが、持ってみると思いのほかズシリと重みを感じる。

それもそのはず。よく見てみると、身体にピッタリと添うデザインの上半身には、明るい緑色の宝石がちりばめられている。こんな贅沢な作りのドレスを見たのは、初めてだった。

いつもなら二着ほどの中からベアトリスが選ぶ。それは、こんなに肩が凝りそうな、重く煌びやかなものではない。

「今日は挨拶回りがあるから、とびきり素敵に仕上げなければ」

そういえば、今日は年末の挨拶回りの日だった。そんな空気が伝わったのか、エリーズが顔を顰める。

「なによ。『あっ』みたいな顔をして。まさか忘れていたんじゃないでしょうね？」

「い、いえ。そんなことはありません」

慌ててヘラッと笑う。正直、忘れていた。

初日にいきなりベアトリスとふたりきりにされたときは、この先どうなるかと思ったが、それ以来、特に呼び出されることはない。それどころか、最初にエリーズに宣言された『小間使い』としての待遇が待っていた。

朝は夜着を洗濯室に持っていき、洗濯する。お茶の時間が近づくと、簡易キッチンで茶器とお湯を用意する。必要なものを取りに、王宮中にお使いに出る。アリスの生活は、ざっとこんなものだ。実はベアトリスともあれから顔を合わせていない。

（お会いすることもないのに侍女だとか、嘘みたいだわ……）

こんな日常だと、年末の一大イベントなのだと言われても、ピンとこない。アリスは通常通り小間使いに徹底するのみ。一応、話では挨拶回りの際、近くに侍女が控えるそうだが、アリスが選ばれるはずがない。

「まったく。しっかりしてちょうだい。さ、これをそっちに運んで。カウチソファにかけておいてね」

「はい」

「後はベアトリス様に、挨拶回りでお召しになるドレスを決めていただいて……。さあ、忙しくなるわよ！」

「はいー」

丁寧な手つきでソファにそっとドレスをかける。他に手伝うことがなければ、洗濯室へ行こうとカゴを持ち上げた。

「あ、今日は洗わずにすぐ戻ってくるのよ？　朝食に同行してもらうから」

「えっ？」

あれからベアトリス様と会うことがないなあ、などと思っていたら、突然朝食の席への同行を命じられた。しかも朝食の席となると、他の王族の方々もいらっしゃる。

（そんな……突然！）

もちろん心の準備などできていない。どうしよう！と内心で焦っていると、エリーズが淡々と続ける。

「仕方がないわ。わたくしたちは挨拶回りの準備があるの。ラウル殿下も昨夜のうちに王都にお帰りになったし、気合を入れなければならないのよ」

（ラウル殿下が……）

今朝の浮き足立った雰囲気は、それが原因だったようだ。

「ラウル殿下ですか。お目にかかるのは初めてです」

「勘違いしないでちょうだい。朝食に同行とはいっても、あなたは部屋の外よ。中にはサラがご一緒するから」

「は、はあ」

嫌われたものだなあ、とポリポリと頬を掻く。

それに、アリスはラウルに興味はない。抜け出していたのは女性が目的ではなく、マルセルだったとわかった今、女好きの疑いは晴れたものの、なにしろ接点がない。憧れようにも近づこうにも、相手は雲の上の存在だ。

「嫌だわ……。一家揃ってのこういう行事が一番嫌い」

朝食に向かう際、ふたりきりになったタイミングでベアトリスがため息を漏らした。

今朝、衣装部屋で用意した行事用のドレスには後で着替えるらしく、今はもっと動きやすい普段使いのドレスを着ていた。

こんなとき、高貴な方々は大変だなと思う。行事や会う相手によって、日に何度も着替え、宝飾類も取り替えて、メイクも髪型も変える。それもまた務めなのだが、男性はともかく女性はひとりではできないため、着替えひとつとっても大仕事だ。

「それはもうさすがに慣れたわ。それに、着替えてメイクをやり直すことで気持ちも切り替えられるし、いいこともあるのよ」

「そんなものですか」

「それとドレスを着こなすのはまた別よ。いろいろ研究はしているのだけれど、まだ仕立て人の提案に流されて失敗することがあるわ。実は、憂鬱なのはそれもあるの」

挨拶回りのドレスは、アリスが運んだ淡い緑色のドレスに決まった。とても華やかで個性的なドレスは、人々の目に留まることは間違いないが、確かにベアトリスのよさを引き立てるものとは言えなかった。

とても華奢なベアトリスに、ふわふわと膨らんだスカートはともかく、身体の線が出るピッタリとした上半身のデザインは細さが目立ってしまう。しかもあの宝石の量。あまり動かないとはいえ、終わった頃にはぐったりと疲れてしまうだろう。

「アリスは、着飾るのはあまり好きではないの？」

「得意ではありません。貴族の出とはいえ、両親は隠居の身で、少ない使用人と一緒に森の近くでのびのびと育ちましたから」

のどかな領地での生活を思い出し、アリスの頬が緩む。

「いいわねえ。わたくしも郊外の離宮で、たくさんの自然に触れるとホッとするわ。でも、使用人が少ないと不便ではなくて？」

「やらなければいけないことは多かったのですが、それが普通だったので……」

王宮勤めになって驚いたのが、アリスが普通だと思ってやってきたことが、普通ではなかったことだ。防腐剤作りや馬の世話、柿から渋を抜くことも、誰もやったことがないという。

「大変なこともありましたが、役に立つこともありますよ。例えば布薔薇の作り方も、長く仕えてくれていたメイドに教わったのです」

「まあ、そうなの。ねえ、アリス。次の新年の舞踏会のドレスはアレンジをしてね」

「もちろんでございます！」

新年の舞踏会は、ブラン盛月の最終日におこなわれる。まだ二十日以上の日にちがある。候補のドレスが決まっていれば、アレンジを加えるのは充分に可能だ。

「ベアトリス様。お時間でございます」

サラがやってきて、朝食が用意されているダイニングルームに移動する。ベアトリスを挟むようにして歩くと、居合わせたメイドたちが腰を落とし、礼をした。

「ああ、今日はお兄様もいらっしゃるのだったわね」

「はい」

サラの返事も心なしか明るい。

「久しぶりだわね。普段よりメイドが多い気がするのも、そのせいね」

おかしそうに言うが、アリスはビックリだ。まさかそんなことで、廊下での用事を率先しておこなっているのだろうか。

「そうなると……あちらは、アリソンが来るわね」

「おそらくは……」

「時期が時期だけに、いろいろと面倒ねえ」

「はい……」

返事をするサラの口調も重苦しい。

アリソンとやらは、ベアトリスも面倒だと思うほどの人物なのだろうか。問い返していいかわからずそのままにしていると、前方からやけにきらきらしい集団が現れた。

「あら。お兄様」

「まあ！　いっそう凛々しくなられましたね！」

ラウルに遭遇した喜びでサラの声が上ずっていた。ベアトリスは苦笑気味に「そうかしら」と軽く流したが、当のサラは主人が呆れていることに気づいているだろうか。

「ええ。精悍《せいかん》さが増したような気がいたします！」

「わたくしには、疲れているように見えるわね」

「視察が大変だったのでしょうか。ですが、愁《うれ》いを帯びた表情も素敵ですっ」

要は、サラにとってはなんでもいいのだ。

ラウルはベアトリス側よりも多く、四人の侍女を従えて現れた。

「相変わらずの人気ねえ」

「なんて羨まし……しょ、少々大げさな気がいたしますわ」

あ、羨ましいって言いかけた……と気づいたアリスだったが、もちろん口には出さなかった。きっとベアトリスも気づいているだろう。

それにしても、アリスも自分の目で見るのは初めてだったが、ラウルは確かに驚くほど美しい人物だった。

表情のない氷の彫刻のような整った美貌に、光を放っているのではないかと見紛うほどに輝く銀髪。廊下にいたメイドたちも、礼をしながらもチラチラと上目遣いで見ている。
ラウルの横には、夢見るような表情で彼を見上げる、白金の髪を持った人形のよう
な少女がいた。はかなげな風貌に思わず見入ってしまう。
「ラウル殿下……。こちらでございますわ」
「ああ、わかっているよ。ありがとう」
ベアトリスが、はあっと大きな息を吐いた。アリスが横を見ると、嫌そうに顔を顰
めているではないか。
「なーにが『こちらでございますわあん』よ。毎日同じ場所で食べているのよ。そん
なこと知っているわ」
語尾が『わあん』とは聞こえなかったが、ベアトリスにはそう聞こえたのだろうか。
「まったく、お兄様も大変ね。本当に彼女と婚約するのかしら」
「ええっ。嫌ですわ！」
「サラ、落ち着きなさいな。わたくしだって、あまりいい気はしないわ。ただ、あの
フォンテーヌ侯爵のご令嬢よ。家柄も美貌も文句なし。鳴り物入りでお兄様の侍女に
なったことは、あなたも知っているじゃない」

新年を迎えると、ラウルの成人年となる。そろそろ生涯の伴侶を決めるだろうと、もっぱらの噂だ。その候補者の筆頭が、アリソン・フォンテーヌ侯爵令嬢なのだ。

侍女として一番近い場所に入り込んだアリソンに、他の候補者たちは、サラ同様、歯噛みしていることだろう。

それにしても、そこにはどれだけラウルの気持ちが反映されているのだろうか。アリスはなんだか悲しくなった。ベアトリスのときも感じたことだったが、果たしてどれくらいの人間が、彼自身を見ているのだろう。

「お兄様。いつまでもそうしていられては、わたくし、部屋に入れませんわ」

「ああ、ベアトリス。すまない」

どこかホッとした声色でそう答えると、ラウルはベアトリスたちに目を向けた。その瞬間、驚いたように目を見開く。その視線がなぜか自分に向けられているようで、アリスも動揺した。

表情のなかった紫の目に、なにかが灯る。アリスはその瞳から目が離せなかった。

「――アリ……」

「まあ、殿下。わたくしをお呼びになりまして？」

その声に、アリスがハッと我に返る。

（ビ、ビックリした……。私の名前を呼んだのかと思っちゃった。アリソンね）

おかしな勘違いをしてしまった。恥ずかしさに顔を伏せる。

（どうしてアリスがここに⁉）

ラウルは目の前にアリスが現れたことに驚いていた。同時に、落胆が彼を襲う。ラウルを見るアリスの目には、なんの感情も浮かんでいなかった。

黒ずくめの青年と自分は、アリスの中では別人なのだと、改めて思い知らされた。


「アリス、次のお休みはどこかへお出かけ？」

アリスは今、ベアトリスに呼ばれて彼女の衣装部屋に来ていた。

「そうですね～。マルセルさんのところに行こうかと思っています」

もう指輪を探す場所が、マルセルのところしかない。

最近はなくしてしまった罪悪感で、母ロクサーヌに手紙も書けていない。寂しがっている、とリュカから言われたばかりだった。

そのリュカにも指輪のことを聞かれたときは、焦ってしまった。なんとかごまかしたので、彼からロクサーヌにバレることはないと思うが、早く見つけなければ。

（そういえば、あのときはなんだかリュカも元気がなかったわね……）

「マルセルのところに？　お休みって、いつだったかしら？」

「明日ですよ。あの、ベアトリス様。やはりベアトリス様には、瞳と同じ水色のドレスがお似合いです。こちらの紫とのグラデーションがとても素敵だと思います」

ベアトリスは社交界デビューが決まったときに、かなりの数のドレスを作っていた。その中には、まだ袖を通していないものもある。その中から、新年の舞踏会用のドレスを探していた。

「そう？　これ、おとなしいデザインではないかしら？　新年の舞踏会といえば、一年で一番華やかなものよ？」

「では、こちらに装飾を増やしましょう」

ベアトリスが所有するドレスの中では、確かにシンプルなデザインだ。だが、流れるようなラインと色合いが素晴らしく、気品のある彼女をさらに引き立ててくれるだろう。とはいえ、ベアトリスはまだ納得できないようだ。

「布薔薇かしら？　これは、グラデーションを活かしたデザインになっているから、布薔薇は難しいと思うわ」

「いえ。布薔薇は使いません。サテンリボンにレースを縫いつけたレースリボンという新製品があると聞きまして。明日の午後から、見に行ってみようかと思っているんですが……」

姉が王都でレース店を営んでいると続けると、ベアトリスは目を輝かせた。

「まあ、楽しみだわ！　マルセルのところには、午前中に行くつもり？」

「はい」

「そう……」

ベアトリスがなにやら難しい顔をして、考え込んでしまった。

先ほどまで楽しそうに話していたのに、なにかあったのだろうか……と、アリスがそのまま様子を窺っていると、ベアトリスが意を決したように顔を上げた。

「では、わたくしも参りますわ」

「はい？」

『では』とは、なんなのだろう。どんな流れでそうなったのだろう。

「ええと……ですが、ベアトリス様。明日は確か、ダンスの先生がいらっしゃるのでは……」

「午後からにしてもらいますわ」

「一日中、ダンスのお稽古だったかと……」

無言でにっこりと笑うベアトリスに、それ以上言う勇気はなく、これはもう決定事項なのだな、と思った。

翌朝は粉雪がちらつく天気だった。普段着のワンピースにマントを羽織ったアリスは、ベアトリスに言われた通り、勤め人用の勝手口にいた。

ふうっと吐く息が白い。本格的な冬の始まりだ。

「待たせましたわね」

急いだ様子でやってきたベアトリスは、いつもよりシンプルなドレスを着て、手には小さなブーケを持っていた。外の様子に気づくと、寒そうに厚手のマントを羽織り、フードをかぶる。背の低いベアトリスがフードをかぶると、顔の大部分も隠れてしまう。この様子だと、ベアトリスであることに誰も気づかないだろう。

花はマルセルに持っていくのだろうか？　アリスはマルセルのところに、花が飾られているのは見たことがない。

以前、干し柿やペースト瓶を持っていった感覚からして、マルセルは食べることが好きなようだ。だから今日、ベアトリスが花を選んだことが意外だった。

「このお天気なら、フードも不自然ではないでしょう？」

「そうですね」

得意げに言ったベアトリスに、アリスも笑顔で頷く。

挨拶回り以降、ベアトリスがアリスを呼びつけ、ふたりきりになる機会も増えた。

そのためアリスに対しての風当たりが、またきつくなっていた。

休日もベアトリスと出かけたとバレては、今度はなにを言われるかわからない。アリスも心の中で、雪に感謝した。

張り切って出かけたものの、徐々にベアトリスの口数が少なくなる。厩舎脇のマルセルの詰所に着く頃には、なにも話さなくなっていた。自分がノックすべきか任せるべきかアリスが迷っていると、ベアトリスがはあっと大きく息を吐いた。

あ、そうか。と突然アリスは腑に落ちた。大好きな人に、もう来るなと言われた場所なのだ。いくらベアトリスとはいえ、やはり緊張するだろう。

「あの、大丈夫ですか?」

「ええ、ええ。大丈夫よ。まずはあなたが行ってくださる?」

「はい」

強張った顔のベアトリスの一歩前に出ると、ドアを叩いた。

「……誰だ? 悪いが今日は——」

「わ、私です、アリスです。マルセルさん」

ベアトリスも一緒だと気づいたのだろうか？　ドア越しに聞こえるマルセルの声も尖っている気がする。どうしよう、と躊躇するアリスの前で、ドアが開けられた。

「あれっ？」

顔を見せたマルセルに、アリスの素っ頓狂な声が漏れる。それもそのはず。無精髭はすべて剃《そ》られていて、サッパリしている。もさもさだった髪も後ろに撫でつけているし、服もいつもの気楽なものではなく、白いシャツにクラバットを巻き、フロックコートをきっちりと着ていた。

こうして見ると、元騎馬隊長というのも頷ける凛々しさだ。思わずまじまじと見つめてしまい、マルセルは「なんだよ」と顔を顰める。

「どうしたんですか？　もしかして、お出かけですか？」

「……まあな。そういうわけで、今日はちょっと相手にしてらんねえんだ。悪いな」

「あら。わたくしたちも一緒に参ります」

アリスの後ろから声がし、マルセルがギョッとした顔でドアをさらに大きく開ける。

「……ベアトリス。もう来るなと言っただろう」

「わたくし、それに了承した覚えはございません」

「ベアトリス様。マルセルさんはお出かけだそうですし……」

「行き先はわかっています。さ、参りましょう」

マルセルは一瞬嫌そうにしたものの、すぐに小さく嘆息し、諦めた。

「わかった。わかったから。ちょっと待ってろ」

そう言って奥に姿を消すと、無造作に束ねられた花を取って戻ってきた。

「あら、マルセル。あまりに不格好だわ。それではカロリーヌがガッカリするのではなくて？」

「ないよりマシだろう」

ふたりの間で進む会話に、アリスが遠慮がちに加わる。

「あのぅ……。カロリーヌさんとは、いったいどなたなのですか？」

「ああ、それは聞いていないのね。マルセルの奥様よ」

「マルセルさん、結婚されているのですか⁉」

女っ気がないものだから、ずっと独身を貫いてきたのだと思っていた。それが、まさかの妻帯者だとは。

ベアトリスの恋はどうなるのだろう？　いくら想っているとしても、道ならぬ恋を応援することはできない。

「今日、命日なんだよ」

「えっ……」

だから、ベアトリスは花を持ってきたのだ。マルセルが持っている花は種類も長さもバラバラで、その不格好さが、彼が自ら花を摘み取ったことを示している。

アリスは無言のまま、ふたりの後を歩いた。敷地の端には小高い丘がある。そこにはいくつかの石碑が置かれていた。

「引き取る家がなくなった勤め人や、遺族が勤め人で王宮の外に家を持たない人の墓だよ」

マルセルは一番端の石碑に花を置くと、そのままじっと石碑を見ていた。

「……おかしなもんでな、俺はカロリーヌの瞳の色を覚えていないんだ。俺たちには子供がいない。まあ、それがどういうことかは、わかるだろう。この婚姻には、愛はなかった」

マルセルは淡々と、そう口にした。

「別に女に興味がなかったわけじゃねえ。そりゃ健康な男子で、職場も男だらけともなれば溜まるもんはある。だが、そんなもんは娼館《しょうかん》に行きゃ、どうにでもなる話だ」

しょうかん……召還？　商館？　将官？と考えを巡らし、やっと娼館のことだと気づいたアリスは、マルセルの未知の部分を知ってしまい、動揺した。

思わず視線を向けた先で、ベアトリスは落ち着いてじっと彼を見ている。

「騎馬隊長候補になったところで、外で遊ばれちゃ敵《かな》わんってことで、女を紹介された。それがカロリーヌだ。兄弟が多い貴族の末っ子でな、相手もまた仕方なく俺と結婚したような感じだった」

兄弟が多い貴族の末っ子――自分と重なるその境遇に、アリスが反応する。

「結婚して、騎馬隊長になったら当然、家を空けることが多い。遠征に次ぐ遠征だ。そんなとき、カロリーヌが死んだと知らせが入った。俺は、なんとも思わなかった」

置いた花を、雪が覆っていく。マルセルは、それをただじっと見ていた。

感情が見えないマルセルの言葉に、アリスの心も、雪が積もったかのように冷えていった。神の前で誓った相手が亡くなったのに、なんとも思わなかったなんて、マルセルもカロリーヌも悲しすぎる。

「どんな顔だったかな。どういうふうに俺を呼んでいただろう。ちゃんと話したことなんて、どれくらいあっただろうか。記憶を掘り起こさねえと思い出せなかった」

カロリーヌを語るマルセルの言葉は、どこまでも淡々としていた。

「肌を合わせたことも、ほんの数回だ。けどな、机の引き出しに俺宛ての手紙があってな。……俺を愛してたんだと。せめて言ってくれりゃ、なにか変わったかな。まあ、今となってはどうだっていい話だ」

「その手紙は、どうしたの？」

ベアトリスの問いに、マルセルは顎で示す。

「遺体と一緒に、ここに埋めた。最後まで口にしなかった感情だ。俺が知るには、遅すぎた」

「早くに知っていたら、マルセルはどうしていたかしら」

「離縁しただろうな。俺じゃなく、ちゃんと愛してくれる男を探せって言っただろう」

冷たい言葉が、アリスの胸に突き刺さる。

「俺は、ときどき自分が怖くなる。ひどく冷たい人間だ」

それは、アリスの知らないマルセルの姿だった。

「上辺だけ愛を誓って、妻はほったらかし。死んだと聞いてなんとも思わなかった。愛とか恋とか、そんな感情は知らない」

ベアトリスがハッと顔を上げる。だが、ギュッと唇を引き結び、なにも言わずに、じっとマルセルの横顔を見つめた。

「周りからは、鬼の騎馬隊長と言われていたが、本当に鬼なんじゃないかと自分自身を恐ろしく感じた。そんなときだ。ラウルを庇い、落馬で足をダメにしたのは。正直ホッとした。鬼にはならずに済んだって思った」

そう一気に話すと、マルセルはゆっくりと振り向き、ベアトリスを正面から見た。

「俺は、人として大切なことが欠けてる。だから、あまり人と親しくするつもりもない。今さら愛だの、そんな感情を知ろうとも思わない。お前は、お前を心から愛する人を探せ」

「そんなことは、わたくしが決めるわ。マルセルは逃げているだけじゃない。ちょっとどいてくださる？」

顎をツンと上げてそう言うと、ベアトリスはマルセルに向かってズンズンと歩いていく。思わず脇によけた彼の前を素通りすると、ドレスが汚れることも厭わずに、しゃがみ込んでそっとブーケを置いた。

「カロリーヌさん。この方、わたくしがもらいますわね」

「はあ⁉　おい、なに言って――」

「アリス。ちょっとマルセルを押さえておいてくださる？」

「えっ？　あ、はいぃ！」

押さえろと言われても、圧倒的な体格差でどうにもできない。

（とにかく、なんとかしなければ……）

アリスは後ろからめいっぱい抱きついた。

「あっ、こら。なにをするんだ！　アリス！」

このまま腕を振り回されたら、確実に顔や頭をやられるが、とにかく必死だった。

「ごめんなさい～！　ベアトリス様のお話も聞いてください！　一方的に突き放すなんて、ダメです！　それが誰であってもダメです！　ちゃんと向き合ってください！」

ぎゅううううっと抱きついた腕に力を入れると、マルセルの強張りが解けた。とりあえず、抵抗することはやめてくれたようだ。

「わかった。わかったから」

「ありがとう、アリス。……さて、マルセル。わたくし、本気ですから。あなたは子供相手に適当になだめただけなんでしょうけど、そんなの言い訳にもならないわ」

ベアトリスの声がわずかに震えていることに、アリスは気づいた。

気丈に振る舞ってはいても、想いをぶつけるのは怖い。壊したくない想いなら、なおさらだ。それだけベアトリスも本気なのだ。

「だってわたくしは、あなたがわたくしを大事な姫だと言ってくれれば、他の人間の視線なんてどうでもよかったの。『勝手なことを言っていればいいわ。だって、わたくしにはマルセルがいるんだもの』って、そう思えたのよ」

それはマルセルがかけた魔法だ。もう、彼にしか解けない魔法。

「人の心に強制なんてできないわ。どうしても無理なら諦める。でもね、振り向かせる努力くらいはさせてちょうだい。それもダメ？」

黙って聞いていたマルセルが、はあっと大きな息を吐いた。

「俺は、本当に愛なんて知らないんだ。それを思い知るだけだと思う。構わないというなら、勝手にしろとしか――」

グッとマルセルの身体が前のめりになり、しがみついていたアリスも持っていかれそうになった。

脇に転げそうになり、なんとか踏ん張ると、眼前の光景に目を丸くする。

不意を突かれたマルセルが、クラバットをベアトリスに引っ張られ、つんのめりそうになったところで、唇が重ねられた。

「ああああああ……」

声にならない声をあげてしまい、アリスは慌てて視線を外す。見てはいけない！見ちゃったけど！と頭を振って、マルセルに回した腕に再び力を入れた。

「もういいわよ、アリス」

「は、はい」

パッと手を離すが、マルセルが動く様子はない。覗き込んでみると、口をポカンと開け、なんとも間抜けな顔をしていた。

「行きましょう」

「よ、よろしいのですか？」

マルセルを残し、さっさと丘を下るベアトリスを追う。

「怖かったわ。思いきり拒絶されたらどうしようって。すっごく緊張したわ」

「あ、あの……。マルセルさん、まだ突っ立ったままですよ？」

「いい気味よ。少しは衝撃を受けてもらわないと、わたくしだって困るわ！」

果たして、それは本当に〝少し〟だったのだろうか？　まだピクリとも動かないマルセルを振り返りながら、アリスはベアトリスの後を追い続ける。

ベアトリスの勢いそのままについてきたものの、なにも話さず、脇目も振らずに歩く彼女がまとう空気は、張りつめている。アリスもまた、どう声をかけていいものかわからず、ただそれに付き従った。丘を下りきったところで、ベアトリスが口を開く。

「あんな、その辺に咲いているような花、女心がわかっていないにもほどがあると思わない？」

「えっ？」

「マルセルが用意した花よ。王宮の温室でなら、冬も美しい花が手に入るわ」

「そうですが……。マルセルさんは、誰にも頼りたくなかったのではないでしょうか」

最初に訪ねたとき、アリスの訪問を断ろうとしていた。きっと誰にも知られることなく、花を手向けたかったのだろう。

「わかっているわ。それがマルセルにとっての儀式で、カロリーヌに対してできる唯一のことだと思っているのよね。でもね、違うと思うの」

「違うんですか？」

ベアトリスが凛とした表情で頷く。

「カロリーヌは、自分が愛されていないと知っていたのでしょう？　だからマルセルを自由にしておいた。彼の愛を求めなかったのだわ。それなら、今の彼の生き方は、どうかしら？」

「カロリーヌさんは、望んでいないということでしょうか？」

「ええ。今の彼の、他人と極力接さない世捨て人みたいな生き方を、カロリーヌは望んだかしら……って考えたの。愛した人に、そんなことを望むかしら？　わたくしは違うと思ったの」

確かに、マルセルは大体いつもひとりだった。王宮に勤めているにもかかわらず、隠居生活を送っている。

「お父様やお兄様がマルセルを心配して、よく様子を見に行っていたわ。でも、そんな生活を変えようとはしなかった。そこにあなたが突然入り込んだから、驚いたわ」

「申し訳ありません……。馬が見たくて、用事を見つけては厩舎の周りをうろついていたので……」

「いいのよ。それで『ああ、彼はまだ人を受け入れられる』って知ったのだから。俄然、希望が湧いたわ」

ベアトリスとさほど年齢の変わらない女の子が、よくマルセルと一緒にいると聞いたときは、それがどんな人物なのか知りたかったと同時に、彼が人と関わろうとしたことが嬉しかった。これならば、もうベアトリスも飛び込むしかない。

「遠慮なんかしていては、わたくしもおばあちゃんになってしまうわ。その頃、マルセルはどう？　さすがに訓練を重ねた元騎馬隊長でも、ヨボヨボのおじいさんになっているか、亡くなってしまっているわね」

あの話しぶりを見てみると、彼は再婚を一切考えていないようだった。そんなマルセルの意思をなんとか変えようと、ベアトリスも必死だったのだ。

「同年代と違って、わたくしとマルセルの年齢差を考えると、時間は貴重なものなの。

悩んだりしている暇なんてないのよ。本当は……すごく恥ずかしいわ」

「ベアトリス様……」

うつむき、フードに隠れてしまっているが、アリスから見える頬から顎にかけても少し赤い。あれはベアトリスの大きな賭けだった。

「今になって、手が震えているの。でも、ちゃんとわたくしを見てほしかったのよ」

「あの、驚きましたが……とてもご立派でした！」

さすがのマルセルも、年齢差を言い訳に、のらりくらりと避け続けてはいられなくなるだろう。そんな覚悟を感じさせるものだった。

姿が見えなくなるまでときどき振り返ったが、マルセルは最後まで固まったままだった。あれがなにを意味するか、ベアトリスもまた向き合わなければならない。

「その場で拒絶されてもおかしくないと、覚悟していたわ。そうはならなかったけれど、マルセルがどう思ったか……それを考えると、とても怖い」

ベアトリスは、はあと小さく息をつき、握りしめた手を胸に当てる。その手は小さく震えていた。

「なにを言われても揺るがない自信はあるわ。でも、やっぱり怖い。好きな人なんだもの。アリス、わかる？」

「……はい。私にも、わかります」

「まあ、アリスにも好いている人がいるのね？　どんな方？」

ここまで心のうちをさらけ出してくれたベアトリスだ。密偵の存在も知っているし、話しても問題はないだろう。アリスは初めて、黒ずくめの青年の存在を告白する。

「実は、出会ったのは本当に偶然なのですが、その方もマルセルさんと仲がいいみたいで、マルセルさんのところでよく会いました」

「え？　そうですの？　なんてお方？」

「お名前は存じ上げないのです。実は、お仕事が……密偵なのです」

さすがに密偵と明かすのは勇気が必要だったが、王族は密偵を知っている立場だ。ベアトリスも任せろと胸を張る。

「まあ。わたくしなら、名前くらいはわかるかもしれませんわよ？　どんな方？」

「細身の長身で……黒髪で、いつも服は黒ずくめです。あ、紫色の瞳の方です」

「え？」

確かに、アリスの言う格好は密偵のものと似ている。だが、この王宮には紫の瞳の人間は、ベアトリスとラウルしかいないはずだ。

「……そういうことですの」

ベアトリスの中で疑問だったことが、すべて繋がった。よくマルセルを訪ねていたラウルを、アリスが一度も見ていないのは、ラウルが変装していたからだ。

そして、アリスを伴い朝食に向かった日、ラウルが驚いたようにこちらを見ていたのも、思わず『アリ――』と名前を呼びかけたのも、理由がわかった。自分を呼んだとアリソンは勘違いしていたが、違う。あれは、アリスの名前が口をついて出たのだ。

「え？ どうかなさいましたか？」

「あのね、アリス。わたくし思いましたの。やっぱり、ご自分で名前をお聞きした方がいいわ。だって、わたくしが教えてしまっては、なんの意味もありませんもの」

「はあ……。でも、そうですね」

アリスはすんなりと頷く。アリス自身にも、他の人に教えられても意味がないとわかっている。これは自分の目で、耳で、触れて確かめるしかないし、そうすべきだ。

「お互い、厄介な相手を好きになりましたわね」

「はい」

しみじみ話したところで、ふたりの足がピタリと止まった。

「……アリス。今はもっと厄介な相手を、どうにかしないといけないようですわ……」

「……はい……」

視線の先には、腰に手を当て、仁王立ちでこちらを睨みつけるエリーズがいた。

「ベアトリス様っ！　いったいどちらにいらしたのですかっ！　オーギュスト先生がずーっとお待ちですよ！」

オーギュストとは、ベアトリスのダンス講師をしている初老の紳士だ。

「あ、あら。今日は確か、午後からではなかったかしら？」

「いいえ！　今日は一日ダンスのお稽古だと、今朝申し上げたはずです！」

午後にしてもらうなどと言っていたが、どうやらベアトリスはアリスに嘘までついて抜け出していたのだった。

「おかしいわね……。わたくし、寝ぼけていたのかしら……」

すっとぼけるベアトリスを、これ以上は追及できないと思ったのか、エリーズの怒りの矛先はアリスに向く。

「大体！　なぜあなたと一緒なのかしら⁉」

「ええっ？」

アリスにしてみれば、そもそもの予定にベアトリスが割り込んできたというのが言い分であるため、そんなことを言われても困る。

結局、アリスの目的だった指輪のこともマルセルに聞けずじまいだったし、そのうえエリーズに責められては踏んだり蹴ったりだ。

「あなた、今日は休日のはずよ。なぜベアトリス様とご一緒なの⁉」

「それは、そのぅ……」

聞かれたからと言って、まさかベアトリスがマルセルの妻の墓に花を供えて宣言し、彼にキスをしたなどと言えるわけがない。

「アリスは、そこで偶然会ったのよ。それでドレスのデザインについて、少し話をしていただけだわ。雪が降ったから庭を歩きたかったの。ただそれだけよ。さ、エリーズ、行きましょう。オーギュスト先生に謝らなければ」

「……はい」

「アリス、では先ほどの話の通り、午後に買うレースリボンは、戻ってから見せてくださる？」

「は、はい」

エリーズは苦々しい表情でアリスを一瞥《いちべつ》したものの、ベアトリスに促され、王宮内に戻る。

ホッとしたものの、これでさらに目の敵《かたき》にされそうだ。アリスはそっと嘆息した。

重なる姿

「アリス。午後から街に出るのですって?」

出かけようとマントを羽織り、廊下を歩いているアリスに話しかけてきたのは、サラだった。

「はい。ドレスのアレンジに使う材料を見に、レース屋に行ってきます」

「そう。どうやって行くの?」

「どうやって……。徒歩で行くつもりです。街を散策したいので」

こちらに来てから街に出たのは、フォンタニエ男爵家のお茶会に招待されたときだけ。あのときは男爵家の馬車が迎えに来てくれたので、それに乗って向かったのだが、馬車の窓から見える景色だけでも、王都の街は活気に溢れていてワクワクした。

せっかくの機会だ。街の雰囲気も楽しみたい。それに用事があるとはいえ、マノンの店にだけ顔を出して、王都で警察官をしているエミールのところに行かないわけにはいかない。

「じゃあ、いいわね」

素っ気なく言うと、サラは行ってしまった。残されたアリスは、言葉の意味がわからなくて首を傾げる。

いったい、なにがどうして『いいわね』になるのだろう。これは『いらないわね』の意味なのか、『いいことね』の意味なのかも推し量りかねたが、急がなければ帰りが遅くなるので、出かけることにした。

門を出ると、さまざまな店が軒を連ねる大通りがある。だが、そこにたどり着くまでがなかなか大変なのだ。なにしろ王宮は広い。

アリスは足早に門に向かった。その後ろ姿を見送り、エリーズがサラに尋ねる。

「サラ、アリスに馬車の手配の仕方を教えてくれた？」

「いいえ。アリスは街を散策したいから、歩きたいのだそうです」

「えっ？　王宮の用事で出かけるのだもの。馬車を手配しなくてはならないでしょう」

エリーズの小言に、サラは不服そうに口を尖らせる。

「今日アリスは休日で私服なのですから、そこまで気を回す必要はありませんよ」

「……そう……。そうねえ」

王宮の使いは、馬車を利用して街に出られる。貴重品を持っていたり、高価な店を利用したりする場合が多いからだ。

確かに今日のアリスに限っては、それに当てはまらない部分があった。金品目当てのガラの悪い連中は、勤め人のお仕着せを把握している。それをわかったうえで近づいてくる。

休日のアリスは私服だ。街を歩いている限り、田舎からやってきた少女といった雰囲気だ。サラの言う通り、そこまで気を回す必要もないかもしれない。それにエリーズにも少しだけ、アリスに対して面白くないという感情があった。

やっと街に出たアリスは、建ち並ぶ店や行き交う人々に、キョロキョロとせわしなく視線を動かした。

本屋に仕立て屋、菓子屋に果物屋。なんの店かすぐわかる吊り看板が、通りをにぎわせている。花屋は大きな窓から中を覗けるようになっており、温室育ちのカラフルな花々で目を楽しませていた。

パン屋の前を通ると、香ばしい香りが鼻につく。量り売りのワインの店は、店頭に大きな樽《たる》を置き、試飲できるようになっていた。

(すごい……！　領地の商店街とは全然違うわ！)

アリスは気になる店で立ち止まり、窓辺に飾られた商品を眺めたり、勧められるままに髪飾りを試してみたりした。細い金具を器用に丸め、花をかたどった髪留めの中心に、小さな紫の宝石がついている。その色合いが、黒ずくめの青年の瞳によく似ていた。

「お似合いですよ」

手鏡を持ち、店員が褒めてくれるが、鏡に映るのはメイクもせず、艶の少ない茶色の癖毛をざっくりとまとめただけの地味な姿だ。

(これならせめて、もう少し着飾ってくればよかったわ……)

さすがに『似合う』と言われても、お世辞にしか聞こえない。店にいる他の客は皆、綺麗な色のドレスやワンピースを着て、しっかりとメイクを施した女性たちばかりだ。店に入ったときは、細工の美しさに見とれて気づかなかった。今の自分は、なんと場違いなのだろう。

アリスは丁重に断ると、しょんぼりと肩を落とし、店を出た。

(今日は用事で来たんだもの。マノンお姉様のところに、さっさと行こう)

マノンに記入してもらった地図をポケットから出し、確認する。このまま奥に行った、この大通り添いにあるようだ。さすがは王都一のレース屋である。これなら迷わずにたどり着きそうだ。

地図をしまい込むと、寄り道せずにまっすぐ向かった。このとき既にアリスをじっと見ている者がいたことを、彼女はまだ知らない。

「まあ！　アリス。いらっしゃい！」

気持ちが沈んでいたアリスを迎えてくれたのは、マノンの明るい笑顔だった。

「マノンお姉様！」

「あなたったら、せっかく王宮勤めになったのに、相変わらず化粧っ気がないのね」

「今日はお休みなのよ。普段お仕事をしているときは、ちゃんとお化粧もしているし、髪ももっとしっかり結っているのよ？」

先ほどの店で味わった羞恥心から、つい口調が言い訳がましくなる。

「それがアリスらしいところだわね」

「あまり嬉しくないわ。これからは、普段からもう少し身綺麗にするわ」

「あらあら。どういう心境の変化？　もしかして、好きな人ができたかしら？」

マノンの言葉に口ごもると、彼女が嬉しそうに笑う。

「まあまあ！　素敵ね。私はね、アリス。あなた自身が好きだから、あなたが化粧をしていようといまいと、ドレスだろうとなんだろうと構わないわ。でも、あなたがもし、その人のために綺麗になりたいって思っているなら、それはとても素敵なことだと思う」

「自分でも、よくわからないの。汚れてもいいような格好で会ったこともあるから、そんなことを気にする人じゃないっていうのはわかっているの」

アリスは正直に、先ほどの雑貨店での出来事を話した。

そもそも、どうしてあの店に入ったのだろう。興味本位で店を覗くことは昔からあった。だけど考えてみれば、装飾品を見に自分から店に入ったことはないかもしれない。

今は仕事柄、ドレスのアレンジのことも頭にはあるが、あの装飾品は自分の好みで、自分が身につけるものとして見ていた。それなのに鏡を見ると、そこにいたのは、自分を着飾ることに興味のなかったアリスだった。

これまでの考え方と、この行動が結びつかなくて動揺もしていたし、なにより周囲の綺麗な客を見て、いたたまれなくなった。

「それが、恋よ。アリスはこれまで自然体で会っていたのでしょう。でも綺麗な自分も見てほしいって思ったのね」

「そうなのかしら。……そうね。汚れても構わない格好は気が楽だけれど、やっぱり少しでも綺麗って思ってもらえたら、嬉しいな」

最後に『嬉しいな』と言い、はにかんだアリスに、マノンは胸がいっぱいになった。

離れて暮らす末の妹のことは、マノンも気にかけていた。アルマンから『男爵令嬢として社交界デビューできない』と知らされてからは、なおのことだ。

両親は仲睦まじく、現在は健康でも、高齢だ。アリスが成人し、独り立ちするときまで健在で支えられればいいが、どうなるかはわからない。

先日も両親は、王都の男爵家で開かれたお茶会には出席できなかった。アリスは兄と姉で守らなければならない！　そう四人は決意したのである。

甘やかされていたとはいえ、田舎育ちがよかったのか、それとも手のかかるリュカがそばにいたからなのか、アリスはしっかり者に育った。

リュカがあれこれ邪魔するものだから、異性関係に疎《うと》いまま仕事を始めたことが気になっていたが、それもいつの間にかひとりで乗り越えようとしている。

（この子は強い子だわ……）

年の離れたマノンとしては、そんなアリスの成長は母のように嬉しいものだった。

「ねえ、アリス。私、記念になにかプレゼントをしたいわ。そうね、その髪留めを贈らせて」

「えっ？　悪いよ」

アリスの遠慮を、マノンは一蹴する。

「いいのいいの。この通りの北側にある雑貨店よね？」

「そう。赤毛の綺麗な店員さんがいたわ」

それだけで、マノンにはどの店かわかったようだった。

「ニナの店だわ。うん、わかった。後で買って王宮の宿舎に届けるわね」

「あっ。私、今、王宮の方にお部屋があるの」

「ええっ？　ま、待ってちょうだい。あなた、今、なんの仕事をしているの？」

アリスがベアトリスの侍女をしていると言うと、マノンは大騒ぎだ。フォンタニエ男爵家始まって以来の快挙だと喜んでいる。そういえば、この短期間の異動の慌ただしさに、兄と姉たちに新しい職場を知らせる余裕がなかった。

「すごいじゃないの！　てっきり衣装部の用事で、ここに来たんだと思っていたわ」

ベアトリスのドレスに使うレースを、お使いで買いに来たと言うと、マノンは大いに喜んだ。

改めて店内を見渡すと、壁にズラリと飾られたレースの多さに圧倒される。マノンから話は聞いていたものの、色もデザインもさまざまだ。リボンの色や幅も多様であれば、レースのデザインもいろいろで、組み合わせは無限大だ。

アリスはその中から、深い青の幅広リボンの両端に、薔薇が並んだレースが縫いつけられたリボンを選んだ。薔薇は立体的に編まれており、小さな白い蕾《つぼみ》と、中心がピンク色の大きな薔薇で、繊細な上品さと華やかさを兼ね備えたものだった。

「あら、意外。それは結構、落ち着いたデザインよ？　ベアトリス王女殿下が新年の舞踏会でお召しになるなら、もっと明るくて華やかな色合いを選ぶのかと思った」

「そうなんだけど……。可愛らしさとかより、落ち着いた上品さを全面に出した方がいいかなって思うの」

「へえ。そういうお方なのね」

ベアトリスは、この舞踏会のパートナーにマルセルを希望するはずだ。年の差を理由に、一度は突き放されたベアトリスだ。そんな年齢差を痛感するような、年相応の可愛らしいデザインを喜ぶとは思えない。

アリスが推したのは、角度によっては紫色に見えるベアトリスの不思議な瞳の色と同じ、水色と淡い紫のグラデーションドレスだ。可憐や豪華というよりは、凛とした気品のあるデザイン。

アリスは、全体的に淡い色のそのドレスには、ハッキリした色の深い青を合わせるのが、ドレスの繊細な美しさを際立たせると考えた。

「ええ。とても素敵なお方なの」

「アリスも好きなのを選んで。侍女の就任祝いにプレゼントするわ。言っとくけど、自分のためのドレスに使う、自分のためのリボンを選ぶのよ?」

「え? いいの?」

マノンの申し出に、アリスは驚いた。

「もちろんよ。選んで」

アリスはありがたく、これまでのことを思い浮かべてリボンを選び始める。

一本のリボンの前で、アリスの手が止まる。視線の先にあったのは、やはり黒ずくめの青年の瞳を思い起こさせる、美しい紫のリボンだった。

リボンの中央に、これまた立体的に編まれたレースの黄色い花が並んでいる。合間合間に黄緑色の葉っぱまで覗いていて、作りがとても細かい。

「これ……素敵」

「あらま。これまた意外。その花ね、たんぽぽをデザインしているのよ。あ、そういう意味ではアリスっぽいかも」

「私?」

「そう。アリスは大輪の薔薇よりは、野に逞しく可憐に咲くたんぽぽって感じ」

黙り込んでしまった末の妹に、マノンは慌てて付け足す。

「あ、褒めてるのよ!? 本当に」

「うん、ありがとう。これ……欲しいな」

黒ずくめの青年の瞳の色だと思って手に取ったリボンだったが、そこに縫いつけられたレース編みが、アリスみたいだと言われるとは思わなかった。

嬉しそうに、愛おしそうにリボンを受け取るアリスを見て、いずれいい人に出会い、幸せになってほしいと思っていたものの、マノンは複雑だ。

フォンタニエ家は仲のいい家族だった。それぞれが仕事を持ち、結婚し、家を出て、だんだん心の距離が離れていった。アリスは、そんなときにフォンタニエ家に現れた天使のような存在だった。

アリスが生まれてから、なにかにつけて一族が集まるようになった。徐々に離れそうになっていたマノンたちの距離を、再び家族に引き寄せてくれた存在だったのだ。

いつか、アリスにも運命の相手が訪れると思っていたし、それを望んでいた。でもまさか、こんなに早いとは……。

同じ女であるマノンは、応援したい気持ちでいっぱいだが、双子の兄を思うと頭が痛い。アリスには恋愛なんてまだ早いと息巻いていたエミールが、これを知ったらなんと言うだろう。

「マノンお姉様、本当にありがとう。今日、ここに来られてよかったわ」

「ううん、私こそ嬉しかったわ。いつか、その……彼を紹介してね」

その言葉に、アリスは曖昧に微笑む。

「できたらいいけど……。まだ、きちんと気持ちを伝えていないの」

「あ、そうなのね。それなら……エミールには言わない方がいいわ。きっと、どんな手を使っても、相手を探し出して会いに行くから」

アリスは吹き出したが、マノンが真顔になると、「わかったわ」と頷いた。

「じゃあ、エミールに会っていってあげて。アリスがここに来て、自分のところには来なかったなんて知ったら、ショックで寝込んじゃう」

「うん。後で行くつもりだったの」

「警察の詰所にいるはずよ。近道を教えるわね」

マノンがまた紙に地図を記入してくれた。レース編みのデザインもやっているマノンは、地図を描くのも上手だ。スラスラと踊るように動くペンを見ていると、感心する。受け取った地図で、詰所は二本横の通りだった。

「この太い線の通りに行くと、早いわよ。狭い路地を通るけど、見逃さないようにね。目印は描いたから」

「わかったわ。ありがとう」

大事そうにリボンの入った包みを持ち、店を出る。手を振ってマノンと別れた後、アリスは地図を見ながら通りを歩いていく。

思ったよりも長居をしてしまったようで、通りを見下ろすように建てられた大きな時計台は、日暮れまで間もないことを知らせていた。

「やだ。すっかり話し込んじゃった」

この時期は日が短い。まだそんなに遅くない時間でも、どんどん太陽は傾いていく。

足早に細い路地に入ると、すぐに後を追う影があった。

「ええと……この先に、革製品の工房があって……奥に倉庫があるから、ええと……きゃあっ！」

後ろから黒い服の逞しい手が伸びてきた。あっ、と思ったときにはもう、地図を持っていた手を強く引かれ、ひねり上げられる。

「い……痛いっ！」

「おとなしくしろ」

くぐもった声は、聞いたことのない濁声《だみごえ》だった。背筋がゾクリと寒くなり、辺りを見渡すが、先ほどまでいた他の通行人は姿を消している。

「あ……。あのっ」

「金出せよ」

「も、持ってません……！」

恐ろしさで声が震えた。もう片方の腕を掴み上げられ、痛さに再び悲鳴をあげる。

「きゃあ！」

「大きな声を出すな。お前が王宮の侍女だってことは、わかってんだ。使いで街に来たんなら、金持ってるだろ。出せよ」

「な、なんで……」

あまりの痛さに涙が浮かぶ。

濁声の男は、あの青年のように黒ずくめの格好をしていたが、受ける印象は正反対だ。埃《ほこり》まみれの薄汚い服は裾が破れており、そこから伸びた手は爪が黒く変形していた。鼻から下を覆う布もボロキレだ。

血走った目に、不自然に伸びて絡まったボサボサの髪。ツンと鼻をつく嫌なにおいに、アリスは顔を顰める。

(い、嫌だ……!)

「おい。持ってないなら、このままお前を捕まえて、向こうに金を要求することもできるんだぞ。お前、王女殿下の侍女様らしいからなあ」

「やめてくださいっ!」

「持ってる金、置いてけよ。そうしたら、この場で解放してやる」

「手……手を、離してもらわないと、お、お金が出せません」

地図を持っていた手が解放される。震える手でポケットをまさぐると、男の意識がそちらに向いたのか、もう片方の腕の力が緩んだ。

その瞬間、アリスは渾身《こんしん》の力で、男の胸に思いきり頭突きをした。男は胸に受けた衝撃に咳き込み、彼女の腕を離す。アリスは震える足を奮い立たせて、走りだした。

「てめえ! ふざけやがって‼ 待ちやがれ!」

男はすぐに体勢を整えると、アリスを追う。もう間もなくで通りが見えるところで、頭に激痛が走った。男がアリスの髪を思いきり引っ張ったのだ。

「嫌!」

「うるせえ!」

「うるさいのは、お前の方だよ。……クズが」

冷たい声が聞こえたと思ったら、アリスの髪が軽くなった。その反動で身体が投げ出され、地面に強く叩きつけられた。

遠のく意識の中で見えたのは、背の高い後ろ姿で、髪は輝く銀髪だった。


善は急げとばかりに、マノンはニナの店に向かった。

はにかみながら髪留めの特徴を話すアリスの、なんと可愛いことか。思い出すだけで、マノンも頬が緩む。

(今まで、紫なんて選ぶことはなかったのに……)

アリスはその明るい性格から、黄色やオレンジなど、パッと華やぐ色を好んでいた。

それが、髪留めもリボンも紫を選んだ。

話すとき、かすかに声が弾んでいたことに、自分では気がついていないだろう。アリスにあんな表情をさせた相手はどんな人なのか。いつか知る、そのときが楽しみだ。

「ニナ、いる?」

「あら、マノン!」

落ち着いた接客で有名なニナが、今日はやけに上機嫌だ。

「あのね、花の形の髪留めが欲しいの。中央に紫の石がついているのがあるんですって？」

「あ～。ごめん、それ売れちゃったのよ」

「ええっ⁉　さっきまであったんでしょう？　私の妹がとても気に入って、プレゼントすることにしたのに！」

アリスを思うと、なんと言っていいかわからない。マノンは頭を抱えた。

「う～ん。ごめん！　本当に、ついさっき売れちゃったの。しかも、誰が買ったんだと思う⁉」

ごめんと言いつつも、ニナはなぜか嬉しそうだ。それがまたマノンには恨めしい。

「そんなの、どうでもいいわよ。あ～、もう……どうしよう。ねえ、似てる髪留め、ないかしら？」

温度差のあるふたりの会話は、なかなか噛み合わない。焦れていると、店の外が騒がしくなった。

「もう……なに？　今日はなんだか騒がしいわね」

マノンが店のドアを開けると、外の喧騒が飛び込んでくる。せわしなく行き交う人々の中には、慌てた表情や怯《おび》えの色もあった。

「職人通りか？」

「ああ。ひとりで歩いていた女の子が襲われて――」

「以前と同じ強盗か？　最近は本当に物騒だな」

職人通り――女の子――マノンの顔から血の気が引いた。

「嫌ね、強盗ですって。職人通りは大通りから入った場所とはいえ、王都のど真ん中よ？　上にかけ合っても、なかなか警備を強化してくれない……って、マノン⁉」

「私、行かなきゃ！」

「ちょ、ちょっと！　どうしたの⁉」

慌ただしく店にやってきたかと思うと、今度は青い顔をして飛び出していってしまった。ニナはそれを、ポカンと見つめる。

（どうしよう……！　強盗？　最近のって、なに？）

先ほど聞こえてきた声では、最近、路地裏に強盗がよく出没するという話だったが、マノンは初耳だ。もちろん知っていたら、近道だからと職人通りを通る地図なんて描かなかった。

今回襲われたのは、ひとりで歩いていた女の子だ。どうかアリスではありませんように。心の中で強く願いながら、必死で足を動かす。

冬用のマントが重く、思うように進まないのがもどかしい。息を切らし、職人通りへと続く角を曲がると、人だかりが見えた。

「アリスっ……！　どこっ？」

震える声で呼ぶ声も、喧騒の中に消える。マノンがなんとか人だかりの中を割り込もうとしたとき、急に集団が左右に割れた。

そこにいたのはラウルだった。しかも、汚れたマントを着た少女を抱き上げている。ラウルの険しい表情に一瞬たじろいだマノンだったが、少女のマントの下から見えた見覚えのあるワンピースに、悲鳴をあげる。

「アリスっ‼」

駆け寄ろうとしたマノンを、逞しい腕が抱き留めた。

「待て！　マノン、落ち着け！」

「エミール！　離して‼」

マノンを止めたのは、先に到着していたエミールだった。

通りの端では、汚れた服を着た男が警察官に押さえつけられていた。あいつがアリスを襲ったのだろうか。マノンの胸の中を怒りの感情が渦巻く。

「あの男なの⁉　アリスを襲ったのは！」

「アリスに大きな怪我はない。転んで気を失ったところに、殿下が来てくださった」

アリスに怪我がないと知り、ホッとしたのもつかの間、今度はエミールに食ってかかる。

「まったく！　こんな王都のど真ん中に強盗なんて！　警察官はなにをしてるのよ！」

「落ち着けよ！　頼むから‼」

「取り乱すのも仕方がない。今やるべきことは、彼女を医師に診せ、そして犯人を取り調べることだ」

冷静なラウルの言葉に、マノンがハッと我に返る。慌てて腰を折るが、それをラウルが止めた。

「礼はいい。ところで、ふたりはアリスの知り合いか？」

「は。わたくしは兄でございます。こちらも、アリスの姉に当たります」

「簡単に、事情を聞かせてもらえるか？」

「は、はい……」

いつの間にか、周囲からは野次馬が消えていた。どうやらラウルの側近が追いはらったようだ。

野次馬がいなくなった通りに、豪華な馬車がやってきた。ドアには王族の紋章が入っている。なにやら大事《おおごと》になってしまったと、マノンは息を呑んだ。

「まず、なぜアリスはここをひとりで歩いていたのだ?」

「申し訳ございません。わたくしの店を訪ねてきて、兄の……このエミールのことですが、兄にも会っていきたいと聞き、店からエミールのいる警察官の詰所までの近道を教えたのです」

それに驚いたのはエミールだ。最近、人通りの少ない通りを狙い、強盗が現れると噂になっていたのだ。

「お前……! 強盗の噂を聞いてないのか!」

「知らなかったんだもの! ……あっ、申し訳ございません。このところ、店で作業にかかりきりだったもので、世間の噂に疎くなっておりました。知っていたら、もちろん大通りを行かせました」

そんな噂があったなら、付き添っていけばよかった。マノンは項垂《うなだ》れるが、既に事件は起こってしまった。

「こればかりは仕方がない。早く捕まえてほしいと要望は上がっていたのだ。だが、視察が今日になってしまった。なんとか間に合ったが、本当は事前に防ぎたかった」

ラウルが悔しげに声を絞り出した。アリスを抱く手は、心なしか震えて見えた。

「あの……お手をわずらわせるのは申し訳ありませんので、妹はどうか、わたくしたちに任せてもらえないでしょうか」

「そうです。近くに診療所もありますし、我々で運び――」

「いや、このまま王宮に運ぶ」

エミールの言葉を遮るように、ラウルが強い口調で断った。その勢いに、ふたりは一瞬唖然《あぜん》とする。

アリスのマントはだいぶ汚れている。一国の王子に運んでいただくのは心苦しい。

「彼女は王宮勤めだ。我々が預かっている身で、こんな危険な目に遭わせてしまった。責任は私が取る」

そう言われると、もう引き下がるしかない。頷きつつも、ぐったりとラウルに身を預けているアリスをマノンは気遣う。

「……ところで、アリスは本当に大丈夫なのでしょうか……」

「ああ。ただ、派手に倒れ込んでしまったため、無理に起こさずこのまま運ぶ」

マントの汚れ方からして、相当抵抗したのだろう。フードから零れる髪にも土がついている。

「頭を打っているかもしれない。ここは殿下にお任せしよう」

「……わかったわ。殿下、どうかアリスをお願いいたします」

「もちろんだ。エミール、その男は君たちに任せる」

「はい」

ふたりと、数人の警察官が見守る中、ラウルはアリスを抱きかかえたまま馬車に乗り込んだ。そっと腰かけに座らせると、そのすぐ横に座り、彼女の上半身を自分の身に預けさせ、柔らかく抱く。

側近が静かにドアを閉めると、御者が馬を走らせる。怪我人がいるからか、ゆっくりと静かな出発だった。

「……アリスを側近に預けるのかと思ったわ……」

「ずっと殿下が離さなかったな。きっと、責任を感じていらっしゃるのだろう」

責任だけで、ああしてずっと抱いているものだろうか？とマノンは疑問に思う。

「それに、アリスの名前がすぐに出たわ。エミール、アリスの名前を教えたの？」

「いや。俺たちが駆けつけたときにはもう、犯人はフレデリクにのしかかられていた。殿下はアリスを抱き起こそうとされていて……そのときには、名前を呼んでいらしたぞ？」

（アリスはベアトリス王女殿下の侍女だったはずだけど、ラウル殿下とも面識があるのかしら？）

「もしかして、侍女の名前をすべて覚えてらっしゃるのかしら」

「侍女？　なんのことだ」

「アリスったら、今はベアトリス王女殿下の侍女をしているのですって」

「なんだって？　すごいじゃないか！」

とはいえ、自分の侍女でもないアリスのことを覚えているとは、さすが次期国王ということだろうか。

（そういえば、ラウル殿下はとても美しい紫の目をしていらっしゃるのよねぇ）

こんなに間近でお目にかかるのは初めてだったが、吸い込まれそうな神秘的な瞳をしていた。

（……まさか、ね）

アリスが紫を選んだきっかけが、ラウルであるはずがない。マノンは頭に浮かんだ考えを打ち消した。

「殿下。それでは狭いのではないですか。彼女をこちらに――」

「いや、いい」

断るだろうな、と思ったが、一応フレデリクは提案してみた。案の定、ラウルは即答する。

「では、そのマントだけでも。かなり汚れておりますし、アリスが気を失っている間に土埃を吸い込んでしまったら大変です」

「……それもそうだな」

手を貸そうとしたがそれも断られ、フレデリクは、ラウルがアリスを抱えながらマントを外すのを見守っていた。ゆっくりと、そっと、まるで宝物を扱うような手つきは、犯人と対峙《たいじ》したときと真逆だった。

アリスを大通りで見つけたのは、本当に偶然だった。最近、路地裏でひとりになった女性を襲う強盗がいるとの情報で、警察官の詰所に行くところだった。

犯行が夕刻から夜、人通りも少なく暗い中でおこなわれることから、早めに裏通りを調査してみることにして、路地裏に向かった。

悲鳴が聞こえたのは、そのときだった。顔色を変えたラウルが走りだし、フレデリクが後を追う。今思えば、その声がアリスのものであることがわかったのだろう。角を曲がると、男がアリスの髪を掴み上げ、引き寄せようとしていた。

『殿下、ここは私が――』

フレデリクの声は聞こえなかったのか、ラウルが既に飛び出していた。ギョッとしてこちらを向いた男に、ラウルが殴りかかる。その勢いに男はアリスから手を離したが、ラウルの怒りは収まらない。

殴られた顔を押さえ、抵抗らしい抵抗もできない男の腹を蹴り、地面に倒す。男は地べたに転がると、手を振って降参の意思を示したが、それを見たラウルは腰の剣に手を伸ばした。

『殿下！　いけません！』

『止めるな！　こいつの腕を、斬ってやる！』

怯える男の手には、掴み上げたときに抜けたアリスの髪が絡みついていた。かなり強い力で引っ張ったのだろう。だが、ここで怒りのままに剣を振るっては、後々面倒なことになる。

『殿下、こんな男は私にお任せください』

反論しかけたラウルだったが、アリスのうめき声が聞こえてきて、彼女の元に駆けつけた。

『アリス、アリス！　大丈夫か？　ああ、ごめんよ。遅くなって』

『うう……っ』

なにかを話そうとして、アリスはそのまま気を失ってしまった。そんな彼女を、ラウルが手放すはずがない。

片手で抱えてマントを外すのは手間取ったが、ようやく外し終えると、ラウルは舌打ちをした。アリスの頬の下から顎にかけて擦り傷ができていたのと、相当強く掴まれたのか、手首に痣《あざ》が残っている。

「あの男……！　やっぱりあの場で斬り捨てればよかった」

「あの男は、民間の警察に任せましょう。エミールさんが悪いようにはしませんよ」

ラウルの中で荒れ狂う怒りをなんとか収めようと、フレデリクがなだめるように話した。

「彼はアリスの兄と言っていたが、フレデリクも知っているのか」

「はい。エミールさんは、私が騎士になったときの隊長でした。彼は騎士を引退してから、民間の警察官になったのです」

「……それを知っていて、俺に言わなかったのか」

「報告はもういらない、と途中で止めたのは殿下ではありませんか」

なにも言い返せないのか、ラウルが口をつぐむ。

「う……」

モゾモゾと身体を動かすと痛みを感じたのか、アリスが顔を歪めた。

「アリス？　気がついたのか？　大丈夫か？」

「……さ、寒い……」

「寒い？　待ってろ」

ラウルは今しがた自分が着ていたマントで、アリスを包み込んだ。暖かくなってホッとしたのか、またうつらうつらと目を閉じる。

「アリスは、リュカの単なる遠縁ではないと言っていたな？」

「アリス嬢は、リュカの叔母に当たります。現フォンタニエ男爵家の当主、アルマン・フォンタニエの末の妹です」

思いも寄らぬ言葉に、ラウルは片眉をピクリと動かした。

「アリス嬢が生まれたのは、前当主夫妻が隠居した後のため、男爵家の生まれではありますが、正式には男爵令嬢とはならなかったのです。本人は、リュカより年下なのに叔母という立場で、抵抗があったようです」

「そうか」

あのときすべてを聞いていたら、もっと事態は単純だったのかもしれない。でも、回り道をしたからこそ、ラウルの想いも強くなった。

もう、アリスを離したくない。自分の腕の中で安心したように眠るアリスの寝顔を、ラウルはじっと見つめた。

「んん……」

「……アリス？」

「……ああ、やっと会えた……」

薄く目を開け、ラウルを見て呟くアリスに、ラウルは胸が締めつけられた。

今アリスはラウルを見ているが、きっとその目で認識しているのは、黒ずくめの青年だろう。その証拠に一瞬間を置くと、彼女はガッと目を見開いた。

「で、ででっでっでっでん……！」

慌てて飛び起きようとして眩暈《めまい》がしたのか、ふらりと頭が揺れる。そんなアリスをラウルが抱きしめ直すと、落ち着かせるようにゆっくりと彼女の背中を撫でた。

「アリス、落ち着くんだ」

「いえ……あのっ、なぜここに、殿下が……ええと、あの男は、どうなったのでしょう？　……といいますか、ここはどこなのでしょうかっ」

今の状況が呑み込めず、アリスは軽くパニックに陥った。

兄エミールに会いに、裏通りを歩いていたはずだ。そこを強盗に襲われ、逃げようとして失敗した。そのときの恐怖心がよみがえり、アリスの呼吸が速くなる。

強張る身体をほぐすように、ラウルの大きな手が撫でる。知らない手なのに、とてもよく知る手のようで、アリスの身体から少しずつ力が抜ける。

知らないはずの声なのに、とても恋しい声に聞こえる。話したこともないのに、なぜこうも切なく耳朶《みみたぶ》に響くのか。なぜ自分の名を呼ぶ声が、こんなにも優しいのか。

アリスは混乱した。あの人ではないのに、どうしてあの人を感じてしまうのだろう。

クラクラする頭が徐々にハッキリしてくると、アリスは今置かれている状況が非常にマズいものだと感じていた。

新米の侍女、しかも下っ端の小間使いが、王族の方々が使う立派な馬車でラウルに介抱されているなど、なんの悪い冗談かと思ってしまう。

何度か身体を起こそうと試みたものの、ことごとく失敗していた。今もまた起き上がろうとしたところ、肩に置かれたラウルの手に力が込められ、あえなく撃沈だ。

「あ、あの……私、もう大丈夫です」

「ダメだよ。頭を打って気を失ったんだ。医師の診断が下りるまで、起き上がってはいけない」

この押し問答も何度か繰り返した。

いや、意識はハッキリしている。目の前はちらつかないし、自分の名前だって今の仕事だって、どうして王都に向かったのかも覚えて――。

「あっ！」

飛び起きようとして、またラウルの手に押さえられ、腕の中に逆戻りだ。しかも大きな声を出したものだから頭に響き、うめき声を漏らす。

「ほら、おとなしくしていてと言ったのに」

いや、これがおとなしくしていられるだろうか。

アリスはベアトリスの小間使いだ。今日は休日だったとはいえ、ベアトリスのための買い物に来ていたのだ。買い物すらろくにできないとなると、小間使い失格だ。

「急に大きな声を出して。どうしたんだい？」

「ベアトリス様のお買い物に行っていたのです。私、紙の包みを持っていませんでしたか？」

（どうしよう。せっかく素敵なリボンを見つけたのに、どこかに落としてしまっていてはガッカリされてしまう）

ベアトリスは、アリスのアレンジをとても楽しみにしてくれていた。その期待に応えられないのはつらい。

「大丈夫だよ。それはフレデリクが持っている」

「はい。ここにありますよ」

向かい側の腰かけに座る逞しい青年が、紙の包みを見せてくれた。彼がフレデリクなのだろう。服装や、ラウルと一緒に馬車に乗っていることから、彼の側近といったところか、とアリスは考える。

そして、よかった……とホッと胸を撫で下ろした。

(ん?)

アリスの中で違和感が生まれた。側近のフレデリクがひとりでゆったりと座っていて、ラウルが窮屈な格好で、下っ端侍女を介抱しているのはおかしいだろう。

「あ、ありがとうございます」

礼を言いつつ、アリスはこの状況をなんとかしてほしいと、フレデリクをじーっと見た。

「……なんでしょう」

「いえ、あの、フレデリクさんのお隣が空いているようですから、私はそちらに移動した方が――」

「ダメだよ。フレデリクは俺より体格がいいし、なにかあったときには、最初に動かなければならない。それに、エミールたちに君のことは任せてもらったんだ。アリスはここにいればいい」

アリスは項垂れた。自分の名前を、ラウルはエミールから聞いたのだろうか。それにしても、なぜそんなに親しげに呼ぶのだろう。

「……諦めてください」

なぜかフレデリクがため息交じりに、そうアリスをなだめた。

（そうだ。私、エミールお兄様に会いに行く途中だったんだ……）

エミールとマノンから掻っさらうようにラウルに連れてこられたことを、アリスは知らない。ただ転んで気を失っただけなのに、兄と姉は気を揉《も》んでいることだろう。

（後で手紙を書いて、心配無用だって知らせなきゃ）

困ったことになった、と考えていると、大きな手で視界を遮られた。

「え……」

「なにを難しい顔をしている？　君は頭を打ったんだ。今はなにも考えず休みなさい」

視界が暗くなり、思考が止まると、確かにジーンと頭が重く感じる。あれこれ考えを巡らしていたことが、顔に出ていたのだろうか。

考えることを諦め、アリスは静かに目を閉じる。ラウルの手は彼女の目を覆ったまだ。瞼に温かな闇を感じ、身体から力を抜いた。

──トクン、トクン。耳にラウルの規則正しい心音を感じて、馬車の揺れに身体を任せていると、なんだか安心する。だがそれもフレデリクが口を開くまでだった。

「間もなく到着いたします」

うつらうつらと、再びの夢と現実の境目を漂っていたアリスの意識がハッキリした。困る。それは困る。

王族の到着時は、専属の侍女や近衛が出迎えることになっている。そんな人たちの視線に晒されるなど、まっぴらごめんだ。

「あ、あの……。申し訳ありませんが、私だけ門の手前で降ろしていただけないでしょうか」

「なにを。乗合馬車じゃあるまいし」

「豪華な乗合馬車みたいなものです……」

聞き入れてくれないフレデリクに、アリスは困り果てた。

「フレデリク、乗合馬車とはなんだ」

「平民の間で使われている交通手段です」

「なかなかいい案だが、ふたりだけが知る言葉で会話をされるのは面白くないな」

「申し訳ございません」

（そんなことを話してる場合じゃないんですけど！）

つまりは却下らしい。確かに門の手前でこの馬車が停まれば、それはそれで視線を集めてしまうだろう。

ラウルはよく女性と逢い引《あ　び》きしているのではなかっただろうか？　どうして、この状況がよろしくないと気づいてはくれない。

（あ、違うわ。逢い引きだと噂されていたのは、マルセルさんのところに行っていたっていうのが真相だっけ……）

それなら余計、よろしくない。アリスのような下っ端が一緒の馬車に乗るなど、どんな騒ぎを起こすか自覚がないなら、余計よろしくない。なんとかしなければ。

またジンジンし始めた頭で、なんとか考える。

「で、でしたら私だけ馬車に残してくださいませんか？」

そうだ。アリスが助けられたことを、御者は知っているはずだ。馬車が王宮から離れ、馬車棟に移動してから降ろしてもらおう。

「なにを言っているんだ、アリス」

「頭を打って混乱しているのかもしれませんね」

「それは大変だ」

「さ、着きましたよ」

(嫌ぁぁ！)

せめて顔を隠そうと、身体を包んでいたマントを掴む。その手触りは、慣れ親しんだ分厚いだけの使い込んだものではなく、柔らかで滑らかな手触りの高級品だった。なんと、自分のだと思っていたら、ラウルのマントにくるまれていた。

「あ、あの……私のマントは……」

「フレデリクが持っているが……これはもう擦り切れて使い物にならないぞ」

「いいんです！　それがいいんです！」

必死に頼み込むアリスを、ラウルは心配そうに見つめた。

「アリス……なにを言っているんだ。早く医師に診てもらおう」

せめて、せめて自力で歩こう。ふたりの後を、マントを頭からかぶってソロソロと歩こう。

だが、そんな気持ちをラウルが汲《く》むはずもない。

ラウルが身体を反転させたかと思うと、あっという間に膝の下と脇に手を差し入れられ、アリスは彼の身体の上に乗せられていた。

「はっ？　えっ？　んんっ？」

「では、行こうか」

「はい」

（嘘でしょ嘘でしょ嘘でしょ⁉）

アリスはラウルによって、まるで赤ん坊のように横抱きにされた。

「いや、こここここれはさすがにいけないと思います！　はい、ダメです！」

「暴れたらダメだよ？　なにがなんでも落とさないが、アリスにはそのマントは大きいから、それで暴れると危険だ」

「ああ、歩いて降りるのを許していただけないのなら、せめてフレデリクさんに――ひぃっ」

視界に入ったラウルの顔が衝撃的すぎて、次の言葉は、アリスの喉で凍りついてしまった。壮絶なまでの美しい微笑みが、そこにあった。ただし目は笑っておらず、冷たい視線だけで彼女の口を封じたのである。

「それは、絶対に許さない」

「え、あの……」

「……お願いですから、私を巻き込まないでもらえますか。命が惜しいので」

フレデリクはそう言い残し、さっさと馬車を降りる。

（それは！　私の台詞《せりふ》です！　フレデリクさん‼）

アリスは泣きそうになり、せめてもと、頭までスッポリとマントをかぶった。

（私は人形だ。心はここにない。なにも感じない）

目を閉じてそう唱える。それでも、マント越しに感じる冷たい視線は、グサグサとアリスに突き刺さった。


マントをかぶろうがなにをしようが、結局部屋まで連れていかれては、抱き上げられていたのがアリスだと瞬く間に広まってしまった。

「ふう……」

ベッドに横たわったまま、ため息をつく。ありがたいことに、ベアトリスから数日の休養を言い渡された。

（怖いなあ。皆の反応が……）

ベアトリス本人が希望しての急な抜擢だったこともあり、周りの人間のアリスへの風当たりはきつかった。それをベアトリス自身もわかっていて、普段アリスをそばに置くことはしない。

それでも若さゆえか、時折ベアトリス自身の感情が優先され、アリスに対する親しみが周囲に漏れることがある。

一緒に働く仲間から、妬《ねた》みのような感情をぶつけられるのはつらい。ため息も漏れてしまう。そんな中、ラウルに抱き上げられて帰ってきたら、風当たりがさらにきつくなるどころの話ではない。

「風ってもんじゃないわ……。竜巻よ、竜巻。ひゅるる～って飛ばされちゃうわ」

冗談ぽく言ってみても、悲しいかな、笑えない。

「あ～、どうしてこんなことになったんだろう」

今日何度目かの呟きが漏れたとき、アリスの部屋のドアがノックされた。恐る恐る返事をすると、「エリーズよ」と、強張った声が返ってきた。

――来た。しかも、大物が来てしまった。

アリスは覚悟を決めて「どうぞ」と答えた。

どうせ避けては通れない。それならば、さっさと済ませてしまった方がいい。

だが、入ってきたエリーズは見るからにしょんぼりとしており、とても文句を言いに来たとは思えない。

「……ええと……今日のことはですね、まったく偶然でして……」

「ごめんなさいっ！」

「えっ？」

突然頭を下げられ、アリスはポカンと口を開けた。

「あなたが強盗に襲われていたところに、ラウル殿下が視察中に遭遇したと聞いたわ」

「あ～……。そうなんですか。ごめんなさい、私、転んで気を失ってしまって、気がついたら助けていただいていたもので、その辺りはよくわからないんです」

エリーズが謝る理由がわからない。そう思っていると、彼女が再び頭を下げた。

「本当に、ごめんなさい」

「ええと、なにがです？」

「お仕えしている王族の方々のお使いで出かけるときは、馬車を用意してもらえるの。この国は治安がいいとはいっても、やはりお金を持っていることがわかると、おかしな考えを持って行動する者もいるから……」

エリーズは、それを知りながらアリスに助言しなかった。実際はサラに、馬車の手配についてアリスに話すよう指示したが、サラが伝えなかったと聞いても、そのまま放置したのだと話した。

アリスはよく思われていなかったのは知っていたが、こうして行動に移されるのは怖い。

「それは、皆さん、私が嫌だからなのでしょうか」

「……いいえ。そりゃあ、最初は驚いたわ。わたくしたちは年数を重ねて、やっと侍女になれたのですもの。……だけどそれは、あなたが望んだことではないのよね」

それだけアリスの抜擢は、エリーズたち侍女のプライドを傷つけるものだった。

「まあ……そう、ですね。私自身、衣装部での仕事にやっと慣れてきたところだったので……」

「そうよね。実際に働いてみたら鼻につくところもないし、どんな仕事だって文句を言わないものね。それなのにわたくしたち、すごく意地悪だったわ。本当にごめんなさい」

一気にそう言うと、エリーズはまた頭を深々と下げた。他の侍女も謝りたいと言っていたが、怪我人に気を使わせてしまうと、エリーズが代表で来たそうだ。

「あなたはアリソンとは違うのに。一年目で侍女になったからといって、彼女と同じではないのに……。ベアトリス様に叱られて当然だわ……。許してくれる？」

「もちろんです」

アリスの答えに、ホッとしたようにエリーズが微笑む。

ホッとしたのはアリスも同じだ。やっと自分自身を見てもらえた。

それにしても、ここでもこんなふうに言われるなんて、アリソンとはどんな人物なのだろう？

（まあ、私とは接することもないかしら）

相手はラウルの侍女頭。対してアリスは、ベアトリスの侍女の中で一番下だ。普段仕事をする階も違えば、なにより仕事内容が違う。見かけることはあっても、話すことはないだろう、と考えた。

その後、グンと過ごしやすくなった。同僚に受け入れられるだけで、こんなにも環境も気持ちも変わるものなのか。

まだ仕事には戻らなくていいと言われていたアリスだったが、医師の診断結果がよかったことから、部屋でリボンを縫うことにした。

男に掴まれた手首には、赤黒い痣が残っており、動かす角度によっては少し痛むが、舞踏会本番は待ってくれない。

「リボンが汚れなくて、本当によかったわね」

「すごいわ、アリス。こんなに美しいリボンがあるなんて」

「ねえ。今度、お店を紹介してくれる？」

作業をしていると、暇を見つけてはベアトリスをはじめ、エリーズやサラたちも顔を出してくれる。

エリーズたちは仕事もあるので、挨拶を交わしてすぐに出ていくが、ベアトリスはお茶を用意させ、アリスの部屋に居座ることもしばしばだ。

主を部屋に来させるなど、本来あってはならないと思ったが、どうやらベアトリスもラウルに叱られたらしい。

「午後から買い物に行くって聞いていたのに、わたくしもそのままひとりで行かせてしまったもの。責任はわたくしにあるわ」

「本当にそうだぞ。俺が出くわしたからよかったものの、少し遅ければもっと大きな怪我を負っていたかもしれない」

横からたしなめるような声が聞こえるが、アリスはそちらを向けなかった。

なぜか、ラウルもやってくるようになってしまっていた。今もベアトリスと一緒にやってきて、こうして話をしている。

「もう、何度も謝ったじゃない。お兄様ったら、しつこいわ。ねえ？　アリス」

なんとも返事がしづらい。アリスは「うふふふ～」とだけ笑ってみせた。

口角を上げると、擦りむいた頬の下がヒリリとする。思わず顔を歪めたアリスに気づいたラウルがすっ飛んできた。

「ああ、ほら、あまり口を大きく動かしてはいけない。若い女性が、顔に傷が残ったらどうするんだ」

優しく顎に触れると、アリスの顔を上向きにし、患部を確認する。だが、見えるはずがない。アリスの頬から顎にかけては、分厚いガーゼが貼られていた。

頬の擦り傷も大した怪我ではない。ただ、薬だと渡された液体がやけに染みるのだ。それが乾いてからも、動かすたびに傷がガーゼに触れるので、ヒリリとしてしまう。

「あの、大丈夫です」

やんわりと断るが、ラウルに通じないのはわかっていた。怪我をした日からずっと、やたらと世話を焼きたがる。

(……い、いたたまれない……!)

助けを求めてベアトリスを見ると、彼女が立ち上がった。助けてくれるのだとホッとしたのもつかの間、ベアトリスは真逆のことを言いだす。

「では、わたくしはこれで」

「えっ!」

アリスは思わず大きな声を出し、また頬がヒリリとする。顔を顰めた彼女を、ラウルがたしなめる。

「こら、また。大きく動かしてはいけないよ」

「ごめんなさいね、アリス。今日もサボってしまっては、いくら温厚なオーギュスト先生も怒ってしまうわ」

「行っておいで、ベアトリス。アリスのことは俺に任せて、ダンスの練習を頑張るんだ。マルセルが楽しみにしているだろうしね」

ベアトリスの顔がポッと赤くなる。勇気を出して舞踏会のパートナーにマルセルを誘ったところ、受けてもらえたそうだ。しかも彼はダンスの名手であるため、あれから練習に励んでいる。

マルセルがダンスの名手……以前であればどうにも信じられなかったが、今は違う。あの日、彼の凛々しい姿を見てからは、そんな話も納得だ。

恋するベアトリスは、大きな一歩を踏み出していた。

「ベアトリス様、頑張ってくださいね」

「ええ、もちろんよ！　では、行きますわね」

ベアトリスが出ていくと、途端に息苦しく感じる。アリスの部屋は狭い。そんな空間でラウルとふたりきりでいるなど、気まずい以外の何物でもない。アリスはわざとらしく明るい声を出した。

「ベアトリス様は最近、いっそう輝いておられますね」

「アリスは、ベアトリスの恋が叶えばいい、そう思ってる？」

「もちろんです！　私は心から応援いたしております」

「ふうん。うまくいったとしても、ふたりの未来は困難が待ってるよ。それでも？」

なぜか皮肉げに唇を歪めるラウルに、アリスは正面から反論する。

「たとえ困難が待ち受けていても、おふたりが本当に愛し合っていれば、それは乗り越えられるはずです」

「そうかな。君が思ってるほど、身分差は簡単ではない。しかも、相手が父より年上ときてる。政略結婚では珍しくもないが、恋愛ともなると好奇の目で見られるだろう」

そうだったとしても、たったひとりの大切な人が寄り添っていてくれるなら、気持ちはへこたれないだろう。それが身分違いという大きな壁だったとしても。

「そう……かもしれませんが……。身分差がなければ、愛し合えるのでしょうか。思いやれるのでしょうか？　心から相手を知りたいと、そして、その相手を幸せにしたいと思えるでしょうか。年齢差もまた、同じことだと思います」

確かに、身分差がある恋はいろいろ大変だとは思う。周りだってなかなか納得しないだろうし、価値観も違うだろう。経験してきたことの差も表れる。

そう考えると、身分や年齢の近い立場での恋愛結婚が一番いいのかもしれないが、世の中それればかりとはいかない。

「そうか。安心したよ」

「え？　安心、ですか？」

「そう。そうだな……アリスがベアトリスを慕ってくれて、身分差の恋を心から応援していることが」

ラウルにそう言ってもらえて、アリスも微笑んだ。

「当然です。私は、ベアトリス様の侍女なのですから」

「君のような子が、ベアトリスの近くにいてくれてよかったよ」

ラウルが嬉しそうに微笑んだのを見て、アリスはハッと我に返った。

いったい自分は、王子殿下を相手になぜ熱弁を振るっているのだろう。どうも調子が狂う。どうしてこんな会話をふたりきりでしているのだろう。

「あの……私はもう大丈夫です」

「アリスは、ダンスが得意かい？」

「え？　ええと……はい、まあ、それなりに」

「そう。楽しみだな」

なにがですか、とは聞けなかった。沈黙が続くが、ラウルが出ていく様子はない。やたらと近くでアリスのすることを見るため、縫い物の針を持つ手も進まない。

（いたたまれない……！）

ここはなんとか、お見舞いを断らなければ。

アリスは失礼にならないようにと言葉を選び、絞り出す。

「あのぅ……ラウル殿下。私のことは本当に大丈夫ですから、もうお見舞いに来てくださる必要はありませんよ？」

「アリス……」

「ラウル殿下は、王都への視察が遅れたことで、私が被害に遭ったと責任を感じているのだと思うのですが、その必要はありません」

アリスの手は無意識に、痣の残る手首を撫でた。あの事件を思い出すと、今も背筋がゾッとする。

「むしろ私はラウル殿下に感謝しているんです。あのとき、ラウル殿下がいらっしゃらなければどうなっていたかと考えると、今も恐怖を覚えます」

アリスが下手に反撃したことで、相手の男は激昂《げっこう》し、彼女の髪をむしり取る勢いで掴みかかってきた。あの場面は今も時折夢に見る。

「怖かったことは確かですが、痣と擦り傷で済んだのは幸運だったと思います。ですから、ラウル殿下が責任を感じる必要などないのです」

アリスは言葉に詰まりながらも、なんとかその思いを伝えた。それをラウルはじっと聞いている。彼にアリスの言いたいことは伝わっただろうか。

「……アリスは、大切な人を失うかもしれない、そんな瞬間を味わったことはあるかい？」

「えっ？」

また話がズレた気がする。アリスは困ったように眉を下げ、それでもラウルの問いに答える。

「そういう経験は、まだありません」

「俺はね、あるよ。あの瞬間、どうにかなってしまいそうだった。犯人を徹底的に壊してしまいたい衝動と、大切な人を失ってしまうかもしれないという冷たい絶望が、同時に身体の中に渦巻いた」

手首を撫でるアリスの手に、ラウルの大きな手が重なる。

「血が沸騰しそうな、でも自分のすべてが凍りつきそうな、相反する感情がぶつかって……狂ってしまいそうだった」

そう話すラウルの瞳は、まさに冷たい炎のようだった。

「ラウル殿下……」

「俺はね、アリス。そんな思いは、もうしたくない。それには悠長にしていられないと気づいたんだよ。やっと」

ラウルは以前、そのような経験をしたのだろうか。それを、先日のアリスの事件で思い出してしまったのだろう。その正義感でこんなにも責任を感じて、こんなにも苦しそうな表情でこちらを見つめているのだと、アリスは自分に言い聞かせた。

そうしなければ、まるで自分に対して語りかけられているようで心が揺らいでしまう。胸が締めつけられ、ラウルから目が離せなくなってしまう。ラウルに〝彼〟を重ねてしまう。

ゆっくりアリスに近づくラウルを、彼女はまるで魔法にかけられたかのように、ただじっと見つめていた。

吐息がかかるほどの距離で、アリスを見つめる紫の瞳が揺れた。

ガーゼに覆われた頬に、大きな手が優しく添えられる。アリスは動けず、ただじっとラウルを見上げていた。

黒ずくめの青年も、こんな目をしていた。あの日最後に会ったとき、彼はこんなふうに瞳が揺らいでいた。

(――彼は、何者なのだろう。そして、どうしてラウル殿下は、こんなにも自然に接してくださるのだろう……)

目の前にいるのはラウルなのに、黒ずくめの青年を思い出してしまう。背の高さも、瞳の色も、大きな手も驚くほど似ていた。これはどういう意味なのだろう。

「あ、あのっ……」

息を詰めていたせいか、ようやく絞り出した声は、喉に貼りついておかしな音になった。

「……なに?」

「なぜ、私のことを気にかけてくださるのですか? なぜ、そんなに優しい……でもどこか苦しげな、そのような目をなさるのですか?」

「……わからない?」

わからない。いや、気づきたくないのかもしれない。

ラウルとの距離が近づくにつれ、ちらつく考えがあった。ラウルの特徴に気づくたびに、黒ずくめの青年を思い出す。時折見せる表情が、柔らかく響く低い声が、ちょっとした仕草が、アリスを見つめる目が、すべて彼に重なる。

黒ずくめの青年とは、突然キスをされたあの日以来、会っていない。最近はラウルと会う頻度が増えて、黒ずくめの青年との思い出がかすんでしまう気がして怖いと、ラウルに接するたびに思う。

彼が、ラウルに似ているのだろうか。ラウルに彼を重ねてしまうのだろうか。それとも――〝彼〟は、幻だったのだろうか。

まさか。そんなはずはない。ふたりの面影はどんどんひとつに重なっていくのに、アリスはその考えを心の中で無理やり打ち消した。

「アリス、俺はね――」

トントンと乾いた音が響いた。それはとても控えめなノックだったが、この場の空気を変えるのには充分だった。

「……誰か、来たようです」

「ああ」

アリスはゆっくりと立ち上がり、ドアに向かう。気持ちを落ち着けるには、少し時間が必要だった。

「はい。どなたでしょうか」

ドアを開けた先にいたのは、アリソン・フォンテーヌ侯爵令嬢だった。色素の薄い白い肌をした、人形のような美少女だ。微笑みをたたえた様子は、とても可愛らしい。アリスに向けられた視線は、彼女を見ているようで見ていない。居心地の悪くなる視線だった。

「ラウル殿下を、お迎えに上がりました」

「は、はい」

「フレデリクはどうしたんだい？」

ラウルもまた、先ほどまで見せていた柔らかな表情から一転、態度は丁寧だが、どこか近寄りがたい雰囲気をまとっていた。

「先方のお相手をなさっておいでです。殿下、参りましょう」

ラウルはその言葉に小さく息を吐くと、アリスの部屋を出る。

「では、アリス、また来るよ。作業もほどほどに」

「お気遣い、ありがとうございます」

深々とお辞儀をし、ラウルが立ち去るのを待つと、アリスは顔を上げた。そこにはまだアリソンがいて、アリスをじっと見ていた。

「あの……なにか？」

「殿下は、あなたのことは名前でお呼びになるのね」

「え？　ええと……」

ラウルといい、アリソンといい、今日はなかなか会話の意図が見えない相手が多い。

大体、アリソンを初めて見たのは、ベアトリスの朝食に同行したときだったが、ラウルはアリソンの名を呼んでいたではないか。まさか、自分の侍女ではないアリスを呼んだのが問題だとでも言うつもりだろうか。

アリスが困惑していると、アリソンはそれ以上はなにも言うことはなく、足早にラウルを追った。

（なんなのかしら……）

休養のはずが、これでは気疲れしてしまう。アリスはふたりの姿が見えなくなると、ドアをしっかりと閉めて、作業に戻った。

真実を知るとき

　朝日が差し込む中、アリスはドレスを広げて、満足げに頷いた。

「できた！」

　華奢なデザインの上半身は、澄んだ湖のような透明感のある水色。薄い生地を重ね、ふんわりとボリュームを持たせたスカートは、下になるにつれ紫が混ざり、裾は空一面に広がる夕暮れのような、深みのある紫だ。

　美しいグラデーションは、角度によって青にも紫にも見えるベアトリスの瞳の色と同じ。露出の少ない上品なデザインは、その色味も相まって、おとなしい印象だ。

　ベアトリスが指摘したように、新年の舞踏会で着るには地味かもしれない。そこで、アリスはマノンの店で買った、薔薇の立体レース編みを使った光沢のあるサテンリボンで輪を左右に三つ作り、花びらが開いたような飾りを作った。

　その中央には、細かなカットがたくさん施されたクリスタルをつける。身につけたドレスの青みや、シャンデリアの明かりを反射して、ベアトリスをより輝かせることだろう。

それをドレスの胸元に縫いつけてボリュームを作ると、それ以上の装飾は必要ないと判断した。

ベアトリスも、それには納得したようだった。彼女にとって、今回の舞踏会は、若々しさや煌びやかな姿を見せたいわけではない。マルセルの隣に堂々と立てると示したいのだ。

体型がほぼ同じアリスが、ドレスを胸に当てて鏡を見た。

（うん。ほどよく大人っぽいわ）

疲れきって、やつれた自分の顔は無視した。根を詰めないようにとエリーズに釘《くぎ》を刺されていたが、つい徹夜をしてしまった。朝日が目に突き刺さるようで、しぱしぱと瞬きをする。

焦っていい作品ができるとは思っていないが、舞踏会まで残り五日ということもあり、気が急いてしまった。

ドレスをトルソーに着せると、アリスは自分の顔を鏡で覗き込んだ。

目の下にはくっきりとクマができている。さらに肌はカサカサで、髪はボサボサだ。

頬の傷がやっと目立たなくなってきて、ガーゼが外れたのに、こんな顔をしていては、明日仕事に戻ったときにビックリされてしまう。

時計を見るとまだ早朝で、ベアトリスが起きるまで時間があった。ドレスのことは後で伝えて、ベアトリスに試着してもらうとして、その前に少し眠ってこの顔をなんとかしなくては。アリスは大きなあくびをしてベッドに向かった。

ドアを叩く音に目が覚めたとき、アリスはまだぼんやりとしていた。

「ん……誰ぇ?」

むにゃむにゃと呟く声は、当然ドアの向こうには聞こえない。再び、ドアがノックされた。

「アリス・フォンタニエ。いるのでしょう?」

苛つきを隠さない強い声に、慌てて飛び起きる。朝日が眩しい早朝に眠ったはずなのに、部屋の中は真っ暗だ。一瞬、今日が何日で、今が何時なのか、混乱してしまうが、寝すぎてしまったのは違いなかった。

「す、すみません。今開けます」

誰か心配して様子を見に来たのだろうか。だとしたら申し訳ない。ボサボサの髪を直す余裕もなく、急いでドアを開ける。

「ごめんなさい。あの、少しのつもりが今まで眠っていて……」

侍女仲間の誰かかと思ったが、そこには、侍女のお仕着せに身を包んだ見慣れぬ女性が立っていた。

「……あの？」

「なあに、あなた。今まで眠っていたの？」

「え？」

「ベアトリス王女殿下は舐められたものね。新米侍女がこんな生活態度だなんて。まあ、こんなだから、ラウル殿下の侍女ではなくて、ベアトリス王女殿下の侍女なんだろうけれど。わたくしたちと一緒にしてはかわいそうですわね」

アリスを見るなり、見下したようなことを言う女性に、彼女もカチンときた。

確かにアリスはできた侍女ではない。だが、それで主人を悪く言われるのは悔しい。

「なんなんですか？　突然やってきて」

「アリソン様が、あなたとお話ししたいのですって。ちょっと顔を貸しなさい」

「はあ？」

女性はそう言うと、さっさと背を向ける。アリスが自分についてこないことに気づき、女性は苛立たしげに振り向いた。

「早くなさい。アリソン様をお待たせするつもり？」

「あの、あなたは誰ですか？　それに、アリソンさんはなぜ直接来ないんですか？」

「まあ。あなた、口ごたえするつもり⁉　フォンテーヌ侯爵様が黙っていませんわよ。いいから、早くなさい！」

口ごたえではなく質問をしただけなのに、かえって女性を怒らせてしまった。

明日から仕事に復帰するとはいえ、一応はまだ休養中の身だ。それを呼び出す方がどうかと思うが、それを聞く気はないらしい。


アリスは仕方なく女性の後についていった。やってきたのは、庭園の東屋だった。そこにはアリソンと、また別の女性がいた。

「アリソン様。お連れいたしましたわ」

「……ご苦労さま」

同じ侍女のお仕着せを着ていながら、この上下関係はなんなのだろう。アリスは違和感に眉を顰める。

そういえば、迎えに来た女性は初めからアリソンのことを〝様〟をつけて呼んでいた。それに、すぐに従おうとしなかったアリスに向けて、フォンテーヌ侯爵の名を出していた。

王宮の勤め人たちは、皆それなりの身分が保証された人物ばかりだ。その中には貴族階級の者も、そうでない者もいるが、共に働く以上、勤め人同士は対等であるはず。

東屋の椅子に座っているのはアリソンだけで、一緒に待っていた女性も、そしてアリスを迎えに来た女性も、アリソンを挟んで立っている。それはあまり気持ちのいい光景ではなかった。

「……なんでしょう」

「口のきき方に気をつけなさい」

「そうよ。フォンテーヌ侯爵が黙っていませんわよ」

「……あなた方、黙ってちょうだい」

アリソンが片手を上げると、両側の女性はすぐにおとなしくなる。まるで女王様のような振る舞いだと、アリスは思った。

「アリス・フォンタニエ。率直に言いますわ。あなた、どうやってラウル殿下に取り入りましたの？」

「は？」

「あなたの両親は、爵位を譲って隠居した元男爵夫妻なのですってね。男爵令嬢であれば、末席とはいえ、わたくしと一緒に今年社交界にデビューするはずでしたのに、お父上が既に隠居していたから貴族扱いにはならなかった」

どこで調べたのか、アリソンはアリスの立場を淡々と話す。それに両側のふたりの女性が笑う。その笑いには侮蔑《ぶべつ》の感情が込められていた。

「それが、どうしたんですか?」

「そんなあなたを、なぜラウル殿下は気にかけるのかしら。あなた、なにをなさったの?」

「なにもしていません。ただ、危ないところを助けていただいただけです」

答えをそのまま受け入れるつもりはないらしい。では、なぜわざわざ質問したのか。

アリスはだんだん腹が立ってきた。

「なにか気を惹くことをしたのでしょう? 必要以上に怖がったり、大げさに痛がったりして、ラウル殿下の優しいお心に訴えかけたのでしょう?」

「そんなこと、していません!」

大体、助けられた瞬間のことなどアリスは気を失っていて覚えていない。気がついたときには馬車に乗せられ、そしてラウルに支えられていた。そんな状況で、いったいなにができるのだろう。

「でしたら、なぜラウル殿下はあなたのことを、名前でお呼びになるの? なぜ毎日のようにあなたの様子を見に行かれるの？」

「そんなこと、知りません」

「いったい、どんな手を使ったのかしら。わたくしに教えてくださらない？　ああ、そうですわ。あなたから、わたくしのことを殿下に言っていただこうかしら」

彼女はなにを言っているのだろうか。この口ぶりは、すべて自分の思う通りになるとでも思っているようだ。

「そうね……さっさとおかしな考えは捨てて、身を引きなさい。そしてわたくしに協力してくれたら、お父様には内緒にして差し上げますわ」

そのあまりの言い草に、アリスは唖然とした。

「身を引く？　協力？　さっきから、なんの話ですか？」

「話のわからない子ね。殿下とはもう会わないで。そして、あなたが知った殿下のことをわたくしに教えて協力してくれたら、それでよろしいのよ」

「……それ、本気で言っているの？」

思わず素で返したアリスに、アリソンはピクリと眉を動かす。

アリスの態度が気に入らなかったのだろうが、そんなことはどうでもよかった。彼女の胸を、なんとも言いようのない悲しさが渦巻いた。

「アリソンさんは、誰よりもラウル殿下の近くにいてなにを見ているの？　私から聞いても、それは私を通して見た殿下のお姿です。そんなものを知ってなんになるの？」

「わたくしを、誰だと思っているの？」

それまで人形然としていたアリソンの顔に、明らかな苛立ちが表れた。

「あなたは、アリソンさんです。侯爵令嬢かもしれないけれど、侍女という立場は私と一緒です。王宮勤め人は階級制度に関係なく対等です」

「例外がありますのよ？　わたくしは、ラウル殿下の婚約者候補ですの。口のきき方に気をつけなさい」

「婚約者候補？」

驚いて聞き返すアリスに、アリソンは勝ち誇った笑顔を見せる。

「そうよ。驚いた？」

「ええ、驚きました。婚約者候補なら、なおのことです。なぜ、ご自身の目で殿下を知ろうとは思わないのですか？　私が知った殿下のお姿を聞いて、なんになるのですか？」

今のアリソンを見ていると、自分で伝えることが重要だと言い放ったベアトリスの偉大さが、改めてわかった。

「……あなたねえ」

「それに、そうやって同じ侍女の中で君臨して手下を作って、王妃様ごっこですか？　両側のおふたりは、アリソンさん本人を見ているんでしょうか？」

アリスの台詞に、指摘されたふたりはお互いを見やる。

「さっきから私に、侯爵の名を出して従わせようとしていますけど、あなた方は本当にアリソンさんを慕っているの？」

「なんて失礼なことを言うの？　私たちは、侯爵直々に頼まれて——」

「ナディア！」

ナディアと呼ばれた方がハッとして口を押さえるが、もう遅い。その言葉はアリソンの耳に入っていた。

「お父様の……？　お父様に、頼まれましたの？　それで、わたくしのそばにいると、そういうことですの？」

「……そ、それは……」

「もう、ナディアったら！」

アリソンは、きっとこれまで本当に女王のように育てられたのだろう。娘の世話を頼んだ少女を侍女に潜り込ませるほど、両親もまた次期王妃にと望み、本人もその気になってしまったのだ。

彼らが見ているのは、そういう立場であり権力だ。そこには血が通う人間はいない。アリソンにとって、ラウルとはなんだろう？　そして、ナディアたちにとって、アリソンとはなんだろう。フォンテーヌ侯爵にとっての娘とは、なんなのだろう。

「誰も、その人本人を見ていないのではないですか？」

アリソンしかり、侍女たちしかり。皆、一番近くにいながら、その人を見ようとしない。

アリスの言葉に、明らかにアリソンは動揺していた。おまけに一緒にいた侍女たちは、バレてしまったらもう隠すつもりはないようで、フォンテーヌ侯爵から家への援助と引き換えに頼まれたと白状した。

ふてぶてしく話す彼女たちとは対照的に、アリソンは青ざめている。彼女にしてみれば突然、たったひとり闇の中に放り込まれてしまったような気分だろう。

「そんな……。ひどい、ひどいわ」

アリソンは震える声で嘆くが、きっとラウルも気づいている。彼女たちが興味を持っているのは、次期国王の立場だけだということに。

だから彼は姿を変えた。血が通ったひとりの人間でいるために。

アリスの中で、ラウルと黒ずくめの青年の姿が、ピッタリと重なった。

ラウルは、どんな気持ちでここ数日アリスの元を訪れていたのだろう。黒ずくめの青年のことなど一切口にせず、彼はラウル王子殿下としてアリスに会いに来た。彼は、アリスに逃げ道を与えていた。

ラウルと黒ずくめの青年が、同一人物だと気づかなかったふりをすれば、アリスはきっと穏やかな日常に戻れる。ただし、もう二度とラウルの素顔を見ることはできないだろう。

なぜラウルと黒ずくめの青年を、無理やり分けて見ていたのだろう。なぜ共通点を見つけては否定していたのだろう。アリスは自分が恥ずかしくなった。

どちらの彼も、彼自身なのに。

彼がこの国の王子だということは、とてつもなく大きく、重い事実だ。それは、考えただけでも足が震えるくらい。でもアリスの心には、もう排除できないくらいの大きさで彼が居座っている。

「では、私はこれで失礼します」

どこに行けばラウルに会えるのかはわからない。だが、ここでアリソンと彼の話をしているのは無意味だ。彼に直接、想いを伝えたい。

アリソンたちの間の問題を暴いてしまったことは申し訳ないが、それはもう彼女たちの問題だ。

だが、もちろんそう簡単に解放してはくれないようだ。

「……お待ちなさい……！」

先ほどとは違った、地を這うような唸《うな》るような声に、アリスも足を止める。振り返ると、射殺さんばかりにアリスを睨みつけるアリソンと目が合った。

「わたくしをここまで侮辱して……！　あなた、ただで済ませるわけにはいきませんわよ……！」

庭園を照らす月明かりが、アリソンの憎しみに満ちた表情を照らす。その形相にギョッとしたが、間違ったことを言ったとは思わない。

アリスは後ずさりしそうになった足をグッと踏みとどまらせると、アリソンを正面から見つめ返した。

ふたりの間にピンと張りつめた空気が漂う。その空気を断ち切ったのは、まったくの第三者だった。

「あら。どう済まさないのかしら」

涼やかな声が響く。ハッと我に返り、声のした方を見ると、そこにはメアリ妃殿下が立っていたのである。

アリスは驚きながらも礼をし、腰を落とした。一方のアリソンは明らかに動揺している。

「妃殿下……！　な、なぜこちらに……！」

「日課の散歩よ。今日は月が綺麗だもの。それが、来てみればこんな汚らしい欲望にまみれた場に出くわしてしまったわ」

汚らしい、と表現されたアリソンはグッと唇を噛みしめる。アリスに向けていた目から、剣呑《けんのん》とした光は消えていたが、いつものお人形のような穏やかさは取り戻せなかった。

「ですが……いつもは東の庭園の方ですのに……」

確かに、東の庭園の方がメアリの部屋から近い。そのうえ、東の庭園は彼女が故郷を懐かしんで、領地から木や草花を取り寄せて作らせたメアリのための庭園だった。

「よくお調べになっているのね。でもね、あなたにそんなふうに言われる筋合いはなくてよ？　わたくしはいつでも好きなときに、好きな庭園に参りますわ。おあいにくさま」

そう続けたメアリに、アリソンは慌てて礼を取る。

「も、もちろんでございますわ。ただ……」

「ただ？　王妃ごっこをして、侍女仲間をいびるのに、わたくしが来ない場所を選んだはずだった？」

「そ、そんなことはございません！　わたくしは……！」

釈明しようとするアリソンに、メアリはすげなく手を振る。

「もういいわ。アリソン・フォンテーヌ。あなたと、あなたのご家族の目的はわかっておりました。ラウルの考えに委ね、わたくしたちは傍観しておりましたが……」

メアリは言葉を止め、ゆっくりと歩きだす。

そしてアリソンの目の前までやってくると、手にした扇をアリソンの顎に当て、上を向かせた。

「ベアトリスの侍女にまで、傍若無人な振る舞いをするのは見過ごせないわ。なにかあれば父親の名を出して従わせようとし、自分はラウルのお妃候補のように振る舞う……。それはやりすぎよ？」

「も、申し訳、ございません……。わたくしは、王族の方々に仕える以上、もっと誇りを持つようにと……」

みるみる小さくなるアリソンに、メアリは容赦しなかった。

「偉そうに振る舞い、他者を蔑むことと、誇りを持つことはまったく違います。わたくしの世界を汚《けが》したこと……あなたこそ、ただで済ませるわけにいきませんわよ？」

目を見開き、ガクガクと震えだしたアリソンは、メアリにすがりつくように謝罪したが、メアリは素っ気なくそれを制した。

「ナディア、彼女を連れていきなさい。わたくしの使いが行くまで、彼女を部屋から出さないように」

「か、かしこまりました」

ナディアともうひとりの侍女は、アリソンを左右から抱え込むようにして連れ出した。残されたアリスもその場を去ろうとしたが、メアリがそれを引き止める。

「さて、アリス。あなたはわたくしの話し相手になってくださる？」

「は、はい」

「おかしなものを見せてごめんなさいね。あんな女でも、ラウルが妃に選ぶ可能性がないわけではなかったので、少し様子を見ていたのよ。でも、それがかえって彼女を暴走させたのね」

なんとも返答に困る話をされ、アリスは頷くことも否定することもできない。だが、それは必要なかったようで、またメアリが話しだす。

「陛下は国政を担い、妃は王宮内を統治するのよ。それがこの国の王妃の仕事。わたくしの縄張りを荒らした彼女には、それなりの措置を取るわ」

仕方ない。彼女はそれだけのことをしてしまった。

アリスは神妙な顔で頷いた。

「今回のように、なにかを画策する者も現れるわ。とてもじゃないけれど、ただこの立場に固執しているだけでは、務まらない。それは陛下もそう。行きづまったり悩んだり、大切な人を失ったり……」

メアリがふっと視線を上げた。きっと思い起こす人々がいたのだろう。

華やかなだけでは、国は成り立たない。それをアリソンはわかっていなかった。

「でも、同じ立場でものを見る人は他にいないの。陛下のお仕事も、わたくしの役割も、たったひとりで、生きている間ずっと続くことなのよ。……お互いの理解と愛。そして支えがなければ、やっていけることではないわ」

両陛下は強い絆《きずな》で結ばれている。だからこそ、それぞれがひとりでも立ち向かえる強さをお持ちなのだ。

「はい……」

「ラウルの妃になる人にも、それを強いることになるの。あの子が悩み、なかなか一歩を踏み出せない気持ちもわかるわ」
メアリの話を聞いているうちに、アリスは目頭が熱くなるのを感じた。彼はたった
ひとりだ。今、このときも。
「わたくしは社交界デビューの年に、初めて訪れた王宮で陛下と出会ったわ。そのこ
とは知っていて？」
「はい。伝説の恋物語だと、平民の間でもよく知られています」
メアリは社交界デビューの挨拶のために来ていた王宮で、当時王子だったローラン
に見初められた。
国中の貴族が見ている中、突然のプロポーズ。その後もローランは猛アプローチを
続け、地方の一子爵令嬢だったメアリは、誰もが羨む王妃となった。
「皆の憧れですよ」と言うと、メアリはふふっと笑った。
「憧れていただいているところ、申し訳ないわ。実は少し違うの」
「そうなのですか？」
全女性憧れの恋物語としてアリスも聞いていたため、メアリの返答にはアリスも驚
いた。
「ええ。初めて会ったご挨拶の場で、突然求婚されたのは本当。でもね、その後はと

ても長かったのよ」

「どういうことでしょうか」

「わたくしね、実は親が決めた婚約者がいたの」

メアリは遠くの月を見ながら、昔を思い出すように語りだす。

「実家は貧乏でね。金銭の援助を条件に、豪農の息子を婿に取ることになって、社交界デビューも形だけだったの。そんなときに陛下にお会いして……正直、戸惑ったわ」

「婚約していた方を想っていらしたのですか?」

アリスを見て、ふっと自嘲気味に笑うと、再び月に視線を戻す。

「いいえ。とんでもない女好きでね。財力にものを言わせてたくさんの女性に手出ししていたの。心から軽蔑していたわ。彼はその手で、わたくしとも関係を持とうとした。なんとか断ったわ」

家のためとはいえ、そんな男と一緒になるなど、恐怖以外の何物でもなかった。

「社交界デビューしないと、貴族社会では一人前と認められない。なんとか先延ばしにしたくて、そう言ったの。彼は貴族社会を知らないから、渋々手を離してくれた。怖かったわ。掴まれた腕に痣が残って、それを見るたびに思い出して吐いたわ」

腕に痣——アリスは思わず、自分の腕をさすった。それは数日前まで、自分の腕にも残っていたものだ。

あのときアリスは必死だったが、それでも掴み上げられた痛みや恐怖を思い出す。

あれを、メアリも知っている。

「すぐ手に入らない女なんて面倒だと、諦めてくれるのかと思った。でも貴族の肩書きと、わたくしの容姿に興味があったのね。待ってやると言ったのよ。陛下から求婚されたとき、救われたと思ったと同時に……怖かったわ」

「なぜ、ですか？」

「よく知りもしない小娘よ？　彼もまたわたくしの容姿しか見ていないのかしら……こんなことを考えるのは恐れ多いことなのだけれど、あの男と一緒なのかしら、って思ったの」

一度深く傷ついた心は、そう簡単には元には戻らない。

「陛下は、わたくしの心が恐怖で縮こまっているのを見抜いていらした。そのうえでずっと待ってくださったの。わたくしの心がほぐれて、陛下に歩み寄るのを、近くで辛抱強く待っていてくださったのよ」

ローランの愛は本物だった。それがわかっても、メアリの心がそれを受け入れるのは、かなりの時間がかかった。

それでもローランは、じっと待った。自分の人となりを知ってもらい、メアリが心を許してくれるその日を。

「でもね、あの方、慎重すぎて。最後にはわたくしの方から迫ったのよ」

「えっ⁉」

「こんな話をするのは初めて。どうか、内緒にしておいてね」

そう言うと、メアリは悪戯っぽく小さく笑った。

「あの方、自ら愛を与えるだけで、わたくしには求めようとしなかったの。わたくしを傷つけるかもしれないと怖かったのですって。そういうもどかしい優しさを、ラウルも受け継いでしまったかしら」

アリスの瞳から、ひと筋の涙が滑り落ちる。

ラウルに会いたい。会って好きだと、一緒にいたいと伝えたい。この手で触れて温もりを感じたい。

「ラウルに、会いたいのね？」

「……はい」

しゃくり上げるように泣きだしたアリスの肩を、メアリはなだめるように優しく叩いた。

「あの子が踏み出せずにいたら、あなたが背中を押してあげて。アリソンに言ったさっきのあなたの言葉、とてもよかったわ。あなたにならラウルを任せられる。あの子を、ひとりの人間として幸せにしてくれるかしら?」

「……はい……っ」

アリスは何度も何度も、頷いた。


会いたい、とは思っても、そう簡単にはいかない。特に、アリスが仕事に戻ってしまうと、生活のすべてはベアトリス中心になる。食事などで王族の全員が集まるときもあるが、下っ端侍女のアリスは同行することがない。

ただ、アリソンが侍女を辞めた事実は瞬く間に広がり、その日のうちにアリスの耳にも入った。

「なにがあったか知らないけれど、いい気分だわ。空気まで美味しく感じる」

「まあ、サラったら……。でも、確かにそうね。わたくしたちでさえそう感じるのですから、ラウル殿下の侍女は皆そうでしょう」

サラをたしなめつつ、エリーズもなかなか辛辣《しんらつ》なことを言う。それほどまでにあのアリソンには、皆が手を焼いていたのだろう。

「あの〜、お辞めになったのは、アリソンさんだけなんですか？」

「ええ、そう聞いているわ。新しい侍女頭はナディアよ。アリソンが来てから萎縮していたけれど、侍女歴も長いし、既婚者だし、一番適任なのではないかしら」

「そうですか」

そう聞いて、アリスはホッとした。ナディアはあの夜、アリソンと一緒にいた侍女だ。フォンテーヌ侯爵から頼まれていたのだと口走ってからは、すべてを諦めたようにおとなしくメアリの指示に従っていた。

確か、彼女は家への援助と引き換えに、と話していた。

既婚者ということは、夫の家が大変なのだろうか。そうなると、彼女自身も王宮での仕事を失うわけにいかず、苦渋の選択だっただろう。

「なあに？　アリス。ラウル殿下の侍女を知っているの？」

「それは、あれよ。ほら、休養中に毎日ラウル殿下がお見舞いにいらしていたから」

エリーズがなにかを含んだような言い方をして、アリスを見やる。

「そうよそうよ！　ねえ、もうだいぶお親しいの？」

「えっ⁉」

話の矛先が急に変わり、アリスは慌てて首を横に振るも、頬が赤らんだのを見逃してはもらえなかった。

「赤くなったわ！　ねえ、アリスもお好きなんでしょう？」

「アリス〝も〟って、なんですか⁉」

その言い方では、ラウルがアリスに好意を持っていることが前提になってしまうではないか、と困惑する。

「あー、それは……ね」

「うん。実はアリスが強盗に襲われた日、わたくしたちもお叱りを受けたの。『君たちはなにをしているんだ。仲間だろう。アリスが個人的に、君たちになにかしたって言うのか』って」

「冷たい怒りというのかしら。あの迫力はすごかったわ」

ふたりともそのときを思い出したのか、神妙な顔つきになった。

『不思議な縁の巡り合わせに、誰よりも戸惑ったのはアリスだ。それでも彼女は笑顔で前に突き進む。彼女にできる唯一のことだからだ。君たちはそれすら許せないと阻止するのか？　踏みにじるのか？　面白くない、それだけの理由で？』

そう語ったのだと、力なく息を吐いた。

「……すごく、ショックだったわ」

　まさか、そんなことがあったなんて思わなかった。

「そのとき、ラウル殿下はアリスに惹かれているんだって思ったの。妬ましい気持ちがないわけではないわ。だけど、見つめているだけでなにもしなかったわたくしたちが、目に留まるわけがないのよね」

「でもアリスはいつ、そんなに親しくなったの？　毎日お見舞いにいらしていたでしょう。でもわたくしたちが殿下にアリスのことを言われたのは、その前よ？」

「ええっと〜、それは……」

　困った。なんと答えよう？　説明するには、ラウルが変装して王宮のあちこちに出没していた話もしなくてはならない。

　ラウルとの出会いが思い起こされる。変装して宿舎の窓から脱出を試みていたこと。一緒に柿を収穫したこと。

　いつの間にかアリスの心に居座った青年は、ラウルから最も遠い人物だった。

　気さくで行動的な青年と、気高く冷たい美貌のラウル。それがいつしか、ふたりの姿はどんどん近づいた。

　ピッタリと合わさったのは、強盗に襲われた日だった。弾き飛ばされて道に這いつくばり、見上げた先には長身の男性がいた。

逆光で見えたシルエットは、あの青年のものだった。それが、髪に光が当たって銀色に輝いたとき、アリスの中にあった青年の記憶が、ラウルのものと重なった。

こんな複雑な想いをどう説明したものか。そう考えあぐねていると、ちょうどいいタイミングでドアが叩かれた。

「アリス、ベアトリス様がお呼びよ」

「はい。ただ今」

内心ホッとしながら部屋を出る。

このところ、ベアトリスは舞踏会に向けてダンスの稽古や肌の手入れ、髪型の研究などに余念がない。

あまり休めていないのではないかと心配もするが、本人にとっては苦ではないらしい。むしろ活き活きとし、身体の内側から輝いているようにも見える。

アリスがアレンジしたグラデーションのドレスも、とても気に入ってくれた。もう二日後に迫った舞踏会で、あのドレスを着て着飾ったベアトリスを見るのが、今から楽しみだ。

「ベアトリス様、お呼びですか？」

「ああ、アリス！　よかったわ。わたくし、すっかり忘れていて……。あのね、今宵あなたに頼みたいことがあるの」

少し焦った様子のベアトリスに、何事かと急いで近づく。

その用事とはマルセルへのお使いだった。だが指定された時刻がかなり遅い時間だ。

「ええと……その時間でないとならないのですね？」

「ええ。そうなの。ええっと……あれよ。マルセルが今日は一日、用事で留守にしているの。帰宅が夜になるんですって」

珍しくベアトリスが言いよどんだが、それは夜遅くの用事でアリスに申し訳なく思ってのことだろう。

「はあ……。夜遅くとはいえ、わたくしが代わりでよろしいのですか？」

「いいの！　わたくしは舞踏会当日までマルセルに会わないわ！」

ベアトリスはギリギリまで自分を磨き、当日に大人っぽくドレスアップした自分を見てほしいのだという。

「会いたいのはやまやまよ。でも……なんというか、焦らし？　そういうのも必要だと思うの。マルセルにも、わたくしに『会いたい』って思ってもらいたいから」

「かしこまりました。用事の方は私にお任せください」

指定された時間よりも早めに、アリスは部屋を出た。

まだ建物の中なのに、昼間とは違う冷えた空気が頬を刺す。マントで首元をしっかり隠すと歩きだした。

途中で行き会う警備の兵が、「こんな時間に出かけるのかい?」と声をかける。それに笑顔で答え、外に出た。

降り積もった雪を踏みしめながら、マルセルのところへと向かう。ランプを持つ手がかじかみ、鼻が冷たい。

吐く息の白は、あっという間に夜の闇に吸い込まれる。冬の静寂の中で歩くと、いつもよりも遠く感じた。

マルセルのいる詰所には、まだ明るく暖かい色の明かりが煌々とつき、見ただけでホッとした。軽くノックをすると、すぐに応答が返ってくる。

「おう」

「マルセルさん、こんばんは。アリスです」

いつものように笑顔で挨拶したが、出迎えた彼は仏頂面で「遅いぞ」と文句を言った。指定の時間に間に合うように出てきたアリスは、いきなりの非難にわけがわからず、ポカンとする。

「さすがに、もう帰っちまったじゃねえか」

「え？　あの……なんのことですか？」

状況が呑み込めず、呆けた声で返すアリスに違和感を覚えたのか、マルセルはドアを大きく開けて彼女を招き入れた。

「悪い。寒いだろ、とにかく入れ」

「あ、はい。お邪魔します」

マルセルの部屋は暖炉にめいっぱい薪をくべられ、パチパチと勢いよく燃える炎が部屋全体の空気を暖めていた。

思わずホッと息を漏らすアリスに、マルセルが尋ねる。

「アリス、どうして遅れたんだ？」

「遅れた？　ええと、私はベアトリス様に言われた時間に来ましたが……」

するとマルセルが大きな手で顔を覆い、「あちゃ～」と天を仰いだ。

「……何時って言われた？」

「夜の九時です。遅い時間だったので驚きましたが、マルセルさんは日中は用事があって、夜しかいないからと……」

「ベアトリスめ。あいつが間違ったのか。六時だよ、本当は、六時だったんだ」

ベアトリスが、九と六を間違えて伝えたようだ。知らなかったとはいえ、なんだか申し訳ない気持ちになる。

「ええっ⁉　じゃあ、マルセルさん、六時からずっと待っていたんですか⁉」

「俺じゃねえよ。あいつだ。一時間ほどでいいからって言われて、ここを貸したんだ。七時過ぎに戻ってきたら、あいつがポッンとひとりで座ってた」

マルセルがクイッと顎で示した先には、使い込まれた丈夫なテーブルがある。その上には二客のカップと、小さな箱が置かれていた。

アリスの胸がドキンと高鳴る。

「もしかして……ラウル殿下、ですか？」

その言葉に、マルセルがピクリと眉を上げた。

「なんだ。ようやっと気づいたか。いつだ？」

「……本当に、つい最近です。私、バカです。そんなはずないって、ずっと頭の中で否定して、無理やりふたりを分けて見ていました」

しょんぼりするアリスの頭を、マルセルの大きな手がぽんぽんと優しく撫でる。

「まあ、わかったんだから、いいじゃねえか」

「それで……ラウル殿下は……」

「ああ。それでも八時までは待ってたな。あいつはあれでも忙しい身で、乗り込んできたフレデリクに引きずられるように出ていった」

「そう、ですか……」

簡単には会えない人だ。聞いた時間が違っていたのは、アリスもどうしようもないことだが、それでもショックだった。

「そんなあからさまに落ち込むな。伝言を預かっている」

「えっ！」

マルセルはテーブルの上に置かれた小さな箱を掴むと、「ほい」とアリスに差し出した。

「ラウルからだ」

「え……。わ、私にですか？　ベアトリス様にではなく……？」

「当たり前だろう。ベアトリス宛てなら、こんな回りくどいことはしない」

自分宛てのものが用意されているとは思わず、受け取ろうと伸ばした手が震えた。

「これは……」

「開けてみろ」

「は、はい」

もたつきながら蓋を取ると、中から出てきたのは、金細工の髪留めだった。アリスが王都に出たときに雑貨店でひと目惚れした、中心に紫の石がはめ込まれた、あの髪留めだ。

「これ……！　私、すごく気に入って見ていました……！　どうして……！」

「伝言だ。『アリスが雑貨店でこれを髪につけていたときの笑顔が忘れられなくて、あの後すぐ買ったんだ。でも、そのためか、助けに駆けつけるのが遅くなってしまった。ごめん』だと」

「そんなの……！　殿下の責任ではないのに！」

あの日、ラウルは強盗対策のため王都に視察に出向いていたと言っていた。それで悲鳴を聞きつけ、助けに向かったと聞いたが、その前から王都でアリスに気づいていたのだ。

「すごい……綺麗……。あの、とっても嬉しいです！」

「俺に言うなよ」

確かにそうだが、嬉しいものは嬉しい。ましてや、アリスが気に入った髪留めを、ラウルが気に留めてくれていたという大きな大きなオマケつきだ。顔のニヤニヤが止まらない。

「そういう顔は、本人に見せてやれ。お礼も直接言え」

「そう簡単にお会いできたり、お話ができたりすれば、苦労しませんって」

「じゃあ、もうひとつの伝言だ。まったく、俺のキャラじゃねえから、これも直接言えって言ったんだが……日がないから仕方ねえ。頼まれてやる」

「えっ。なんですか？」

マルセルがもったいぶったように、コホンと咳払いをする。

「いいか、よく聞け。『アリス。どうか新年の舞踏会には、この髪留めをつけてきてくれ。あのときの笑顔を俺に見せてほしい』だとよ。うわ〜、鳥肌が立つ！　……おい、いいか？　わかったな？」

「む、無理です」

アリスは何度も首を横に振った。嬉しいが、これぱっかりは無理だ。

「はあ？　なんでだよ。確かにこれは、王宮で開催される舞踏会の中でも一番華やかな新年の舞踏会でつけるにゃ、安っぽいが……」

「安っぽくないです！　すっごく素敵ですよ。私の宝物です。そういう意味じゃなくて……！」

アリスは「どうしよう……」と、小さく呟いた。

「私、舞踏会には参加しないんです。あの、ベアトリス様の控室のお世話をすることになっていて……」

「はあ⁉」

新年の舞踏会は、誰もが憧れる夢の舞台だ。夜におこなわれるため、王宮の勤め人たちも多数参加する。

それでも、一部の勤め人は裏方に回らなければならない。会場の準備や演奏家たちの手配、控室での世話など、なにかと人手がいる。アリスは侍女の中でも下っ端なので、自らがその世話係に名乗りを上げたのである。

「だって、まさかこんなふうに舞踏会に誘われるなんて思っていなくて……どうしましょう⁉」

「知らねえよ。そこはなんとかしろ。ベアトリスだって、今日のことにも協力したんだ。時間は間違えてたがな。お前がラウルの相手なのを嫌がってるとは思えない」

言えば、参加を許してくれるだろうか？　でもアリスは、王宮の舞踏会に着ていけるようなドレスなど持っていなかった。

「あの……ドレスもなくて……。マルセルさん、ドレス――」

「俺が持ってるわけないだろう」

「ですよね……」

アリスはがっくりと項垂れた。

舞踏会の日、ベアトリスは朝から張り切っていた。

早朝に起きた彼女は、朝から湯浴みをし、全身のオイルマッサージでむくみを取ると、髪にもオイルをなじませた。

朝食もまた、ダイニングルームに行かずに軽いものを部屋まで運ばせ、時間をかけてゆっくりと食べる。それらに付き合うアリスたち侍女もまた、早朝から忙しくしていた。

ベアトリスの指示で動く他にも、舞踏会のための準備もしなくてはならない。ドレスの衣装の最終確認をして、それに合わせた宝石を揃える。これもまた、ベアトリスの気分で変わるかもしれないため、複数用意した。

靴も、ヒールの高いものと低めのもの。香水も複数揃えると、ベアトリスの寝室は鏡台やチェストいっぱいに物が並べられた。

すべての準備が整うと、食後に休んでいたベアトリスがやってきた。

「では、着替えるわ」

「えっ。まだ早いのではないですか？」

夕方の五時開始の舞踏会だが、人々は早めに王宮にやってくる。一時間前には大方揃い、サロンで軽食をつつき、談笑しながら待つのだが、それを踏まえても今はまだ正午だ。

「着替えや化粧に時間がかかるし、ドレスと靴に慣れておきたいの。本番で転ぶなんて嫌だもの」

ドレスは、今まで好んで着ていた裾が均等に広がるものではなく、後ろにボリュームのあるデザインだ。しかも大柄なマルセルに合わせ、ベアトリスは高いヒールの靴を選んだ。

「でも……お腹が空きませんか？　お昼はお召し上がりにならないのですか？」

「ドキドキしてそれどころではないわ」

「では、お着替えの後でもつまめるよう、サンドウィッチを作らせましょうか？」

それどころではないと言ったものの、エリーズのその提案は魅力的だった。

「そうね、お願い。……あ、クッキーもつけて！」

「かしこまりました」

ドレスを着て、いつもよりヒールが高い靴を履いたベアトリスは、グッと大人っぽくなった。そこに生来の気品が加わり、近寄りがたささえ感じる。そう伝えると、色味を抑えたメイクを施されながらも、ベアトリスは目を細めた。

マルセルに対する恋心が、ベアトリスをこうも変えた。それはすごい力だ。

アリスは、チクリと胸が痛むのを感じた。

結局、舞踏会に出たいと言えなかった。親しく接してくれてはいても、ベアトリスは王族であり、アリスの主人だ。個人的な感情で、一度約束したことを反故《ほご》になどできない。

だが、こうして舞踏会に向けて蝶《ちょう》のように艶やかに姿を変えるベアトリスを見ていると、どうしても考えてしまう。

「さあ、できましたわ。ベアトリス様、いかがでしょう？」

皆の前で、ベアトリスが軽やかに回ってみせる。その動きに合わせ、グラデーションのスカートがひらりと舞う。

「素敵ですわ！」

「そうね、とても気に入ったわ」

すべて整えても時刻はまだ二時を過ぎたばかりだ。やはり、準備をするには早かったのではないだろうか——そうアリスが考えていると、ベアトリスがパンッと手のひらを打ち鳴らした。

「さあ！　じゃあ、皆も準備するわよ！」

「はい！　ほら、アリスも！」

「え？　え？　え？」

状況が把握できないアリスがポカンとしていると、エリーズがベアトリスの衣装部屋からドレスを持ってきた。淡く明るい黄色のふんわりとした可愛らしいドレスだ。

「わたくしが持っていたドレスを、急遽《きゅうきょ》手直ししてもらったの。これはアリス、あなたにあげるわ」

「ですが、私は控室でのお世話を……」

「わたくし、もう準備はできていてよ？　これ以上の世話は不要だわ。今回の舞踏会は、わたくしの侍女全員が参加して楽しんでほしいの」

そうはいっても、ベアトリスからドレスをもらう理由などない。躊躇していると、ベアトリスはたたみかけるように言葉を重ねた。

「あなたを危険な目に遭わせてしまったし、伝える時間も間違えてしまったわ。これはお詫《わ》びとして受け取ってほしいの」

「さあ、脱いで脱いで！」

戸惑っているアリスを、エリーズたちが寄ってたかって脱がしにかかる。

「ちょっと！　わ！　くすぐったい！」

あっという間に下着姿にされたアリスは、恥ずかしさに身体を縮こまらせる。

「アリス。あなた、今日の舞踏会は絶対に出なくては。ね？」

「……ありがとうございます」

アリスが頷いたのを合図に、エリーズたちがテキパキと手を動かす。

ドレスが着せられ、顔の上をパフやブラシが動き回り、アリスは目を閉じて、くすぐったさに耐えた。

「アリス、これ、使わせてもらうわね」

エリーズの手には、マノンからもらったリボンと、ラウルから贈られた髪留めがあった。

「ちょっとお部屋から拝借してきましたの。急いでいたもので、ごめんなさいね。でもアリスの準備が終わらないと、エリーズたちも自分の準備ができないもの」

悪びれた様子もなく、ベアトリスが言った。エリーズはアリスの髪を丁寧に梳かすと、リボンを巻き込んで緩く編み込み始めた。

「本当は、アリスがベアトリス様のドレスにつけたような飾りにしようかと思ったのよ。でも、アリスがどんなふうに使うかわからなかったから、今日はこのままリボンとして使うわね」

緩く編まれた髪は、アップにして後頭部にピンで留める。そこでリボンを蝶々結びにし、サイドの目立つ場所に髪留めをつけた。

少し寂しい首元にもリボンを巻き、蝶々結びを作る。アリスは華やかな宝石を持たないため、苦肉の策であったが、可愛らしい雰囲気のドレスには華美になりすぎず、ピッタリだった。

「こちらのヒールの低い靴でよければ、履いてくださる？　リボンと髪留めが紫だから、合うと思いますわ」

ベアトリスが選ばなかった、淡い紫の靴が目の前に差し出される。アリスはそれをありがたく受け取った。

この髪留めをして、舞踏会に参加できる！　興奮で胸が張り裂けそうだった。

煌めくシャンデリアに、むせ返るほどの華やかな香りと、色とりどりの艶やかなドレス。まるでこの世のものとは思えないほどの煌びやかな空間に、アリスはキョロキョロと辺りを見渡した。

「アリス、もう。落ち着きなさいな」

エリーズが呆れた声を出し、アリスは慌てて背筋を正した。

「も、申し訳ありません」

とは言ったものの、アリスにとってこのような豪華な舞踏会は初めてだ。目にするなにもかもが目新しい。ついつい、あちこちに視線を泳がせてしまう。

「まったく……。もうすぐ王族の方々がいらっしゃるわよ？」

先に大広間に通された着飾った貴族たちが、シンと静まり返る。中央の一番大きなドアが開いた。

国王陛下が姿を見せると、人々はワッと沸き、自然に拍手が起きる。陛下の後には王妃が、そしてラウル王子殿下が姿を見せたところで、人々がざわめきだした。

「ラウル殿下のあれは、いったい……」

「どのような趣向なのかしら……」

人々が戸惑うのも仕方がない。現れたラウルは黒いウイッグをかぶり、なんの飾りもない黒いマントをまとっていた。皆が着飾っている中、それは異様にも見える。

首を傾げる人もいる中で、アリスは高鳴る胸をなんとか押さえ、じっとラウルを見ていた。

彼とのこれまでの思い出が、アリスの頭をよぎる。

ラウルに驚いたサラが、アリスになにやら話しかけているが、彼女の耳にはなにも入ってこなかった。

国王陛下による新年の挨拶の後、王宮に招かれた演奏家たちが音楽を奏でる。舞踏会の始まりだ。

最初は国王陛下と王妃が、皆の見守る中で踊る。曲が終わると拍手が起き、広間の中心にパラパラと人々が出てきた。そんな中、注目は黒ずくめのラウルとベアトリスに集まる。

ラウルが誰をダンスに誘うのか。そして、ベアトリスは誰の誘いを受けるのか。人々は興味深く彼らの動向を見守っていた。

好奇の視線の中、最初に動いたのはマルセルだった。髭を綺麗に剃り、髪を撫でつけ、たくさんの勲章をつけた正装で現れた彼は、その年齢をも深みのある魅力に変え、女性の視線を惹きつけていた。

だが、彼が手を差し伸べたのはベアトリスだった。悔しそうに歯噛みする女性たちの前で、ベアトリスは堂々と手を預ける。そうなると、次なる興味の対象はラウルだ。

彼はぐるりと視線を巡らせると、なにかを見つけたようにまっすぐ広間を突っ切って、端までやってきた。

「アリス。踊っていただけますか？」

悲鳴にも似たような落胆の声が、広間に広がる。相手は誰か、と人を掻き分けるように覗き込む者もいた。

「はい」

アリスはまっすぐ見つめられ、差し出された手に、はにかみながら自らの手を載せる。すると、それを合図にしたかのように演奏がスタートした。

すぐに引き寄せられ、腕の中に囲い込まれる。流れるようなステップでくるくると回ると、周りの人々のことなど視界から消えてしまった。

「受け取ってくれたんだな」

「ありがとう。まさか、この髪留めをつけることができるなんて思わなかったわ」

黒ずくめの格好のためか、アリスの口調も砕けたものになる。

「本当は直接渡したかったんだけどね」

「ごめんなさい。でも私、ちゃんと行ったのよ？」

「わかってる。わかってるよ」

アリスはダンスを習ったことはあっても、得意ではなかった。だが、ラウルのリードには自然に足がついていく。笑みが溢れ、ふたりは楽しそうに笑った。

誰も見たことのない心からの笑顔で踊るラウルに、人々は驚く。やがて演奏が終盤に差しかかると、ラウルはアリスの耳元で囁く。

「ねえ、アリス」

「……はい」

ラウルの声色が変わり、アリスも神妙に返事を返す。

「俺はね、次のダンスも君と踊りたい。その次も、そのまた次も……ずっと君と踊り続けたいんだ」

「ラウル殿下……」

国のすべての貴族や有力者が集まる新年の舞踏会で、未婚の王族がパートナーを変えずに踊るのは、大きな意味のあることだった。

そんな中、バイオリンが繊細な音色の余韻を残し、演奏が終わった。人々は足を止める。

「ラウル殿下は、次にどなたと踊られるのかしら？」

どこからともなくそんな声が聞こえ、再びラウルに注目が集まった。だが、彼はアリスの前から動く様子がない。それどころかアリスをじっと見ると、おもむろに自分の頭に手をやり、ウイッグを取った。続けて、マントを脱ぐ。

シャンデリアの明かりが反射して煌めく銀髪と、いくつも勲章を下げた、金糸の輝く白い正装姿のラウルが現れた。広間に「ほう……」とため息が広がる。

「アリス。この姿もまた、俺だ。この俺もどうか受け入れてほしい」

「ラウル殿下……」

いつか姿絵で見た、まるで物語から出てきた印象そのままの姿で言われると、さすがに緊張する。

差し伸べようとした手が震え、アリスは手をギュッと握り、深呼吸をした。すると、なんとラウルの横からもう一本、にゅっと手が出てきた。

「えっ？」

驚いてその手の持ち主を見ると、そこにいるのはマルセルだった。

「ぼ、僕も！」

なぜかそこに、リュカも加わる。ラウルを挟んで、リュカ、マルセルからもダンスを申し込まれるという、おかしな事態になっていた。

「なあ、アリス。まさか、この俺を表舞台に引き戻しておいて、自分は舞台を下りるなんてことは考えてないよな?」

マルセルがニヤリと笑う。

「ぼ、僕は! アリスはまだ世間を知らなすぎるし、特定の相手を選ぶのは早いと思う!」

リュカが泣きそうな顔で訴える。その横で、アリスはラウルの目をじっと見た。

「私から、ひとつ質問があります」

ラウルもまたアリスの目を見つめ返し、優しく答える。

「なんだい?」

「また、柿を一緒に収穫してくれますか?」

その言葉に、ラウルはにっこりと笑った。

「もちろんだよ! 僕、なんだってす——ぐはうっ」

「おめぇじゃねぇよ」

マルセルがリュカの口を塞ぎ、黙らせる。リュカはまだモゴモゴと声にならない音を漏らしていたが、ふたりの耳には入らなかった。

アリスの問いに、ラウルはニヤリと笑って答える。

「もちろん。ただし、木の上に登るのは俺だけだ」

「それなら、もう答えは決まっているわ！」

アリスはパッとラウルの手のひらに自分の手を載せると、そのままギュッと握りしめた。たまらずにラウルが手を引き、アリスを抱き寄せる。広間がわあっと歓声に包まれた。

初めは悔しそうに見ていた人たちも、こうも見せつけられるとお手上げだ。なにしろ国中の貴族たちの前で求婚するのは、現国王に続いてのことだ。中には国王陛下の求婚を目撃した者もおり、苦笑している。

「音楽だ！　さあ、演奏を！」

マルセルが出撃命令を出すような大声をあげ、演奏家たちが慌てて曲を奏で始めた。ふたりを祝福する明るい曲に、気取って踊っていた人々からも、笑顔が漏れる。

音楽は鳴りやむことなく、ダンスは続いた。

どれくらい踊っただろうか。その間ラウルはアリスを離すことなく、踊り続けた。

「も、もう、足が限界です」

息を切らしながら言うアリスを抱えるようにして、ラウルはバルコニーに出た。雪はやんでいるものの、キンと張りつめた冬の空気が、紅潮した頬に気持ちいい。

ガラスを隔てた向こうでは、ダンスに興じる人々が楽しそうにしている。貴婦人たちの香水のにおいと、人々の熱気までが目に見えるようだ。

片やバルコニーを照らすのは、丸く大きな月だけだ。楽しげな笑い声や音楽がすぐそこに聞こえるのに、なぜかとても静かに感じた。

「アリス」

華やかな雰囲気とダンスで火照った頬を、ラウルの指が撫でる。ラウルの指は、アリスの輪郭を確認するように、顎へと移動してアリスの顔を自分に向けた。

恥ずかしそうに自分を見上げるアリスの髪には、紫色の髪留めが月明かりに輝いている。手渡すはずだったが、行き違いで会えず、結局マルセルに託すしかなかった。

「似合ってる」

「これ、ひと目で気に入ったものだったの」

「たまたま雑貨店に入る君を見かけたんだ。目を輝かせていたから、とても気に入ったんだろうと思っていた」

「これ……今までの私なら、選ばなかったと思うんです。この石の色が殿下の瞳を思わせて、すごく気になって」

思わぬ告白に、ラウルが顔をほころばせる。

「君が、綺麗だから隠すなって言った色だ。それは、アリスも俺を想ってくれてるっていうこと？」

「好きです。名前も知らない人なのに、どんどん惹かれて……。私は、あなたが好きなんです。名前も髪の色も、もちろん肩書きも関係なく、あなたが好きです」

やっと、言えた。ようやく伝えられてホッとしたような、まだうまく伝えられていない不安のような感情が入り交じる。

なにも言わないラウルの反応が気になって、顔を覗き込もうとすると、強い力であっという間に腕の中に閉じ込められた。

「ありがとう。ありがとう、アリス。俺も君が大好きだよ」

「でも、私、なにも差し上げられるものがなくて」

ラウルが抱きしめていた腕をほどくと、ポケットからなにかを取り出した。

あの日、本当は渡すものはもうひとつあった。だが、マルセルとはいえども託す気にはなれず、持ったまま戻ってしまった。

「じゃあ、これを俺にくれる？」

手のひらには、アリスが母ロクサーヌからもらったお守りの指輪が載っていた。

「あっ、これ……！　殿下が持っていらしたのね？」

「そうだよ。俺が初めて君に気持ちを伝えたあの日、君が落としていったんだ」

なくしたとばかり思っていたが、まさかラウルが持っていたとは——見つからないはずだ。

「よかった！　これ、母からもらったお守りなんです」

「パートナーができるまでのお守り？」

「そうです！」

「なら、もうお役ごめんだ。俺にちょうだい」

確かにそうだが、甥のレオンやリュカとお揃いのデザインだ。それを指摘すると、ラウルの瞳に妖《あや》しげな光が浮かんだ。

「じゃあ、いつか君が、俺だけの指輪をデザインしてくれる？」

「……はい」

「ありがとう。アリス……」

ゆっくり近づく神秘的な紫の瞳を、アリスはじっと見つめ返す。

間近まで迫って、先ほど感じた妖しげな光は、月が映り込んだのだと気づいた次の瞬間、アリスの唇にラウルのそれが触れた。

「愛してる」

王宮に広がるたんぽぽの花

新しい恋の伝説がこの国で生まれてから、一年経ったある日のこと。アリスはラウルと一緒に、王宮の敷地の端にある小高い丘に向かっていた。

アリスの右手は、しっかりとラウルの手に繋がれている。その指には彼女がデザインした指輪があり、もうずいぶん月日が経ったにもかかわらず、まだ胸がときめく。

「なにニヤニヤしているの？」

「本当に結婚しちゃったんだなあと思って。たまに、夢でも見ているのかもしれないなって思ってしまいます」

「なにを今さら」

夢じゃない、とばかりに頬にキスをされ、アリスは思わず周囲を見回した。

「ちょ、ちょっと！　場所をわきまえてください！」

「見られてないって。大丈夫」

ラウルはそう言うが、アリスが後ろを見たときに、思いきりフレデリクと目が合った。すぐに逸らしてくれたが、見られていたことは確実だ。

「だ、大丈夫じゃありませんっ」

口では怒りながらも、顔はどうしても笑ってしまう。こんな突然のキスも、本当は嬉しいのだから仕方がない。

「ほら、着いたよ。気をつけて」

「はい」

足元に気をつけながら丘を登ると、頂上には既に人の姿があった。その人はアリスたちの気配に気づいて振り返ると、チッと小さく舌打ちする。それを隣の女性がたしなめる。

「マルセル、こんなところでやめてちょうだい。今日は大事な日ですのよ」

「……わかってるよ、ベアトリス。で、なんだってお前たちまで来たんだ？」

「わたくしが呼んだの。ふたりには、見届け人になってほしいって」

ベアトリスに手招きをされ、アリスとラウルもふたりの近くに行く。ふたりがいたのは、マルセルの元妻・カロリーヌの墓の前だった。

ふたりが一緒に花束を置くと、マルセルがひざまずいて語りかける。

「カロリーヌ……。お前の命日に独身の状態で来るのは、今日で最後だ。お前の愛を知ったとき、俺は愛なんて望んじゃいけない人間だと思った。そんな崇高なものに、縁がないって思った」

マルセルの声は、愛を知らなかった以前とは違った温かいものになっていた。

「でも、それは俺が戦いしか知らねえ、とんでもないバカだったってことだ。カロリーヌ、悪い。俺は幸せになる。お前の想いも全部抱えたまま、幸せになる」

「カロリーヌさん、この方はわたくしが幸せにしますから、心配なさらないで」

それは、ふたりらしい宣言だった。

あの舞踏会の後も、年齢や立場の違いを理由に、マルセルはなんとかベアトリスの目を覚まさせようとした。

だが、ベアトリスの気持ちが揺らぐことは一度もなかった。それでもなかなか恋人関係に発展できない苛立ちがあったのか、ある日突然マルセルに怒鳴り散らした。

『わたくしが幸せになれないなどと、勝手に決めないでいただきたいわ。あなたに決められたくない！　わたくしの幸せは、わたくしが決めます！　わたくしは自分が幸せになるために、あなたも幸せにするの！』

初めこそ、『お前、言ってることがめちゃくちゃだぞ？』と呆れていたマルセルだったが、それが心に響いていたようだ。

マルセルは、マルセル自身をも幸せにすると言いきったベアトリスに、自分が幸せになる権利があること、そして、そんな未来があることに気づいた。

カロリーヌへの祈りを終え、腰を上げたベアトリスに対して、マルセルはまだ膝をついたままだった。ベアトリスが「どうしたの？」と肩に触れると、マルセルが再び墓に向かって語りだす。

「カロリーヌ。お前は俺への想いを、手紙にしたためてくれてたな。あれを読んだとき、正直、お前の心情はよくわからなかった。でもな……今は痛いほどわかるんだ」

そのまま、肩に置かれたベアトリスの手に自分の手を重ねる。

「世界よりも国よりも大切な存在があるってことを、こんなデカい身体でも抱えきれないほどの愛情ってやつを」

「マ、マルセル？」

「だから、お前には礼も言いたい。こんな俺を想ってくれて、ありがとう。こんな感情に名前があるってことを教えてくれて、ありがとう」

そう言って立ち上がると、マルセルの言葉にポカンとするベアトリスを強く抱きしめた。

「ベアトリス。俺も幸せになりたい。それは、お前と一緒がいい」

「……マルセル！」

泣きながら抱きしめ返すベアトリスを見て、アリスは胸がいっぱいになった。

「これ以上、お邪魔するのも悪いから、俺たちは行こうか」

「そうね。じゃあ、このお花をお墓に……あら？」

アリスは足元にみずみずしい緑色の葉を見つけた。

「どうした？」

「これ……たんぽぽの葉……」

「本当だ。どこからか、綿毛が飛んできたのかな」

よく見てみれば、丘のあちこちにたんぽぽの葉が点在していた。

「踏まないように気をつけなくちゃ」

「それより、転ばないように気をつけてくれよ」

「はーい」

少し膨らんだお腹に手を当て、気をつけながら丘を下る。その途中にも、たくさんたんぽぽの葉を見つけた。

「いつか、ここが一面のたんぽぽの丘になったらいいわね」

「そうだね」

たんぽぽの綿毛は、風に乗ってふわふわと飛んでいく。北へ、南へ。風が吹く限り、どこまでも飛んでいく。

川を越え、谷を渡り、高い塀さえも軽やかに飛び越える。そして、たとえ石畳の隙間でもしっかりと根を張り、花を咲かせる。そんなたんぽぽに似た少女は、広い王宮で小さな花を咲かせ続けた。

愛を知らない男にも、口に出せない恋に悩む王女にも。そして、素顔を隠す王子の心の中にも。

やがて、その花は王宮全体を包み込む、大きな存在となった。

End

あとがき

はじめまして。雪夏ミエルと申します。

雪夏ミエルと書いて、キヨカミエルと読みます。


このたび、小説サイト『小説家になろう』でおこなわれました『ベリーズ文庫&マカロン文庫　ラブファンタジー大賞』で、ヒストリカルロマンス部門賞をいただき、光栄なことに書籍化していただけることとなりました。

こうして一冊の本になると、形にもなっていなかった妄想を日々、文字にしていたことを思い出します。


作品を書くときは、自分が見聞きし、触れたものが、どこかに含まれているような気がします。今回の作品も、わが家に毎年できる干し柿のカーテンや、そこから作られるペーストが登場します。

手作りですと風通しの関係もあるのか、ほどよい硬さのものもあれば、少々柔らかすぎるものがあることも。そんな場合は、ペーストに形を変える場合があります。カリッと焼いた薄いパンに塗るのもいいのですが、餡としてお餅にくるんで大福になることも。私はヨーグルトに混ぜて食べるのも好きです。

硬めの干し柿は、クリームチーズを載せて食べると、赤ワインにとても合うのだとか（お酒は二十歳になってから）。こんなことが手軽にできるのは、田舎ならではかもしれません。

以前は、田舎生まれであることがコンプレックスでした。今も、少しあるかも。でも、だからこそどこにいても同じように創作できる〝小説〟が好きなのだと思います。

人気のテーマパークもイベントも、オシャレなカフェもインスタ映えする場所もありません。ですが、小説は海の上でも山の中でも田んぼに囲まれた田舎でも、いつでもどこでも空想の旅に連れていってくれます。

私の作品が、そんな空想の旅にお供できたら、とても幸せです。

手に取ってくださり、ありがとうございました。

またいつかご縁があって、皆様と空想の旅に出発できますように。

雪夏《きよか》ミエル

雪夏ミエル先生への
ファンレターのあて先

〒104-0031
東京都中央区京橋1-3-1
八重洲口大栄ビル7F
スターツ出版株式会社　書籍編集部　気付

雪夏ミエル先生

本書へのご意見をお聞かせください

お買い上げいただき、ありがとうございます。
今後の編集の参考にさせていただきますので、
アンケートにお答えいただければ幸いです。

下記URLまたはQRコードから
アンケートページへお入りください。
https://www.berrys-cafe.jp/static/etc/bb

なお、本書は株式会社ヒナプロジェクトが運営する
小説投稿サイト「小説家になろう」(https://syosetu.com/)に
掲載されていたものを改稿の上、書籍化したものです。

次期国王は独占欲を我慢できない

2019年8月10日　初版第1刷発行

著　　者　雪夏ミエル

発 行 人　松島 滋
デザイン　カバー　菅野涼子(説話社)
フォーマット　hive & co.,ltd.
校　　正　株式会社　文字工房燦光
編集協力　矢郷真裕子
編　　集　三好技知(説話社)
発 行 所　スターツ出版株式会社
〒104-0031
東京都中央区京橋1-3-1　八重洲口大栄ビル7F
TEL　出版マーケティンググループ　03-6202-0386
(ご注文等に関するお問い合わせ)
URL　https://starts-pub.jp/
印 刷 所　大日本印刷株式会社

Printed in Japan

乱丁・落丁などの不良品はお取替えいたします。
上記出版マーケティンググループまでお問い合わせください。
定価はカバーに記載されています。

ISBN 978-4-8137-0735-6　C0193